集英社オレンジ文庫

竜愛づる騎士の誓約（上）

喜咲冬子

本書は書き下ろしです。

Contents

The Pledge of the Knight Who Loves Dragons

ナリエル王国
←春の大陸
ラグダ王国
ガラシェ社領
白鷺城
墨岩砦
珊瑚港
トラヴィア公領
ウリマ公領
鍛刃院
旭丘砦
春陽湾
香壺港
西大街道
雪花城
テンターク社領
ルトゥエル王国
ルトゥエル王国南西部

Characters

セシリア・ガラシェ……ガラシェ家の養女。鍛刃院にて学び、騎士を目指す。17歳。

アルヴィン・ガラシェ……ガラシェ家三男。セシリアの幼馴染み。17歳。

タリサ・ヴァルク……マルギット王女専属の護衛騎士となった、ヴァルク家の養女。22歳。

ウイルズ三世……ルトゥエル王国の現国王。

ドロテア……聖王妃と呼ばれた故人。マルギットの母親。

ヒルダ……現王妃。ルキロスの母親。

マルギット……ルトゥエル王国の王女。18歳。

ルキロス……ルトゥエル王国の王子。14歳。

トラヴィア公……王弟。セシリアの父親ではないかとの噂がある。

ダビド……ラグダ王国国王カミロ五世の三男。

レオン……ラグダ王国の宮廷魔道士。

竜愛づる騎士の誓約

上

The Pledge of the Knight Who Loves Dragons

セシリアは、城内のあらゆる場所の中で、この広間が一番好きだ。

壁に飾られた大きな竜の絵に、城に来たその日から魅入られている。

美しい。これほど美しい生き物が、他にいるだろうか。

セシリアは、夕食を終えると必ずこの場所に来て、飽かず眺めていた。

――角笛が、鳴った。

一度。それから、二度。三度。

その意味を、セシリアは知っていた。

竜が出たのだ。夢にまで見た、その時が来た。

七歳のセシリアにとってはじめてであったが、竜が出た場合、すべきことは家族から教えられている。

地下にある祈禱《きとう》室で、祈るのだ。

しかしセシリアは、地下へ向かう階段の逆方向へと走り出していた。

広間を抜け、大きな扉のわずかに開いた間から、外へ出ようとした――その、途端だ。

ゴオゥ　ゴゥオウ
どんな獣《けもの》とも違う不思議な声が、堅牢《けんろう》な城をも揺るがした。

(竜――竜の声だ)

怖い。恐ろしい。けれど、同時に胸が高鳴る。

城の前庭には、社領騎士団の精鋭たちが集まっていた。

もっと近くで見たい、と思ったが「出ちゃいけない」と止められた。いつの間にか横にいた少年は、共に育ったアルヴィンだ。彼も騎士団の雄姿を見に来たのだろう。

騎士団の先頭には、黒の詰襟《つめえり》のチュニックを着た人がいる。あれがセシリアの義父で、アルヴィンの父親。竜を天に送る聖騎士の長・ガラシェ司祭だ。

「誇り高き騎士たちよ。民と森の守護者たれ！」

黒鱗鋼《こくりんこう》を掲げる司祭に、おぉ、と騎士団の騎士たちが応《こた》える。

なんと勇ましく、なんと誇り高い姿だろう。灰褐色《はいかっしょく》のチュニックを着た騎士たちが、揃《そろ》って馬腹を蹴る。あっという間に、彼らは城門の外の闇《やみ》の中へと消えていった。

とん、と肩を叩かれた。見上げれば、そこに養母がいる。

「義母上《ははうえ》。私も、竜と戦いたい」

「祈るのよ、セシリア。それが私たちの役目なの」

養母の声は、優しい。けれど有無を言わさぬ強さもあった。

「母上、僕も。父上のように戦いたい」

養母は、アルヴィンの背を、ぽん、と叩き「いずれね」と言った。

セシリアはアルヴィンと顔を見あわせ、うなずきあう。

――竜と戦いたい。あの美しい生き物と戦う、勇ましい聖騎士になりたい。

その日、セシリアの夢はたしかな輪郭《りんかく》を持った。

序　樹下の約束

深い森が、どこまでも広がっている。

大ガリアテ島内最大の大国・ルトゥエル王国。ここはその外縁部に位置する七つの社領のうち、西端のガラシェ社領である。広大な領地のほぼ中央。領主の居城からほど近い丘に、セシリア・ガラシェはいた。

空は高く澄み、竜雲《りゅううん》が眩《まぶ》しいほどに鮮やかだ。

（……どうして？）

夏の青々とした草の上に、セシリアは仰向けに寝転がっていた。

やや朱によった赤のチュニックと、蜂蜜《はちみつ》色の長い三つ編みが、緑に映《は》えている。

セシリアは、空に向かって手を伸ばした。手の縁が陽《ひ》の光を赤く透かしている。――それが血の色だと教えてくれたのは、幼馴染《おさなな じ》みのアルヴィンだ。五歳の頃から、家族として一緒に暮らしてきた。十七歳になった今日までの間に、彼が教えてくれたことは多い。

（血――）

腕が、重い。

国で唯一の騎士の教育機関・鍛刃院《たんじんいん》の夏季休暇。二回生として迎える、半年ぶりの帰省中。そんな時に、なぜセシリアが養父母への挨拶《あいさつ》もせず、丘の上でひっくり返っているかといえば、剣の勝負をアルヴィンに申し込んだからだ。馬車から降りるなり、すぐに。

木剣《ぼっけん》とはいえ、三本勝負の試合を七度も繰り返せば、身体《からだ》は鉛《なまり》のように重くなる。まして夏の盛りだ。ガラシェ社領が高地にあるといっても、暑さは体力を奪う。

腕も重ければ、胴も重い。

（血……血……血なんて、ただの体液じゃない！）

慌《あわ》ただしく上下する胸を落ち着けようと、目を閉じて、深く息を吸い込む。

「セシリア」

呼ばれて、ぱちり、と瞼《まぶた》を上げれば——セシリアの鮮やかな緑色の瞳に、竜雲が映る。

それから、艶《つや》やかな黒い巻き毛が。

「納得いかない！」

がばり、とセシリアが身体を起こした途端である。

ごん！　と派手な音を立て頭がぶつかり、セシリアは再び仰向けに転がった。

「痛……」

「……ごめん」

セシリアは、涙目で謝った。潤んだ緑の瞳の輝きは、宝玉に似ている。

「大丈夫？」

見つめ返すアルヴィンの瞳は、石榴石《ざくろ》の色だ。

濃い影を落とす睫毛《まつげ》の下で、燃える火の色をした瞳が輝いている。

そうして――彼は、剣を腰に差し、黒い詰襟《つめえり》のチュニックを着ていた。

腰の黒鱗鋼《こくりんこう》の剣は、天の神々に代わって竜と戦う聖職者・騎士の証《あかし》だ。詰襟の、縁が銀糸で刺繍《ししゅう》されたチュニックは、その騎士の中でも高位の者しか身に着けられない。

鍛刃院で別れるまでの彼は、剣も差さず、制服の紺色のチュニックを着ていた。

夏季休暇の間に装束が変わったのは、彼が成人して騎士となっただけでなく、さらに高位の聖騎士となったからだ。――儀式を経《へ》て。

「アルヴィンは？」

「平気」

アルヴィンの薄い唇が、優しい孤を描く。

差し出された手をつかむと、ぐいと上半身を引き上げられた。

渡された革の水筒を、セシリアは受け取った。丘の下の川で汲《く》んだばかりの水だろう。

この誓約の丘で、二人は何度も試合をしてきた。五歳の頃から、十七歳になった今日まで、数えきれないほど。

通算の戦績においては、アルヴィンが勝る。だが、セシリアも負けてはいなかった。三本勝負で、二本先取は稀《まれ》でも、一本はもぎとる。七度も試合をすれば、一度は勝ちを取れていたはずだ。

今日は、十四本連続で取られた。セシリアの全敗である。

その上、寝転がっていたセシリアの息は整わないのに、丘の下まで水を汲みに行ったアルヴィンは汗一つかいていない。試合の内容以上の圧倒的な差だ。

「ねぇ、アルヴィ――」

「水、飲んで。顔が真っ赤だ」

セシリアは、素直に水筒の水を飲み干した。

水が、心地よく身体を冷やしてくれる。

ふぅ、と一息ついて、セシリアはアルヴィンの瞳を見つめた。

石榴石の色。燃え盛る炎の色。

強い騎士になるといわれる赤い瞳は、騎士の世で鮮やかなほど歓迎される。

子供の頃から見慣れているはずだ。しかし、彼の瞳はこれほど鮮やかだったろうか？

久しぶりに会ったせいか、記憶の中の色より美しく見える。いっそ見惚《みと》れるほどに。

あるいは、この黒い聖職者の装束のせいだろうか。深い黒に、真紅はよく映える。

「……ねぇ、アルヴィン」

「聞かないで。答えられない。――掟《おきて》だ」

はぁ、とアルヴィンはため息をつく。

同い年だというのに、幼馴染みはよくこんな態度を取る。やれやれ、困ったものだ、と。

その度、セシリアの心には、小さなひっかき傷ができる。

「わかってる、そのくらい。でも……」

「答えられない。こうなるってわかってたから、父上は雪花城《ゆきはな》からまっすぐ鍛刃院に戻るようにと言ったんだよ？　どうせ、あと十日もしたら休暇も終わるんだし。儀式を受けるのは俺だけなんだから。わざわざ戻って来なくたって――」

呆《あき》れ顔に、説教。セシリアが嫌いなものばかり。

カッと頭に血が上った。

（なにもわかってないんだから……！）

セシリアは、ついにこらえていたものを吐き出さずにはいられなくなった。

「いけない？　儀式で命を落とす人だっているのよ？　それなのに、私に戻ってこなければよかったって言うの？　なにもできなくたって、近くにいたいと思うじゃないの！」

「セシリア……」

アルヴィンは、知らないのだ。

セシリアが、この半年の間、どれだけ不安を抱え続けてきたのか。

一族の掟に従って、夏にアルヴィンが儀式に臨むと知った時。

どれだけ尋《たず》ねても、掟だから、と問いを拒まれる度。

アルヴィンの上の二人の兄は無事であったが、当代のガラシェ司祭の代では五人のうち二人が儀式で亡くなったと知った日。

夏期休暇の間、テンターク社領の雪花城で修練を積むよう養父に命じられた時。

アルヴィンが一人で、なにも言わず、鍛刃院を出発したと知った朝。

どれも、泣きながら受け入れ、耐えたというのに。

「……ごめん」

アルヴィンの手の甲が、セシリアの頰《ほお》に触れる。

ぷい、とセシリアは顔をそむけ、チュニックの袖《そで》に涙をすわせた。

「鍛刃院に帰る。もう休暇も終わるもの」

「悪かった。拗《す》ねないで」

「拗ねてなんかない。子供じゃないんだから」

ちらり、と幼馴染みの顔を見れば、そのしっかりとした眉は八の字に寄っていた。

ふだんは凜々《りり》しいアルヴィンの顔が、こんな風に崩れることを知る人は少ない。きっと、鍛刃院の騎士候補生たちだって、知らないはずだ。

「ごめん」

向かう先を失ったアルヴィンの手を、セシリアはぎゅっと握った。

「心配くらいさせてよ。互いに互いを守るって約束したじゃない。──あの木の下で」

アルヴィンの眉が、元の位置に戻る。

「もちろん、忘れてないよ。──あの木の下でした約束だから」

誓約の丘にある老木は、誓いを行う場所だ。

古来、婚儀や決闘の場としても用いられてきた。

この場で交わされた約束には、破棄される瞬間まで誠実であらねばならない。

——それなのに、儀式を受けると決める時に一言の相談もなく、鍛刃院からガラシェ社領へも一人で帰ってしまった。その態度を、誠実ではないと感じている。セシリアが鍛刃院への入学を志《こころざ》した時には、まっさきに相談した。あの頃、アルヴィンの助言や口添えに、どれだけ助けられたかしれないというのに。

「お互いに、助けあいたいの。鍛刃院にいても、宮廷騎士団に入っても、他のどこかに行って、なにをしていても、ずっと」

石榴石の色をした瞳が、じっとセシリアを見つめた。

セシリアも、鮮やかな緑の瞳でアルヴィンを見つめる。

「他のどこかになんて行かないよ。……もう一つの約束も、忘れないで」

「忘れたりしない。——宮廷騎士を三年務めたら、ちゃんとガラシェ社領に戻る」

セシリアの自由には、期限がある。

鍛刃院の課程修了まで、あと一年。宮廷騎士団に入れば、任期は三年。最大で四年だ。

その後は速やかに結婚をせよ——ガラシェ社領内で——ガラシェ家の男子と。

——ガラシェ司祭の三男の、アルヴィン・ガラシェと。

そのためにセシリアはガラシェ家に迎えられ、養育されてきたのだから。

「うん。……約束だ」

「わかってる。大丈夫よ」

セシリアが、この社領に来たのは五歳の頃だ。

美しい白亜の城に招かれ、広間の竜の絵に魅入られた。それが最初の記憶である。それ以前のことは覚えていない。なに一つ。

両親の名も知らず、城に来る前に住んでいた場所さえ知らない。

ただ、その日からガラシェ司祭を義父《ちち》と呼び、司祭夫人を義母《はは》と呼んでいる。セシリアにとって、ガラシェ家の人々は家族で、ガラシェ社領は故郷だ。

誓約の丘の向こうは、ガラシェ家が二千年以上前から守る聖域だ。一つの山すべてが二重の結界に囲まれている。内部には、古き血の七人の王が守っていた、七つの社殿の内の一つがある――はずだ。騎士の中でも、竜の血を浴びた聖騎士以外は、聖域に入ること自体が許されていない。だから、聖騎士になれないセシリアに、社殿を目にする機会は生涯訪れないのだ。

幼馴染みは、聖騎士になった。けれど、セシリアはなれない。

その事実が、いつもチクチクと胸を刺す。

「さ、城に戻ろう。母上が、セシリアの土産《みやげ》話を楽しみにしてるよ」

「いけない。私、お義母《かあ》様にご挨拶もしてないわ。まっすぐここに来ちゃったから」

振り返った東の方には、美しい白亜の城がある。白鷺《しらさぎ》城。ガラシェ家の居城だ。

慈《いつく》しみ深い養父も、朗らかで優しい養母も、実子とセシリアの扱いに差をつけたためしがない。アルヴィンの兄たちは、勉学も剣術も、頼めばいつでも時間を割いて教えてくれた。弟妹たちも、よく懐き、慕ってくれている。

美しい故郷と、温かな家族。鍛刃院での教育。王都で宮廷騎士として働く未来。

セシリアは、決められた道の上を、ただ歩むだけだ。

「あぁ、それで……もしよかったら、これ、受け取ってくれる？」

白亜の城を見ていたセシリアは、これ、と聞いて横にいるアルヴィンを見る。

二人の顔と顔の間に、キラリと紅《あか》い宝玉が光った。

「これ、ネックレス？　私に？」

「うん」

「……ありがとう」

鮮やかな炎の色をした宝玉だ。一族の女性のほとんどが持っている。

その美しさに憧《あこが》れていたはずが、完膚《かんぷ》なきまでの敗北後では心も浮き立たない。

「今は、チュニックで隠れてしまうけど」

「身につけることが大事なんでしょう？　叔母様がおっしゃっていたわ」

アルヴィンの言うように、ネックレスはチュニックの下に隠れてしまった。

別に構わない、と思った。人に見せるのが目的のものではない、と聞いた記憶がある。

決められた道を、また一歩進んだ。それだけのことだ。

二つの影が、斜面に思いがけない長さで落ちている。試合に夢中になりすぎたらしい。

今頃、ガラシェ家では、夕食の準備が進んでいるはずだ。

きっとデザートも、セシリアの好物に替えられている。木苺《きいちご》とクリームのパイ。養母と一緒に試行錯誤を繰り返したレシピの完成版だ。

「お帰り、セシリア。来てくれて嬉《うれ》しいよ」

くしゃり、とアルヴィンが笑む。

両親にも滅多に見せない、けれどセシリアの前ではよく見せる表情だ。

「……最初から、そう言えばいいのに」

そうだね、と笑いながら、アルヴィンは城に向かって歩き出す。

いつか剣で敵《かな》わなくなる日が来ると、予感はしていた。十二歳を越えた頃に、その差は顕著《けんちょ》になったように思う。それは努力で乗り越えた。追いかけ、離され、また追いかけ。だから、儀式によってアルヴィンが成長しても、追いかけるつもりでいたのだが。

（もう、勝てない。きっと……一生）

はっきりとした予感が、セシリアの中にある。

今と同じ努力を、百年続けたとしても報われる日は来ないだろう。

――竜と戦う聖騎士にはなれない。

たしかに半月前まで、見える場所を歩いていたはずの幼馴染みの背が、今は遠い。――彼が竜の血を浴びたがために。

セシリアは、少しだけ足を速めて、アルヴィンに並んだ。

アルヴィンが優しく目を細める。すると赤い瞳は、いっそう美しく見えた。

第一幕　鍛刃院の日々

「竜の血を浴びると、なにが起きるの？」

とセシリアが聞けば、目の前にいる紺色のチュニックの青年は、

「あぁ、セシリア！　やっと僕の愛に応《こた》える気になったのかい？」

と謎の問いを送ってきた。

ジョン・テンタークは、朱赤の瞳と、まっすぐで艶《つや》やかな長い黒髪の青年だ。見上げるほど背は高く、顔立ちの印象は柔和である。セシリアより一つ年上で、鍛刃院《たんじんいん》の三回生。卒業を、来月に控えていた。

テンターク家は、ガラシェ家同様、ルトゥエル王国外縁を治める七社家の一つだ。

ルトゥエル王国の土地は、木の年輪のように三つの土地に分けられる。

中央の盆地が、王領。国王直轄《ちょっかつ》の土地だ。

それを囲むのが十の公領。王族・貴族らが領主として土地を治めている。

さらに外側に広がる広大な土地には、七つの社領。治めているのは、社殿を守る司祭を中心とした騎士の一族だ。

ルトゥエル王国は、二つの稀《まれ》なる種が治める国である。

一つは、スィレン種。一つはギヨム種。

王国の人口のほとんどを占める、特性を持たぬ人々を汎種《はんしゅ》と呼ぶのに対し、特性を備えた二つの種を稀種《きしゅ》と呼ぶ。

――千年前、春の大陸から征服王ガリアテが来たった。

ガリアテは、妻の魔道士アレクサンドラと六人の息子を従え、この島を征服せんとした。その勢いは凄《すさ》まじく、島の北側三分の二の土地は、瞬《また》く間にガリアテの版図となったのだった。ガリアテは六人の息子たちに分割した版図を分け与え、これが六賢王による六王国となった。

残る南側三分の一は、古き血の七人の王が守り続けた。

変化が起きたのは、五百年前だ。

六賢王のうち、鍛冶《かじ》匠の王の末裔《まつえい》で、小領主の嫡子《ちゃくし》であった少年が、突如として魔力を発現させた。子孫の誰一人として受け継がなかったアレクサンドラの魔力が、時を経《へ》て現れ、島の歴史を大きく変えたのだ。少年はその魔力で、古き血の七人の王を守る竜を御し、グレゴール一世となって島の南にルトゥエル王国を築いた。

王領と公領を治める王族・貴族とは、征服王ガリアテの子孫のうち、アレクサンドラの魔力を発現させたグレゴール一世の末裔である。この魔力を有す稀種が、王国を治める稀種のうちの一つ、スィレン種である。彼らの土地は、国の中央の、豊かな盆地が主だ。

社領を治める騎士とは、すなわち征服王以前から島を支配していた、古き七人の王たちの末裔だ。騎士とは社殿を保ち、民と森を守る聖職者であり、同時に国を守る戦士でもあった。膂力《りょりょく》に優れ大柄な体格を持つが、魔力は持たない稀種で、これが王国のもう一つの支配階級であるギヨムだ。グレゴール一世に降って中央部の盆地は譲り渡したものの、外縁部の七つの社領は、千年前から変わらず彼らの土地だ。

「そんなこと言ってない。なんで愛の話になるの？」

「なんだ、残念。掟《おきて》のことを聞くからには、僕と婚約する気になったのかと思ったよ」

ジョンの口にする愛が、本気でないのはわかっている。

テンターク社領は、ガラシェ社領と隣同士。家ぐるみのつきあいがあった。

ジョンの妹のカリナは、セシリアの親友だ。この夏季休暇の前半を、セシリアはテンタ一ク家で過ごし、テンターク家の四男は、ガラシェ家で過ごしていた。

そんな親しい関係を、ジョンが簡単に壊すはずはない。

「ジョンは、去年の夏に儀式をしたんでしょう？　どうだった？」

「掟だから、なにも話せないよ。大人しく、来年の成人を待つんだね」

その資格を持つ者は、成人すると、領主でもある司祭から騎士として認められる。聖域に繋《つな》がる祠《ほこら》の前で、騎士の証《あかし》たる黒鱗鋼《こくりんこう》の剣を授かるのだ。女性であっても同じで、以降は社領騎士団へ入ることになる。掟で秘された事実も、そこで知るらしい。

七社家の子息たちには、さらに別種の儀式が待っていた。

騎士の世の成人は十八歳だが、この儀式に関しては準備の整った者から行う。アルヴィンが十七歳で儀式に臨んだのは、彼の準備がやや早かったからだ。

受けるのは、聖騎士、と呼ばれる、上位の騎士になるための儀式である。

天の神々に代わって竜を天に送る者。それが聖騎士だ。領主である司祭に次ぐ地位の聖職者で、聖域に入ることも許される。騎士の世においては、特別な存在だ。

その儀式では、竜の血を浴びる——と言われているが、実際になにが行われるのかは掟によって秘されていた。人を超えた力を得るらしい。実際アルヴィンは、儀式の後でその力の片鱗《へんりん》を見せたわけだが——納得がいかない。

生き物の血を浴びただけで、超人的な力を得られるはずなどないのだ。

納得がいかないので、すでに聖騎士になったジョンに尋《たず》ねた、というわけだ。

そして、結果は予想どおり。

階段状に削られた巨岩の上で、セシリアは肩を落とした。

鍛刃院の中庭には、いくつかの岩が置かれている。人の背丈の倍はある巨岩だ。

竜が置いた、と伝わっている。

今は人の手で階段状に削られ、学生たちの憩《いこ》いの場として使われていた。国内のあちこちに、こうした竜の痕跡《こんせき》は残っている。

「……そうだけど。私、なにも知らないわ。家族のことなのに」

「それはカリナだって同じさ。まだ十七歳だ。家族の——上の兄や、僕が儀式でどう変化したかなんて、まったく知らない」

ジョンの言葉には、優しさがある。セシリアがなにも知らないのは、まだ成人の儀を経ていないからで、実子か養子かの区別があるわけではない、と言ったのだ。

「うん。それはわかってる。……でも、やっぱりおかしいわ。私、もうアルヴィンに剣で勝てない。まったく歯が立たないのよ。儀式の前は、ここまでの差はなかったもの」

「そりゃあ、しょうがないよ。僕らは七社家の騎士。それも竜の血を浴びた聖騎士だ。もっと具体的に言えば、顕性《けんせい》係数九の、ギヨム種の中のギヨム種だからね」

ジョンは苦笑した。

幼児の相手でもするかのような困惑は、アルヴィンがよくする呆《あき》れ顔と同じだ。

「くじ引きで勝敗を決めてる鍛刃院での試合とは違うのよ？　私たち、ちゃんと本気で戦ってきたの」

「知ってるよ。セシリアは騎士になれるくらい強いって。でも、竜の血を浴びるのは、まったく違う話なんだ。むしろ、今までが首枷《かせ》をしていたようなものさ」

セシリアは、むっと口をとがらせた。

いつでも、アルヴィンとの試合は真剣勝負だった。これまでの彼が首枷をされていたのだとは考えたくない。

「……そんなに、違うの？」

「違うよ。僕らは竜を送るんだから。人に負けるようじゃ、竜と戦う聖騎士は務まらない」

「私は、聖騎士にはなれないの？　どうしても？　私じゃ、竜に勝てない？」

問うてから、セシリアは後悔した。セシリアはガラシェ家の養子だ。

七社家の血筋どころか、純血のギヨム種でさえない。ギヨム種の顕性係数も六。特性の発現するギリギリの数字だ。騎士となって社領の騎士団に入るにも、顕性係数は七以上が必須だ。六では厳しい審査を潜り抜けた者しか入団できない。五百人いるガラシェ社領騎士団の中で、顕性係数が六の者は十人に満たない数である。

聖騎士どころか、平の騎士にさえ手が届くとも限らない。

人は空を飛べないの？　と尋ねるようなものだ。

笑われるかと思ったが、ジョンは笑わなかった。ただ、アルヴィンと同じような表情になった。なにも知らない子供に向けるような種類の。

「なれないよ。ならなくていい。君は女の子だし――いや、それ以上に素晴らしい力を持ってるじゃないか。魔道士は、竜送りに必要な存在だよ」

「魔道士としてじゃなく……私も、騎士と同じように戦いたいの。うぅん。騎士と同じじゃなくて、聖騎士と同じように」

黒鱗鋼の剣を持った聖騎士として、竜送りに加わりたい。

それは、セシリアの幼い頃からの夢だった。

「竜送りに必要なのは、一に竜を送る聖騎士。次に竜の被害を最小限にする魔道士。どちらも欠かせないよ。君たちの結界なしでは、僕たちだって思い切り竜とは戦えない。聖騎士は魔道士にはなれないし、魔道士は聖騎士にはなれないんだ。もちろん、平の騎士だって、民と森を守るために必要だよ。——とはいえ、僕らは少なからず代償も払う。天の神々に代わって竜を送る聖騎士が、平騎士や魔道士と同じでは困るんだ」

代償、という言葉が、胸を貫く。

聖騎士の人生には、期限が決められる。

儀式の日から、ちょうど三十三年。

絶大な力を手に入れた代償に、聖騎士はその日を迎えると聖域の社殿へと入る。その後、二度と戻ることはないのだ。

ジョンは、竜の血を浴びた時にその運命を背負った。アルヴィンも、また。

「ごめんなさい。つらい話をさせてしまって」

「つらくはないよ。——それが聖騎士の宿命だ」

聖騎士の宿命。重い言葉だ。

その言葉を出されては、もうなにも言えなくなる。

ジョンも、その言葉の重さにセシリアが口を噤《つぐ》むとわかっているのだろう。掟だ、とアルヴィンが問いを拒むのと同じである。

(……最初から、書庫に行っておけばよかった)

ジョンに「話を聞いてくれてありがとう」と伝えてから、巨岩の二段分を、ひらりと下りる。背に垂れた、長い蜂蜜《はちみつ》色の三つ編みがぴょんと跳ねた。

セシリアは、広い中庭を足早に抜ける。

涼しい風が、頰《ほお》を撫《な》でた。

ルトゥエル王国の土地は、中央部が盆地で、外縁部が山岳部になっている。公領の多くは盆地であるが、鍛刃院はウリマ公領の外縁部付近の山の上にある。高地であるからか夏でも気温は低い。

セシリアが向かう先は、鍛刃院の書庫だ。

帰省先から戻った黒髪の候補生たちとすれ違いながら、セシリアは鍛刃院の霞《かすみ》色の階段を駆け上がった。

学生の制服は、騎士候補生が紺色、魔道士候補生が赤と決まっている。すでに騎士となった者もいれば、聖騎士になった者もいるはずだが、在学中は制服着用と帯剣禁止が義務づけられているため、外見上の区別はつかない。身分も候補生のままである。

陰鬱《いんうつ》な霞色で構成された鍛刃院は、元はルトゥエル王国建国以前に建てられた砦《とりで》だそうだ。建国後の竜の大建造——百日で王都を、千日で大街道を造った——以降、街道沿いに新たな砦が建てられたため、打ち捨てられたものを再利用したという。

開放された大きな扉を抜ければ、吹き抜けのホールが広がる。

ホールの中央に飾られた旗には、竜が車輪を抱えた紋章が描かれている。グレゴール一世にはじまる王家の旗だ。鍛刃院が、国営の施設であることを示している。

入り口正面の壁には、大きなタペストリーが三枚並んで飾られていた。

（竜……）

織り上げられているのは、ルトゥエル王国建国の伝説だ。

征服王ガリアテの上陸から五百年。いまだ島に跋扈《ばっこ》する悪竜を、アレクサンドラの魔力を発現させ、ついに御した初代国王・グレゴール一世。その姿は、輝く金の髪の、雄々《おお》しい戦士として描かれている。

一枚目は、悪竜に挑むグレゴール一世の図。

二枚目は、御した益竜をもって王都を築かせる図。

三枚目は、国境を侵《おか》す悪竜を、益竜が退《しりぞ》ける図。

この王国は、古き血の七人の王の版図であった島の南側三分の一の領土と、島の四分の一の民と、二分の一の富を手に入れ、大ガリアテ島最大の強国となった。

（竜……竜の血……）

セシリアは、生きた竜を見たことがない。

竜が運んだ巨岩や、竜が拓《ひら》いた街道。竜が架けた橋。その残したものは、国中のあちこちにあるというのに。

（一体、竜の血でなにが起きるっていうの？）

ガラシェ社領には、セシリアが知る限りで二度、竜が現れている。

十年前と、七年前。

響く角笛が、三度鳴るのがその合図だ。

司祭の家族は、地下の祈禱《きとう》室で祈りながら、竜が天に送られるのを待つ。数日で終わる場合もあれば、十日以上かかる場合もある。

――祈るのよ。

養母に言われるまま、セシリアはただ祈った。

遠く竜の咆哮《ほうこう》を聞いたのを、よく覚えている。

ゴオゥ　ゴゥオウ

嵐のようでもあり、地鳴りのようでもあった。

あの声を、忘れた日はない。

二度とも、ガラシェ司祭によって竜は天に送られている。

司祭の弟の聖騎士たちが司祭と共に戦い、社領の魔道士たちが結界を張り、社領騎士団の騎士たちが、周辺の民を守った。正しく、竜は天に送られたのだ。

しかし、犠牲者は出た。いずれも汎種の農民たちだ。竜の炎は毒を含む。わずかな火傷《やけど》から命を落とす者もいた。

弔問《ちょうもん》も、司祭の家族の務めである。セシリアも養母に同行して、墓前に花を供えた。

その時、竜が息絶えた場所にも行っている。

竜の軀《むくろ》は、存在しない。息絶えると同時に、灰になって消えるからだ。

ただ、痕跡だけが残る。

竜が吐いた炎に焼かれた土地には、赤い星型の花を咲かせる薬草が生える。その花を乾燥させたものが、火蕾《からい》、という生薬《しょうやく》になるのだ。

竜の寝床は特殊な鉱物に変じ、これを加工したものが黒鱗鋼と呼ばれる。竜の鱗《うろこ》を貫く、この世で唯一の鉱物である。

それらは資源として、社領の民を潤す。

社領の民は、そうして二千年以上も竜と共に生きてきたのだ。

資源を運び出す人々が忙しく行き交う中、セシリアは、犠牲者に贈ったのと同じ鈴百合《すずゆり》の花を捧げて祈った。祈りは、聖職者の一族にとって重要な役目だ。

（竜を——生きた竜を、この目で見てみたい）

大ガリアテ島での暮らしは、竜の脅威《きょうい》と背中あわせだ。

島全体に存在する悪竜は、その巨体と吐く炎によって、犠牲者を出し続けている。

セシリアが今日まで竜の脅威を知らずに済んでいるのは、ルトゥエル王国に竜を御す王がいて、竜を葬《ほうむ》る聖騎士がいるからだ。

春の大陸には竜がいない——らしい。いや、この世界で大ガリアテ島にしか存在しない、と言うべきだろう。世界の八つの大陸を紹介する大陸の書物にも、そう書かれていた。いても神代のうちに絶えているそうだ。

（なんて美しい生き物なの……）

タペストリーに描かれた、素晴らしく美しい生き物。セシリアはうっとりと見惚《みと》れた。

真っ赤な瞳。鋭い牙。二つに裂けた舌。鋭い鉤爪《かぎづめ》。青みを帯びた鱗。牛十頭ほどといわれる巨体。大きな翼に、身体《からだ》の倍以上ある尾。

いつか、生きた竜をこの目で見たい。

そして、竜と戦いたい。

セシリアの、幼い頃から続く願いだ。

遠くで祈るのではなく、聖騎士として戦いたい。

だが、その願いは打ち砕かれた。竜の血を浴びたアルヴィンと剣をあわせた日、木っ端《こっぱ》微塵《みじん》に。

（私も、竜と戦いたい。騎士としては不可能でも、魔道士としてなら……きっと道はあるわ。私の半分はスィレン種なんだし、そちらの顕性係数の方が高いんだから）

グレゴール一世の勇姿に心を励まされ、セシリアは書庫へ向かう歩みを再開させる。

「セシリア！」

ふいに明るい声に呼ばれ、セシリアは扉の方を振り向いた。

そこにいたのは、すらりと背の高い少女だ。

「カリナ！」

セシリアは笑顔で、大きく手を振った。

駆け寄ってきたのは、ジョンの妹で、テンターク家の次女のカリナだ。まっすぐな黒髪を、高いところでまとめている。紺色の制服に、黄みを帯びた橙色《だいだい》の瞳がよく映《は》えていた。ジョンと似通った、柔和な印象の少女である。

二人が並ぶと、目の位置はカリナの方が高い。ギヨム種は総じて長身で、友人も例外ではなかった。

「さっき、アルヴィンに中庭で会ったわ。儀式、成功したのね。おめでとう」

「うん、ありがとう。本当によかったわ。——カリナは、今着いたの？」

「そう、ついさっき。一緒に戻ろうと思って城でお兄様を待っていたのに、あっさり置いていかれたのよ。半日も気づかなかったわ。ひどいじゃない？」

カリナが、ふっくらとした頬を膨らませる。

いつもの兄妹喧嘩《きょうだいげんか》だ。セシリアは苦く笑う。

「まぁ。ひどいのね、ジョンったら」

「入学前なんて、雪花《ゆきはな》城までわざわざ迎えにきてくださっていたのよ？　最近はすっかり冷たいの。これも竜の血を浴びた影響？」

セシリアは「きっと、ジョンにも考えがあるのよ」と弁護しておいた。

いつまでも兄が近くにいては妹の縁談に差し支える、とジョンは周囲に言っているらしい。アルヴィンから聞いた兄の真意は、妹には届いていないようだ。

「私、テンターク司祭にお手紙をお送りしたの。届いていた？」

「ええ。父上ったら、すっかりセシリアが気に入ってしまって。兄上に言うのよ。アルヴィンから奪えないのかって」

カリナが「無理に決まってるのに」と笑い、セシリアも「無理よ」と笑った。

ガラシェ司祭とテンターク司祭は、鍛刃院の同期で昵懇《じっこん》の仲だ。親しさが言わせた冗談だったのだろう、とセシリアは理解した。

「実り多い休暇だったわ。ファイ導師にもいろいろ教えていただけたし」

「こちらこそ、弟がお世話になって。兄君のキリアン様が指導してくださったんでしょう？　剣の筋がよくなったって、父上が喜んでたわ。――セシリアは、寮に戻るところ？」

「書庫に行こうと思って。調べたいことがあるの」

「さすが、不動の学年首位は違うわね。じゃあ、済んだら部屋にいらっしゃいよ。母上が持たせてくれた焼き菓子があるの。一緒に食べましょう」

「嬉《うれ》しい！　楽しみにしてるわ」

じゃあ、と手を振り、階段の前でカリナと別れた。

セシリアはタペストリーを横目に見ながら、階段を上がっていく。

鍛刃院は、国営の騎士教育機関だ。

基礎訓練から、戦術、歴史、血統学など、様々な教育が行われる場である。

百数十人いる学生のうち九割が、高い顕性係数を持つギヨム種の騎士候補生だ。宮廷騎士団の制服でもある、紺色のチュニックを制服にしている。

残る一割は、スィレン種とギヨム種の混成種で、赤いチュニックが制服だ。魔道士候補生と呼ばれている。

混成種は、二種に分けられる。父がスィレン種であればスィレン・ギヨム種、ギヨム種であればギヨム・スィレン種。特性や、容姿の特徴は父親側の影響が強いため、スィレン・ギヨム種はおおよそ金の髪をしており、ギヨム・スィレン種は、黒い髪を持つ者が多いそうだ。ただ、ギヨム・スィレン種は血統学上の存在で、ほぼ実在していないらしい。混成種、と言えば自然とスィレン・ギヨム種を指す。

セシリアは、スィレン・ギヨム種である。

父親も、母親も知らない。ただ瞳の色が父親に由来する以上、血統学の知識から推測して、父親はおおよそ緑に近い瞳をしていたのだろう。

(特性について調べるなら、血統学の本よね。……もう、だいたい一度は目を通してはいるはずだけど……)

中二階にある重い扉を開き、書庫に入る。

広い空間には、書棚が整然と並んでいた。知識の宝庫だ。胸が高鳴る。

閉ざされた世界に生きるセシリアにとって、世界を知る手段は他にない。

高いところにある半輪の形の窓から、明るい陽《ひ》が射していた。

目当ての書棚の前に立ち、その背表紙の文字をじっくり目で追っていく。

(血統学の――特性の発現の――あ、あった)

左指で印を描き、右手の指二本で、するりと円を描く。

アレクサンドラが遺した六つの魔術の一つ、練《れん》系の魔術だ。魔術としては最初に習う基礎的なものである。焼く前のパン生地のように練った気を操る。

練った気を本に巻きつけ、クイ、と右手で手繰り寄せた。

本は、ズズ……と静かに動き出す。

――素晴らしい力を持ってるじゃないか。

ジョンが言った素晴らしい力、とは、アレクサンドラから継承した魔力を指している。

魔力は、グレゴール一世にはじまるスィレン種の特性だ。

スィレン種は、金の髪と、鮮やかな色彩の瞳を持つ。色は緑から紫までの寒色が主だ。顕性係数六以上で多少の魔力が発現し、九で竜を御する力を有す。小柄で身体が弱い半面、高度な知能と、魔術を含む多くの技術で、占星術、建築、鍛冶製鉄、医療、学問の分野を拓いてきた。

ギヨム種は、黒い髪と、炎に似た色の瞳を持つ。多くは黄色から赤の範囲に収まる。顕性係数七以上で騎士の資格を得、多くが強靭《きょうじん》な肉体を有し、九で聖騎士となり得る。大柄で力が強いだけでなく、ほとんどが長寿を保つ。

この二種の支配階級の歴史は、それぞれに古い。

スィレン種の歴史は、征服王ガリアテが春の大陸から渡ってきた、千年前にはじまる。大魔道士アレクサンドラの血が、時を経て鍛冶匠の末裔に発現したのは、五百年前だ。そのグレゴール一世以降、特性の発現は引き継がれたため、スィレン種は独立した存在となった。

ギヨム種の歴史は、ガリアテ上陸以前からはじまっている。一説によれば二千年以上の歴史があるそうだ。他の先住民は、大陸からの移住者との境をなくしていったが、ギヨム種だけは、その社殿を含んだ土地を守り、文化と、特性と、容姿とをそのまま残している。騎士の一族を古き血、と呼ぶのはそのためだ。

征服者から突然変異した一族と、島固有の特殊な一族。成り立ちのまったく異なる二つの種は、ルトゥエル王国の支配階級として五百年にわたり君臨してきた。

それと比較すれば、混成種であるスィレン・ギヨム種の歴史は、驚くほどに浅い。

両種の通婚は禁忌《きんき》で、混成種の存在自体が長く認識されてこなかった。異なる二つの稀種の間に子が生まれることさえ、三十年前の血統学の論文では否定されている。

いまだ出生時には戸籍もない。稀《まれ》に稀を重ねたような存在だ。

国の記録に残るようになったのは、せいぜい十年前という歴史の浅さである。

(御せないまでも、竜と戦えるような能力が、スィレン種にあってもいいはずだわ。スィレン種の王が魔力で御すのなら、竜は魔力に弱いはずだもの)

ルトゥエル王国独自の血統学によれば、セシリアの顕性係数は、ギヨム種が六。スィレン種が八だ。

顕性係数は、七以上で無条件に特性が発現。六では訓練次第とされる。五の場合は、相手の顕性係数次第では特性を発現した子孫を持つことも可能だ。しかし外見上の特徴は失われる。四以下は特性の継承自体が不可能であるため、稀種に分類されない。スィレン種の特性を失った貴族は、準貴族としてやや下の地位に属することになる。ギヨム種の特性を失った者は、社領の農夫として生きるのが常であった。

セシリアの持つ数字は、騎士のなり損ないにすぎない。顕性係数が六では、厳しい審査を経て社領騎士団に入ったところで、役目は後方支援のみ。七以上の騎士との間の隔《へだ》たりは、生涯続く。

自分が竜の血を浴びても無意味だ。聖騎士にはなれない。数字の上で結論は出ている。

竜の血を浴びるどころか、竜と対峙《たいじ》すれば、消し炭になるだけだろう。

それでも、諦《あきら》めきれなかった。

ギヨム種の血が薄いのなら、スィレン種の血で勝負するまでだ。

セシリアのスィレン種の顕性係数は高い。ギヨム種でいえば、七社家の一族にも匹敵する数字だ。実際、セシリアの魔力は、社領にいる魔道士たちをしのいでいる。

（私にだって、民と森を守る力はある。……ないわけがない）

社領の魔道士の主な仕事は、結界張りだ。通常は聖域の二重の結界の維持。竜送りの際には竜の炎と巨体から民と森を守るため、一帯に結界を張る。しかし、結界を張るばかりが魔道士ではない。工夫次第では、よき戦士にもなり得るだろう。いや、必ずやなれる。

自分には、その可能性がある――とセシリアは思っている。

宙に浮いた本は、ふわり、と手元に落ちてきた。

ぱらりと開く。

スィレン種の能力の項目には、黒くインクで塗りつぶされた部分がある。

この書庫にある、どの本にもだ。

幾人かの教官に尋ねても、まったく答えてはもらえなかった。

何度も自力で読もうと試みてきたが、読めない。一文字たりとも。

(この黒塗りのところに、秘密が隠れてる……と思うんだけど……)

インクの向こうに、自分が強くなる秘密があるはずだ、とセシリアは確信していた。

なにせ、顕性係数七から九の項目の間の部分に書かれているのだから。

なにかある。絶対にある。

しかし窓からの明かりに透かしてみても、その向こう側は読めない。

藁《わら》にもすがる思いで、目をこらしていると――

「――セシリア」

突然名を呼ばれて、セシリアはびくりと身体をすくませた。

そこに、紺色のチュニックを着たアルヴィンが立っている。

驚いて取り落としそうになった本を抱え直した。

「あぁ、驚いた! 本を取るのに夢中になって、全然気づかなかったわ!」

「ごめん、驚かせて。何度か声はかけたんだけど」

アルヴィンの石榴《ざくろ》色の瞳が、セシリアの抱えている本の表紙を見ている。『血統学における特性の発現についての研究』。彼が興味を持ちそうにもない内容だ。

「……本でも探してたの?」

「いや。……さっき、ジョンと話してたよね。なに話してたの？」

「いいじゃない、なんだって」

セシリアは、目をそらして書棚の本を見た。

血統学の本は、どれも分厚い。複雑で難解なものばかりである。

「……将来の話でもしてたのかと思った」

本の背表紙に向かっていた鮮やかな緑の瞳が、アルヴィンの真紅の瞳を見つめる。

鍛刃院にいる多くの候補生にとって、将来の話、といえば即《すなわ》ち縁談だ。

「彼、次男よ？　そんな話になるわけがないじゃない」

七社家の暮らしには、多くの制約がある。

――実子は男女ともに年長の二名までは『嗣子《しし》』とし、鍛刃院卒業後は純血のギヨム種から配偶者を選ぶこと。

――三人目以降は『由子《ゆうし》』とし、鍛刃院卒業後、宮廷騎士団に三年以上所属させること。

騎士の世が定めた掟ではない。王族が定めたものだ。

ジョンはテンタ―ク家の次男である。鍛刃院を出たあとは、故郷に帰った上で、純血のギヨム種の女性を娶《めと》る必要があった。

ガラシェ家の三男のアルヴィンは、結婚相手が純血のギヨム種に限られず、鍛刃院卒業後に、三年の王宮務めを義務づけられている。

運命は決しているのだから、アルヴィンの心配は無意味だ。

「それでも、心までは縛れない」

思いがけない言葉が、アルヴィンの口から発せられた。

セシリアは眉をくいと上げ、それだけでは足りずに肩まですくめる。

「ただの雑談。私も、竜の血を浴びたいって話をしてただけ」

「こんな綺麗《きれい》な金の髪をしているのに」

アルヴィンは苦く笑って、セシリアの蜂蜜色の三つ編みに目をやった。

一人の例外もなく青みがかった黒髪を持つギヨム種には、決して現れない髪色だ。

「私だって、竜を倒せるくらい強くなれるかもしれないもの」

「係数が九未満なら、竜の血を浴びても意味はないよ」

「そんなことくらい知ってるし、ジョンからも聞いてる。いいの。竜を倒す方法は自分で探すから、放っておいて」

「君たち、そんなに親しかった？……夏期休暇の間、ちゃんと修練していたの？」

セシリアは、ムッと口をとがらせた。

騎士のためにある鍛刃院では、魔道士用の教育が不十分だ。

建国以降、各社領の聖域を結界で守っていたスィレン種の魔道士は、すでに社領を去っている。二十年前に現国王が、純血のスィレン種の魔道士を王都に集中させると定めたせいだ。以来、導き手を失った混成種の魔道士の教育は、多くの問題を抱えていた。

教育の担《にな》い手は、社領にスィレン種の魔道士がいた時代に教えを受けた、年配の混成種しかいない。鍛刃院では、騎士向けの教育が主で、結界の練習がせいぜいだ。新たな魔術を習得する機会はない。他領の魔道士を訪ねるのは、貴重な機会なのである。

「ジョンは卒業前で、ずっと課題と格闘していたわ。私だって、新しい魔術を覚えたって言ったじゃない。ジョンと遊んでたら、習得なんてできなかった」

「そうだったね」

「忘却術は、高度な魔術なの」

「うん。聞いたよ」

その簡単な相槌《あいづち》が気に入らない。

アルヴィンの目には、自分がいつでも結婚相手を物色する娘に見えるのだろうか？

（いつもこうなんだから。私をなんだと思ってるの？）

ムカムカと腹が立ってきた。

なんとか言い返してやりたいが、どうせ呆れ顔をされるだけだ。

（あ……そうだ！）

セシリアは、ささやかな意趣返しを思い立つ。

本で隠した左手で、さらりさらりと宙に印を描き、そして――

「アルヴィン」

と笑顔で声をかけた。

アルヴィンの深紅の目が、セシリアを正面から見つめる。

その目と目の間に置いた右手を、ぱちりと鳴らした。

途端に——

「…………」

石榴石の瞳は、向かう先を失った。

虚空をさ迷った目が、再びセシリアを見つめるまで、呼吸二つ分ほどの間が空く。

「今……なにをしたの？」

「修練の成果を披露しただけ」

「……修練？」

アルヴィンは、なんのことかわからない、という表情をしている。

辺りをきょろきょろと見渡して、首を傾《かし》げた。——忘却術が、よく効いたようだ。

（魔術って、本当に古き血にはよく効くのね）

忘却術は、相手の感覚を乱す破《は》系の魔術だ。

術の深さによって、忘却する期間は決まる。今は浅い術をかけただけなので、忘れるのは、せいぜい数分程度のはずだ。

ただ、突然数分の記憶を失うと、その空白を補うために混乱が起きる。

アルヴィンは、なぜここにいるのか、というところから理解できていないようだ。

「そう。忘却術。ジョンと遊んでたんじゃないかって疑われたから、習得した魔術を披露してみせたの。王宮勤めには便利だって、ファイ導師に教えていただいたのよ。ジョンと遊んでただけなら、この術も習得できなかったわ」

アルヴィンは、記憶を整理しているようだ。口元に手を当て、考えこんでいる。

細い、少しとがった鷲鼻《わしばな》が、右に、左に。それから、正面を向く。

アルヴィンは、まっすぐにセシリアを見て、

「二度としないで。俺は、こういうのは嫌だ」

と苦しさをこらえるように言った。

そんな顔をさせたかったわけではない。やり過ぎだった、とすぐに反省する。

「ごめん。……ただ、遊んでたんじゃないって言いたかっただけ」

ギヨム種は、魔術に耐性がない。

物理的な力の強いギヨム種だが、魔術には弱い。スィレン種に、破系の魔術がほとんど効かないのと対をなす形だ。耐性のなさは、汎種よりも顕著《けんちょ》である。

五百年前、アレクサンドラの魔力を発現させたグレゴール一世が、竜に守られた七人の王を降した決定的な要因だったに違いない。その魔力さえなければ、今もこの国は七人の王の版図のままであったろう。

「セシリアの言った言葉を、忘れたくない」

「……もうしない」

「セシリアだけが知っていて、俺が知らない記憶はあってほしくないんだ。俺も、ちゃんと覚えていたい」

こういう時、どんな表情をすればいいのか、セシリアにはわからない。

アルヴィンは、セシリアと過ごす時間の記憶はかけがえのないものだ、といつも様々な言葉で伝えてくる。

二人でいられる時間が、限られているのは事実だ。

だから、うなずくしかなくなる。二人の時間を大切にすべきだという認識は、セシリアも強く持っていた。

「了解。断りなく術を使ったりしないし、ジョンとも長話はしない。それでいいの？」

「術は困るけど、ジョンと話をするくらい止めないよ。……その話、俺、もうしてた？」

「うん。してた。いつも通りの調子で」

「言わないつもりだったのに。……嫉妬《しっと》してるみたいだから」

セシリアは、肩をすくめる。

「嫉妬してるなんて思わないわ。……ねえ、アルヴィン。なにが心配なのか、私にはさっぱりわからない。私が貴方《あなた》からジョンに乗り換える利点なんてある？」

セシリアは、アルヴィンの横をすりぬけた。

「俺より、ジョンの方が背は高い」

はぁ、とセシリアはため息をついて、足を止めた。

くるりと振り向いて、頭一つほど高い位置にあるアルヴィンの目を見つめる。

「あのね、背が高いってだけで一々相手を変えるなんて、馬鹿馬鹿《ばかばか》しい話あるわけないじゃない。それとも、アルヴィンはそんなにしょっちゅう相手を変えようと思うの？　私より強い混成種がいたら、目移りする？」

「まさか。そんな馬鹿馬鹿しい話はないよ」

アルヴィンが、しっかりとした眉をくいと上げる。

――目移りする相手がいるとすれば、混成種ではなく純血のギヨム種だろう。

そう思ったが、セシリアは口にはしなかった。

「私だってそうよ。馬鹿馬鹿しい」

「まぁ、そうだね」

やっと、アルヴィンは納得したようだった。

いつものように、他愛のない会話をしながら書庫を出た。

アルヴィンは、ホールのタペストリーを目に入れなかった。大抵の候補生は、そうしている。見慣れて無関心なのか、目に入れたくないのか。きっと後者だろう。

大ガリアテ島を古くから守ってきたギヨム種は、征服王の末裔たるグレゴール一世にはじまる王族を嫌い、王族の作った歴史を憎んでいる。

鍛刃院という国立の教育機関自体への嫌悪も強い。社殿と聖域を保ち、民と森を守るのが騎士だ。征服者の一族から学ぶものなどなに一つとしてない――と彼らは思っているのだろう。セシリアが鍛刃院に行きたい、と言った時、頭の固いアルヴィンの次兄などは、はっきりとそう口にもしていた。

セシリアはアルヴィンと並んで歩く時、タペストリーに見惚れはしなかった。そうするのが、この場では正しい。

騎士の世で生きていくために、必要な努力だった。

始業式から十日が過ぎ、鍛刃院は考査前の緊張に包まれている。

憩いの場である中庭に、紺色のチュニックが点々としていた。剣技の型の練習をする者や、本にかじりついて暗唱に腐心する者もいる。端の方には、赤いチュニックも見えた。

ちらりとそちらを見てから、セシリアは目線を本に戻す。

女子寮のバルコニーは中庭に面していて、見晴らしがいい。しっかりとした庇《ひさし》もあるので、夏でも過ごしやすい場所だ。

「……あぁ、卒業まであと一年しかないのね……」

はぁ、と大きくため息をついたのは、横で手すりに寄りかかるカリナだ。

「そうね。あっという間だわ」

「ねえ、それ……その、セシリアが読んでるのって、血統学の本？　すごいわね、係数の計算ができるの？」

「まさか！　血統学の計算なんて、スィレン種でもなくちゃできないわ」

「貴女《あなた》ならできるのかと思った。……でも、そんな本持ってたら、別な相手を探してるように見えるわよ？」

心外である。セシリアは眉を八の字にした。

稀種同士の結婚は、特性保持のために血統学上の計算が必須だ。その技術は、スィレン種が占め、習得には十年かかると言われている。国試は百人に一人しか受からぬそうだ。すべての計算は、王都にある血統学研究所に依頼するのが唯一の道であった。

だが、これは計算の難易度の問題ではない。

「……本当にそう見える？」

「誰かを期待させる前に、表紙だけでも隠したら？　アルヴィンが心配するわ」

ふと、書庫でアルヴィンが見せた態度を思い出す。

（あぁ、それであんな不機嫌な顔になっていたのね！）

心の中だけで納得し、かつ呆れる。

書庫でセシリアの持っていた本を見て、彼はたしかに不愉快そうな顔をしていた。

「そうするわ。そんな期待されたくないもの！」

「……あぁ、私、セシリアがうらやましいわ……」

また、カリナがため息をつく。

セシリアには、七社家の次女に生まれた親友が、自分のなにをうらやむのかが理解できない。けれど、カリナが年に三度の考査の度に苦戦している姿には見慣れていた。座学の成績は、下から数えた方が早い。すべての課目で三位以下を取ったことのないセシリアが、彼女には眩《まばゆ》く見えるらしい。

「手伝う？　どこがわからないの？」

「課題なんて気にしてない。気にしてるのは、運命の相手が、まだ見つからないことよ」

あぁ、とセシリアはうなずいて、カリナのため息の理由をやっと理解した。

カリナとは、誕生日が近い。二人とも、来年の夏に十八歳を迎える。

顕性係数が八もあるカリナは、成人と同時に無条件で騎士になり、テンターク社領の社領騎士団に入団する。セシリアは、騎士になれるかどうかも微妙だが、なれなかったとしても、成人はする。成人すれば、婚約が可能になるのだ。成人と同時、もしくは卒業を機に婚約をする候補生は多い。

相手の決まっているセシリアと違い、まだ決まっていないカリナが将来を気にかけるのは当然だ。課題も気にすべきだと思ったが、口にはしないでおいた。

「すぐ見つかるわ、きっと。カリナは素敵な人だもの」

「私、恋がしたいの。――運命の人に出会いたい」

「出会えるわよ、すぐに」

騎士の世における七社家は、王も同然の存在だ。その家名と顕性係数を示すだけで、縁談の相手などいくらでも見つかるだろう。

だがしかし、恋、となると話は別である。

「でも、見込みないわ。私の成績じゃ、運命どころか、誰も目に入れてくれない……」

三度《みたび》、カリナはため息をついた。

より優秀な相手を望むのは、ギヨム種の性《さが》である。より強く、より賢く、健康な個体を欲するようにできているのだ。

鍛刃院における成績は、時に恋の可能性を左右する。

将来がほぼ決まっている者は、くじ引きで剣術の勝敗を決めている。けれど、決まっていない者は、剣術にも学問にも励むものだ。鍛刃院で縁を結ぶ候補生は多い。

「それなら、婚約は後回しにしてもらったらどう？　最近は、成人した途端に婚約する子の方が少ないって聞いたわ」

「でも、それって傍流の家の話でしょう？」

「それでも前例はあるんだから、諦めちゃ駄目よ。それで、卒業したら宮廷騎士団に入るの。きっとすぐ縁ができるわ」

「私は嗣子よ？　すぐに社領騎士団に入らなくちゃ。だいだい、宮廷騎士団なんて父上が許してくださらない。スィレン種の話をする時は、髭《ひげ》が逆立つくらい不機嫌になるの。無理よ、無理。そりゃあ、私も王宮で働いて、素敵な人と出会いたいけど……」

テンターク司祭の立派な髭を思い出し、セシリアは小さく笑ってしまった。

「だって、嗣子なら由子から婿《むこ》を選ばなきゃいけないでしょう？　その点、宮廷騎士団なら由子ばかりが集まってるわ。一々、成績が廊下に貼り出されもしない。魚を釣るのに、海へ行かずにどうするの？」

「……そうよね。今の私は、牧場で魚の話をしているみたいなものだわ」

カリナは、恋というものに強く憧れている。

いつか運命の人と恋に落ち、共に薔薇《ばら》色の人生を歩むことを夢見ている。

自分にとっての竜との邂逅《かいこう》と同じだ、と話したところ「全然違うわ」と否定されたことがある。違うらしい。

たまらなく魅力的で、慕わしい。竜への憧れは、恋に似ている、と思う。

けれど、やはりそれは違うものらしく、カリナは「貴女、変よ」と言っていた。

「でも、大変よね。嗣子に生まれると条件が限られるから」

セシリアが言うのに、カリナは「そうなのよ！」と大きくうなずいた。

「男はいいけど、女は縁が遠くなると思うわ。他の社領に婿入りしたがらない由子は多いし。私みたいに成績が振るわないと、なおさら。……セシリアはいいわね。もう運命の相手は決まっているんだから。本当にうらやましい」

もうため息をつく気力もないのか、カリナはぼんやりと中庭の方に目をやった。

セシリアも、本の黒塗りの部分から、中庭へと目を移す。

「運命……なのかな」

「運命よ」

そう断言されては、セシリアもそれ以上否定はできなかった。

ガラシェ家は、騎士の家にスィレン種の血を混ぜようとしている。

なんのことはない。王の権力によって奪われない、結界の担い手が要るからだ。

北方の社領では、七社家の血とスィレン・ギヨム種の血が混じった混成種が存在しているそうだ。アルヴィンとセシリアの婚約も、そうした時代の流れの一環に過ぎない。

それも、考えようによっては運命なのかもしれないが。

「よくわからないけど……そうなのかも」

「うらやましい。同期一の成績で、ガラシェ家の三男と婚約予定で、卒業したら王都に住めて……あぁ、そう言えば、父上が貴女の心配をしてたわ。――タリサ・ヴァルクみたいになるんじゃないかって」

「なれるものならなってみたい」

「やだ、よしてよ。アルヴィンが泣くじゃない」

カリナが眉を顰《ひそ》めたのは、その名が、歴史の浅いスィレン・ギヨム種の中で最もよく知られているからだ。ほぼ、悪名として。

タリサ・ヴァルク。七社家のうち最北を守るヴァルク家の養女。セシリアよりも五歳年長で、魔術と剣術に長《た》け、鍛刃院を首席で卒業。宮廷騎士団に所属後、王女専属の護衛騎士となった。王女が即位した暁《あかつき》には、他の純血のギヨム種の騎士を差し置いて、混成種としてはじめての王佐の騎士になるのでは、と目されている人だ。

――故郷の婚約者を捨てて。

それゆえに、騎士の世で彼女の名前が出る時は、皆が眉を顰める。

タリサ・ヴァルクのようになりたい。

タリサ・ヴァルクのようになってはいけない。

セシリアの中には、矛盾《むじゅん》する二つの思いが存在していた。

「大丈夫。ちゃんと三年王宮勤めをしたら、ガラシェ社領に帰るわよ。誓約の丘で、アルヴィンと約束をしたもの」

「それならいいけど。……そうよ、貴女はいいの。問題は私。父上は、ヴェントール家のイザクはどうか、なんて言うのよ」

「……噂《うわさ》をすれば。ジョンと一緒にいるの、ほら、あの真ん中の岩のところに。あれ、イザクじゃない？」

二人の視線の先には、巨岩に座る紺色のチュニックの候補生たちがいる。

騎士の世において、七社家の地位は高い。

他の傍流の学生たちも、直系への敬意を強く持っている。

巨岩の中で一番大きなその場所には、自然と直系たちが集まる。他の傍流の候補生は遠慮するので、ほとんど彼らの特等席になっていた。赤いチュニックに至っては、中央どころか中庭の端にしかいない。

「あら、本人ね。……そりゃあ素敵だとは思うけど、私には高嶺《たかね》の花だわ」

カリナの兄のジョンとイザクが、なにやら話し込んでいる。

イザク・ヴェントールは、セシリアたちと同じ二回生で、北方の七社家出身の青年だ。騎士としては珍しく、髪を短くしていて、精悍《せいかん》な印象である。彼は四男で由子だ。カリナの結婚相手としての条件は満たしている。

（また、試合の勝ち負けを決めてるのかしら）

彼らは、よく剣術の試合の勝敗を、くじ引きで決めている。

鍛刃院の成績に、騎士たちは重きを置いていない。騎士の力を、スィレン種の基準で量られるのを嫌うからだ。アルヴィンも、その輪に加わっているのを見かける。結婚相手に不自由しない、七社家の男子の余裕とでも言うべきか。

「ねぇ、カリナ。もし、イザクと婚約できたら、彼と一緒に宮廷騎士団に入る？」

「よして。彼とは話したこともないもの！――でも、そうね、もしそうなったら、私も王都に行きたい。黒の都で、いろんなものを見て回りたいわ」

ふふ、とカリナが笑うので、セシリアも一緒に笑った。

「本当にそうなったら、黒の都で一緒に遊べるわね、私たち」

中庭を眺めるのをやめ、二人はお互いに目をやった。

カリナの瞳は、陽の光の下で見ると、タンポポのように明るく見える。

「それって最高ね。――でも、無理よ。絶望的。父上が許さない」

「そんなの『婚約者と片時も離れたくないから』って言えばいいのよ」

セシリアが笑顔で言えば、カリナは大きく目を見開いた。

「まぁ、それ……いいわね！　貴女はそれで上手くいったの？」

「ええ。許可してもらえたわ」

「すごい！　それ真似するわ、私！」

セシリアの方便など、養父母にはお見通しだった。

それでも、鍛刃院に行きたい、宮廷騎士団に入りたい、という養女の願いを押さえつけようとはしなかった。――タリサ・ヴァルクのようになるな、とは言っていたが。

「テンターク司祭のお許しをいただいて、堂々と黒の都で遊びましょうよ。音楽だって、社領のとは全然違うんですって。ダンスも覚えたい。お芝居も見てみたいわ。劇場はすごく大きくて、素敵なところよ。本で見たことがある」

「素敵！　……あぁ、でも、やっぱり無理よ。そもそも、この話って相手ありきじゃない。そんなに都合よく運命の人になんか出会えないわ」

「そんなの、まだわからないじゃない。応援してる」

セシリアが笑顔で言えば、カリナは泣きだしそうな顔になった。

カリナの成績が振るわないのは、残念だが事実だ。

がくり、と頭《こうべ》を垂れたカリナは、しかし次に頭を上げた時には表情を変えていた。

「これ、まだ内緒なんだけど……考査の最終日に、試合があるでしょう？」

もう十分に距離は近かったが、さらにカリナは肘《ひじ》がつくほど近づいた。

「ええ。卒業生の試合よね？　闘技場でやる」

こそり、と囁《ささや》くカリナにあわせて、セシリアも小声になる。

とはいえ、今このバルコニーにいるのは自分たちだけだ。

中庭の巨岩が七社家の男子の特等席であるように、この女子寮のバルコニーも似たような場所になっている。ここに赤いチュニックのセシリアがいるのは、ガラシェ家の養女だからだ。他の理由はない。

「王女が、視察にいらっしゃるそうよ」

「マルギット様が？　わざわざ鍛刃院までいらっしゃるの？」

マルギットは、現国王ウイルズ三世の第一子だ。

その生母は故人で、聖王妃と称えられたドロテアである。

ウイルズ三世の子は、二人。前王妃・ドロテアの娘マルギットと、現王妃・ヒルダの息子ルキロスだ。

どちらの加冠の儀も終わっていないため、いまだ王太子は定まっていない。

「それで――今回の試合には、二回生も参加することになりそうなの」

「え？」

ぱちぱちと何度もまばたきして、セシリアは血統学の本を閉じていた。

「ほら、王女は今年、加冠の儀をお迎えになるじゃない？　だから、冠杖《かんじょう》の衛士を選びにいらっしゃるんじゃないかって噂なの」

王族の加冠の儀は、三本の鐘楼《しょうろう》のある大社で行われる、成人の儀式だ。

祭壇のある天空堂は、白と金のモザイクタイルで壁一面が飾られている、と本で見たことがある。高い天井と、そこから降り注ぐ光が、天上にいるかのように思わせるそうだ。

加冠の儀では、騎士、あるいは騎士候補生が冠杖の衛士として参加する。

衛士は、宝玉を散りばめた冠と杖を運び、司祭長に渡す役目を担う。司祭長はそれを王族に授けるのだ。男性の王族には、男性衛士。女性の王族には女性衛士がつくもので、候補生か、年若の宮廷騎士から選ばれる、と歴史の授業で学んだ。

「なんで二回生まで？　三回生の方が、もうすぐ卒業して宮廷騎士団に入る候補生もいるんだし、都合がいいんじゃない？」

「王族の考えることだもの。私たちにはわかりっこないわ」

「……でも……もしかしたら――」

もしかしたら――と呟《つぶや》く、セシリアの緑色の瞳は輝いた。

カリナの橙色の瞳も、同じように。

「「王都に行けるかも」」

二人の声が、綺麗に揃《そろ》った。

「冠杖の衛士なら、二人ずつ選ばれるわ！」

「そうね！　二人で一緒に――あぁ、これも内緒だけど、竜御《りゅうぎょ》の儀がね、復活するという話があるのよ。早ければ、今年の終わりくらいに」

「竜御の儀って……もう行われないんじゃなかった？　歴史の講義で習ったわ。現国王のウイルズ三世を最後に……えぇと、九六一年で終わったって」

「それを復活させるって噂なの。まだ決まってないみたいだけど」

「決まってないの？　準備だって大変そうなのに」

竜御の儀、とは、文字どおり、竜を御する王族がその力を示す儀式――のはずだ。詳細は伝えられていない。

大社の天空堂で、司祭長から冠と杖を受け取る加冠の儀とはわけが違う。生きた、本物の竜を用意する必要があるのだから、準備も簡単ではないだろう。

そもそも、竜がいかにして生じるのかを、セシリアは知らない。神話として伝わるように島の土から生じたやら、天から舞い降りたやら。鳥のように卵を抱くのか、犬のように母の腹から出るのかも、さっぱりわからない。成人した暁には、その秘密を司祭が教えてくれるものと期待するばかりだ。

「そう。時間もないっていうのに、準備のしようもないのよ。叔父上から聞いた話だと、大社はかなりピリピリしてるらしいわ。ほんと、王族って勝手よね。でも、上手く王都に行けたら、見学くらいはさせてもらえるんじゃない？」

王都にある大社では、司祭長以下、社領騎士団から選ばれた神官たちが、天の神々に日々祈りを捧げている。司祭長は、スィレン種の貴族と、特性を失った準貴族が大半を占める議会にも、ただ一人のギヨム種として出席する存在だ。王の任命権も持ち、多くの儀式も執り行う。

司祭長の役目は三年ごとの持ち回りで、七社家の聖騎士の中から選ばれ、この三年はテンターク家の領主の弟が務めている。カリナにとっては叔父だ。

確かな筋からの情報と言えるだろう。

セシリアの緑の瞳は、さらにキラキラと輝いた。

（もしかしたら……竜を見られる？　本物の、生きた竜を？）

竜御の儀は、秘された儀式だ。だが、冠杖の衛士にさえ選ばれていれば、カリナの言うように見学くらいは許されるのではないだろうか。

「私……冠杖の衛士に選ばれたい！……でも、私じゃ無理かも……混成種だし」

「だって王女は、護衛騎士にタリサ・ヴァルクを選んだ人よ？　いずれ即位されたら、王佐の騎士に任命するって話もあるくらいだもの」

「……そ、そうよね」

「もし冠杖の衛士に選ばれて、その上王女に気に入られたら、貴女だって王佐の騎士になれるかもしれない。王佐の騎士って、定員は二人でしょう？」

「そうしたら、タリサ様と並べるのね！」

興奮で、頬が熱くなった。

一年後の卒業を待たずして、宮廷に縁ができるとは夢のような話だ。

「きっとそうなるわ。即位されるのは、王女でしょう？　人気があるっていうものね」

「どっちでもいいわ。ルキロス様が即位されるなら、女の私じゃ王佐の騎士にはなれないけど、その時は騎士団長を目指すの！」

「混成種初の騎士団長ね。それも素敵だわ！　貴女ならなれそう！」

十八歳のマルギット王女。十四歳のルキロス王子。

王族の成人年齢は男女で違うため、偶然にもウイルズ王の二人の子供は、同年に加冠の儀を迎える。

どちらが後継者となるかは、加冠の儀ののちに発表されるはずだ。

聖王妃、と呼ばれたドロテア王妃の忘れ形見・マルギット王女か。

現在のヒルダ王妃の第一子・ルキロス王子か。

──鐘の音が聞こえる。

午後の講義開始の、十分前の合図だ。

「あぁ、講義がなかったら、素振りをしに行くのに！　考査試合に備えたい！」

「そのままでも、十分勝てるわよ。貴女、強いもの。なんだか貴女を見てると、物語でも読んでる気分になるわ。どんどん高いところへ飛んでいってしまう」

「もっと強くなりたいの。王女様に選ばれるくらい……いえ、竜を倒せるくらいに！」

セシリアの意気込みに、カリナは声を上げて笑う。

「貴女なら、いつか倒せそうな気がするわ！」

まだ陽射しは強いが、夏は終わろうとしていた。

幾分涼やかになった風を感じながら、二人は学び舎へと足を急がせた。

「千年前、暗黒の島であったこの島に、征服王ガリアテは来たった」

ふぁ、とセシリアは欠伸《あくび》を嚙《か》み殺す。

歴史の講義は、いつも向学心を著《いちじる》しく削ぐ。

「ガリアテは、その眷属《けんぞく》と共に、遥か西、春の大陸から来たった。島の北三分の二を手中に収め、能に秀でた六人の子にそれぞれ王国を与えた。ガリアテの六人の子とは、即ち六王国の王・六賢王。剣士、学者、猟師《りょうし》、商人、農夫、鍛冶匠である。ルトゥエル王国は、神暦四八六年に鍛冶匠の末裔たるグレゴール一世によって、竜に守られた古き血の七人の王が治めていた南三分の一の領土に建てられた神国である。魔道士であるガリアテの妻・アレクサンドラ妃の力を顕《あらわ》し、竜を御す力を発現させた一族は、以降、その魔力によって独自の種を成す。これがスィレン種である。竜を御す者はガリアテの末裔の中で唯一であり、無二である。また、グレゴール一世は先住民の七人の王を恭順させ、大ガリアテ島に平穏をもたらしたのである。かくして、五百年の繁栄ははじまり──」

千年前、春の大陸から征服王ガリアテは来たった。

大陸の小国の王であったとも、海賊《かいぞく》であったとの伝説も残る。

セシリアは、海賊であったのだろう、と勝手に思っていた。王とは、どれだけ小国のそれであっても王である以外の能がない。息子たちが様々な能に秀でているのだから、彼が生まれながらの王であったとは思えなかった。

その推測を、アルヴィンに伝えたことがある。アルヴィンは笑って「王も海賊も、似たようなものだけどね。人のものを奪うしか能がない」と言っていた。

ガリアテ到着以前のこの島は、今よりも遥かに竜の数が多かった、と伝わっている。その時代を、歴史上では、暗黒の島、と呼んでいた。

（嫌な言い方。七人の王は、竜と共に生きてきた。勝手に征服しに来たんだから、竜に襲われるのは当たり前よ。この島が暗黒なんじゃなくて、征服者の方が暗黒の軍じゃない）

征服王ガリアテの没後、島の北側三分の二は、六人の息子たちによる六つの王国によって治められた。

六つの国が保たれていたのは百年程度で、剣士の国が絶えたのを皮切りに、六王国では分裂や断絶が繰り返された。直近の変動は、五十年前にルトゥエル王国の北東で起きた、学者の国の滅亡で、国の全数はルトゥエル王国を含めて十国になった。

グレゴール一世は、鍛冶匠の国の王族の傍流であったと伝わる。竜を御す力をもって、竜に守られた古き血の七人の王との戦いに終止符を打った。そして七人の王が治めていた、島の南側三分の一の土地にルトゥエル王国を建国したのだ。

ルトゥエル王国は、自らの神を捨てて先住民の神を取り入れた。

その先住民とは、ギヨム種に他ならない。古き血の七人の王とは、現在の七社家だ。広大な領地の安堵《あんど》と、祭祀《さいし》の権と王の任命権。竜送りの義務の保持を条件として、グレゴール一世に恭順したのである。

征服王の末裔と、先住民の王の末裔。

王家と七社家の関係の本質は、そこにある。

（もう聞き飽きたわ。毎週毎週、同じ話）

大ガリアテ島に現存する、ルトゥエル王国を含んだ十の王室は、すべて征服王ガリアテ直系の子孫である。金の髪と宝石のような瞳も、すべての王室において今も保たれているそうだ。

しかしながら、竜を御し得た国は、鍛冶匠の末裔たるルトゥエル王国ただ一つ。

唯一にして無二。それこそがこの国の誇りなのだ。

鍛冶匠の象徴である車輪を竜が抱えた紋章に、その誇りが示されている。

「悪竜は、いまだ大ガリアテ島内に五十頭程度の生息が確認されている。我が国は七社家の騎士によって構成される征竜騎士団を年に一度派遣し、諸国への援助を続けている。成果として、この数年、島全体の悪竜は数を減らした。竜を御す王族。竜を征す騎士。この二者が揃わなければ、我が国の繁栄はあり得なかった。騎士は、刃《やいば》であり、盾である。この鍛刃院は、王家の敵を断つ刃として諸君らを育成する学びの場である。卒業ののちは、社領騎士団として民と森を守り、あるいは宮廷騎士団として護国に努めてもらいたい」

毎回、内容は同じ。きっと誰も聞いていないだろう。

鍛刃院自体が、征服者たる王家の意思で作られたギヨム種――彼らの言葉で言えば、先住民の一族――の教育機関だ。タペストリーから目をそらすように、講義も真面目に聞かないのが当たり前になっている。

「我が国の王都が戦場になったことは、この五百年で一度としてない。しかし、危機が訪れれば、王の御す竜が現れ、敵を焼き尽くすだろう」

ルトゥエル王国の王都は、十頭の竜が百日かけて築いたそうだ。

講師の話には飽き飽きしているが、王都の話だけは気持ちが浮き立つ。

黒の都。香辛料の都。二本の尖塔のある黒鳶《くろとび》城に、三本の鐘楼がある大社。劫火《ごうか》の大階段。鍛冶匠の工房群。香辛料売りの屋台。芝居、音楽。すべてが心を華やがせる。

（本物の王都を、早く見てみたい……）

加冠の儀が行われるのは、十二月十二日。カリナから聞いた話が都合よく進めば、それまでに王都へ入れるだろう。考えただけで、どきどきと胸が高鳴る。

（竜御の儀も、復活してくれたらいいのに。……竜に会いたい。王都に行って、王宮で働いて、竜を見てみたい！）

頭の中は、王都と竜のことでいっぱいだ。

歴史の講義は、いつにも増して上の空になる。

五十年前、学者の国から割譲された、社領の外側にある十一番目の公領・ソーレン公領の話をしているようだ。だが、教官の声は右から左に抜けていった。

（講義が終わったら、すぐ書庫に行こう。竜御の儀の記録を調べておきたいわ）

終業の鐘が鳴った途端、セシリアは講堂を飛び出していた。

明るい陽の射す廊下を走り抜け、階段を軽やかに下りる。

中二階の大きな扉を勢いよく開ければ、インクの匂いがスッと流れてきた。

高揚がいっそう高まる、心地いい瞬間だ。

(竜御の儀……なんの本に載ってるかな。儀式関連か……竜関連か……)

新たな本を借りる前に、今抱えている血統学の本を返そう、と思い立つ。

その後ずいぶん粘ったが、黒塗りの箇所の解読はできなかった。

まずは血統学の棚に向かう——その、途中。

ふっと気配を感じて、振り返った。

書庫に入ってきたのは、黒髪に、紺色のチュニックの青年だった。

(アルヴィン？——違う。……イザクだわ)

ヴェントール家のイザクだ。背格好が似ているせいか、見間違ったらしい。

「やぁ、セシリア」

爽《さわ》やかな笑顔を浮かべ、イザクが近づいてくる。顔立ちは、アルヴィンと比べるとあっさりしていて、セシリアが知る限りではカリナの好みに近い。

「あぁ、イザク。ごきげんよう。調べ物？」

「いや。……君に、話があって」

セシリアは、走るほどの勢いで書庫に来た。

今、ここにイザクがいるのだから、彼もよほど急いだとみえる。

この時、セシリアは少しだけ期待した。

夏期休暇が明けたばかりだ。あと一年前後で十八歳を迎える候補生は多い。実家で、将、来の話もしたことだろう。

（もしかして――カリナのことで、私に相談しようとしてる？）

イザクが自分を追いかけてきた目的は、カリナではないか、とセシリアは期待した。運命の恋が、はじまろうとしているのかもしれない。

「どうしたの？」

セシリアは、笑顔でイザクをうながした。

イザクの、アルヴィンよりも細い眉が、戸惑いを示している。目立つ頰骨のあたりが、ほんのり赤くなった。

「その本……係数の計算でもしてたの？」

セシリアは、自分が抱えている本を見た。――血統学の本だ。

最近はカリナの助言に従って表紙を隠していたのだが、本棚にしまうつもりであった今は、むき出しのままになっている。

「いえ、まさか。そんなことできないわ。無理よ」

そっか、とイザクは小さく呟いた。

それから、意を決した風に口に力を入れて、

「突然、ごめん。本当に、突然なんだけど、あの……もし、よければ……婚約者の候補に、俺を加えてもらえないかな」

と言った。

「え？　誰の？」

「き、君の」

「……私？」

まったく思いがけない方向に、話が転がっている。

この会話に、カリナの名前は出ないだろう。セシリアの心は、もう冷めていた。

「君が置かれてる状況は、わかってる。でも……どうしても諦められなくて。両親が用意した婚約の話を進める前に、伝えておきたかったんだ」

こうした告白に、セシリアは慣れている。

慣れており、かつ嫌っていた。言いたいことを言って、気持ちの区切りをつけられる本人はいいだろう。けれど、告白をされたセシリアは、家族への罪悪感を背負わされる。

「ごめんなさい。私、貴方の気持ちは受け入れられないわ」

「無茶なお願いだっていうのも、わかってる。……俺は、家の方針で、竜の血を浴びないことになった」

――だから、君を置いて聖域に消えたりはしない。

――アルヴィンとは違う。老いるまで、君と一緒に生きられる。

言外の声が、はっきりと聞こえた。

七社家の子息のすべてが、聖騎士になるわけではない。

顕性係数は十分でも、儀式を行わない者もいるのだ。最近は、嗣子以外は聖騎士にさせない家もあると聞く。

「イザク。聖騎士かどうかの問題じゃないの」

「ずっと、君が好きだったんだ。入学式で会った時から、すごく綺麗だと思ってた。いつも君のこと――」

イザクは、セシリアの緑の瞳を見つめていた。

その紅《あか》い瞳は、半輪の窓の光を受けて埋火《うずみび》のように輝いている。

「――セシリア！　カリナが探してるよ。そこにいるの？」

書庫の扉のあたりで、声がした。

アルヴィンの声だ。姿を見間違うことはあっても、さすがに声は間違わない。

セシリアよりもよほど驚いたらしく、イザクは手に持っていた本をばさりと取り落とす。

落ちた本を慌《あわ》てて拾い、イザクは「考えておいて」と言い残して書庫を出ていった。

（ちゃんと断ったのに。……考えておいてって……勝手すぎない？）

面識はある。けれど、恋をするようなきっかけなど、あったとは思えない。彼が知り得たのは、セシリアの成績と容姿くらいだったろう。

より強い相手に惹《ひ》かれるのは、ギヨム種の性だ。

だから、常に首位を保つセシリアを伴侶《はんりょ》に選びたがる気持ちは、理解はできる。

けれど、やはりその心がわからない。

養家を裏切ってはくれないか、と頼んだイザクは、セシリアが背負うものを、わずかでも想像しただろうか。

（……よく、わからない）

少なくとも、アルヴィンのいない隙《すき》に話しかけ、気づかれた途端に慌てるのだから、後ろ暗さは自覚していたのだろう。

ふぅ、とセシリアはため息をついてから扉の方に向かう。

もうイザクの姿はない。アルヴィンは扉近くの踊り場の手すりにもたれていた。

「……ちゃんと、自分で断れたわ。余計なことしないで」

セシリアは、口をとがらせたまま苦情を言う。カリナが探している、というのは、アルヴィンがいつも使う手だ。

「知ってるけど。これ以上話が長引くと、ろくなことにならないだろ？」

ますます、セシリアの口はとがった。

告白からの拒絶。そこに『思い出がほしい』との申し出が続く場合も多い。

突然近づいていた顔に仰天し、破系の魔術を使って逃げたことが二度ほどある。

——平気よ。ギヨム種相手に後《おく》れを取ったりしないわ。

魔術のよく効くギヨム種に、危害を加えられる心配はしていない。だが、それは口にはしなかった。アルヴィンは、そうした言い方を好まない。

「でも、そうやってアルヴィンが出てきたら、私が束縛されてるみたいに見えるじゃない」

「しょうがないよ。波風を立てないためだ」

「私が嫌なの。アルヴィンに疑われてるみたいで」

セシリアは、羊ではない。アルヴィンも、牧童ではない。

こういうことがある度にアルヴィンに助けられるのも、本意ではなかった。

「それ……放っておいてって言ってるの？」

「そうよ。私を信じてるならね。私が他の結婚相手を探してるように見えるのは、私が混成種だから？　私が純血のギヨム種なら、心配しなかった？」

「他を探してるとは思わないよ。混成種かどうかも関係ない。……でも、もしそうだったとしても、その時は止めないつもりだ。……心までは縛れないから」

アルヴィンは、眉間《みけん》に深いシワを寄せたまま、くるりと背を向けた。

考査を間近に控えた候補生たちが、書庫を目指して階段を上がってくる。

すぐにアルヴィンの姿は、他の紺色のチュニックの中に消えてしまった。

――心までは縛れない。

アルヴィンはよくそう言う。まるでセシリアが自由になんでも選べるかのように。

（嘘《うそ》よ、そんなの）

セシリアの心は、たしかに縛られている。なにかに。

十八歳になったらアルヴィンと婚約をして、その年の秋には鍛刃院を卒業する。宮廷騎士団に入って騎士団長を目指すか、王佐の騎士を目指すか。そうして、三年経《た》ったらアルヴィンと一緒にガラシェ社領に帰る。

あとは、アルヴィンが聖域に入る日まで、共に過ごす。

すべて決まっていて、一々感想を持ったことはない。無駄だからだ。

「……本、返さないと……」

ぽつり、と独り言を漏《も》らして、セシリアは書棚に引き返す。

その足を重くしているものの正体など、確かめない方がいい。意識をそちらに向けぬよう、いつもどおり目をそらすのが正しいのだ。——壁のタペストリーから、目をそらすのと同じに。


カリナからの情報は、本物だった。

考査最終日の三回生の剣術試合に、二回生も参加せよ、との告知があったのは考査三日前である。マルギット王女の行幸の報《しら》せも重なり、鍛刃院は一時騒然となった。

——慌ただしく日は過ぎ、考査最終日。

ゴーン、ゴーン、と陰鬱な鍛刃院に、鐘の音が響く。

裏庭の闘技場での集合時間まで、あと四半刻の合図だ。

セシリアは、書庫の扉を勢いよく開けた。

（いけない！　急がなくちゃ！）

試合前の精神集中のために、と書庫に入ったのがまずかった。

また資料の黒塗りの向こう側を見るのに没頭して、時を忘れてしまったのだ。聖騎士に並ぶ秘密にも出会えず、試合にまで遅刻してはいいところがまるでない。

慌てて階段を下りる、その途中。

王家の紋章旗の横で、タペストリーを眺める人の姿が目に入った。

「あ――」

セシリアは、大きく口を開けていた。

黄金色の髪の少年。そこにいたのは、ウイルズ三世の第二子、ルキロス王子だ。

ルキロスは、セシリアを見て、パッと明るい笑顔を浮かべた。

「セシリア！　今、ちょうど君に会いたいと思っていたところだ！」

「まぁ、ルキロス様！　おいでになるとは存じませんでした！」

「君に会いたくて――と言いたいところだけど、母上の命でね。姉上に倣《なら》うことにした」

セシリアは階段を駆け下り、胸に手を当てて礼をする。

頭を上げると、今年十四歳になったルキロスの、目の位置に驚く。思いがけず、高い。

「まぁ、すっかり背が伸びて！　たった一年ですのに」

「うん。もう父上より大きいし、今年の内に、母上の背だって超すよ」

少年は、誇らしげに笑んだ。金の飾りのついた藍色のチュニックは重々しいが、ふっくらとした頬は、まだ少し幼い。

「王妃様は、長身でいらっしゃるのですね」

「うん。セシリアと同じくらいだ」

ルキロスの身長は、母親譲りのようだ。スィレン種としては珍しい。

二人の縁は、昨年の夏季休暇にはじまっている。

マルギットとルキロスは慣例に従って、加冠の儀の前年に行う社領の視察を行った。その際、ガラシェ社領に来たのがルキロスだった。共通の学問に興味を持つ二人は、十日ほどの滞在ですっかり意気投合したのだ。

征服者ガリアテの妻である魔道士アレクサンドラが、夫の覇道《はどう》において、どのような役割を果たしたのか、歴史は詳細を伝えていない。

六つの魔術を用い、その魔導書を六人の息子たちに遺した、という伝説だけが残っている。グレゴール一世は魔力を発現させたのちに、六賢王の末裔たちが持つアレクサンドラの魔導書を集めた。これが、現在のスィレン種の世で用いられる魔術の、直接の祖となっている。しかし、集まったのは、六つのうち、練系、癒《ゆ》系、絶《ぜつ》系、破系、輝《き》系の五種の魔道書だけ。失われてしまった一種は、古魔術と呼ばれている。内容も不明だ。

セシリアは、騎士をしのぐための道を模索する中で、古魔術に出会った。周囲には、誰一人理解者はいない。

二十年前にはじまったウイルズ王の政策では、魔道士を王都に集中させ、スィレン種独自の産業を盛んにするのが目的であった。それらの輸出によって国は潤ったが、富を生まない研究からは人を減らした。実用性のない古魔術の研究も廃《すた》れて、ルキロスは周囲からもっと役立つ学問を、と窘《たしな》められるそうだ。

王都でさえそうなのだから、社領で魔術研究が盛んなはずもない。

お互いに、その誰もが見向きもしない研究に興味を持つ者同士。貴重な存在だ。二人は、書庫にこもって古魔術について熱く語りあったのだった。

「さ、私は闘技場に参ります。是非《ぜひ》ともマルギット様に選んでいただかないと」

「選ばれるよ、セシリアなら。優勝するんでしょう？」

「はい」

ふふ、とセシリアが笑うと、ルキロスは歯を見せて笑った。

――姉弟《きょうだい》のようだ。

昨年、ルキロスが滞在していた間、白鷺《しらさぎ》城の汎種の使用人たちが囁いていた。

すっきりと通った鼻や、薄い唇。しっかりとした眉に、切れ長の目。瞳の色は、セシリアが緑で、ルキロスは碧《みどり》。髪色にも多少の違いがあるとはいえ、差は小さい。二人に共通した外見上の特徴はいくつもある。

皆、その話をする時は小声になった。

セシリアの出生に関して、人はセシリアより詳しい。だから、声をひそめる必要があったのだろう。

「僕の冠杖の衛士は、一番強い候補生から選ぶんだ」

「では、アルヴィン・ガラシェが選ばれるかもしれませんね」

鍛刃院の騎士候補生の中で、アルヴィンは最も強い。ガラシェ家の騎士は代々、もっとも優れた剣の使い手として知られている。そうと表に出ないのは、くじ引きで試合の勝敗を決めているせいだ。——今回も、くじの結果次第だとは思うが。

セシリアが笑顔で言うと、ルキロスは顔を曇《くも》らせた。

「あぁ……彼か。彼は僕に選ばれても、喜ばないかな。僕があんまりセシリアと話してばかりいるから、彼には嫌われてる気がする。嫉妬してるんだよ、きっと」

「まさか。そのようなことは、決して」

ごく簡単に、セシリアはルキロスの懸念を否定した。

アルヴィンを含めたガラシェ家の家族は、セシリアの素性を——顕性係数を把握《はあく》できる程度には——知っている。ルキロスとセシリアの接触自体を、歓迎していなかったのは事実だ。

だが、嫉妬というと話は別である。アルヴィンは、騎士候補生の何某《なにがし》かとセシリアが親しくするのには警戒しても、まだ子供の、それもスィレン種の、さらには王族のルキロス相手に、恋をするとは思っていないだろう。より強い者に惹かれるのが、ギヨム種の性だ。

セシリアの半分は、その血が流れている。

「それならいいけど。……ねぇ、セシリアが王都に来たら、僕が王宮を案内するからね。謁見《えっけん》の間にあるタペストリーを見せたい。ここにあるのより、もっと大きいよ」

「それは是非！　ますます、負けられなくなりました。——あ……」

セシリア！　と遠くで呼ぶ声がする。

慌てた様子だが、どこかのんびりとした声は、親友のそれだ。

その直後、カリナがホールに飛び込んできた。

「セシリア？　貴女、なにやってるの！　もう集合時間よ！」

「ごめんなさい！　書庫にいたの！」

「とにかく急いで。そこの貴方も……あら？」

カリナは、ルキロスも候補生だと一瞬勘違いをしたらしい。

「ルキロス王子よ。マルギット王女と一緒にいらしたの」

セシリアが紹介すると、カリナは慌てて「失礼をいたしました」と胸に手を当て、礼をした。すぐにルキロスも「気にしないで」と会釈を返す。

ゴーン、と鐘の音が聞こえる。集合の合図だ。

「「あ！」」

セシリアとカリナは、ルキロスに会釈をしてからホールを飛び出す。

階段を駆け下り、二人は巨岩の並ぶ中庭を駆け抜けた。

「貴女って、本当に……なんていうか……不思議な人よね。騎士になれそうなくらい強かったり、王子と仲がよかったり……」

走りながら、カリナが言った。

「不思議？　変わり者だって言ってるの？」

セシリアが笑うと、カリナも複雑な表情のまま笑った。

「変わってるわ、いろいろ」

「そうかも。比べる相手がいないから、わからないけど」

社領にいる混成種は、師ではあるが家族ではない。

家族は全員が純血の騎士で、混成種ではない。

鍛刃院にいる混成種は、仲間同士で固まっているのでつきあいがない。

セシリアには比較する対象がいないので、自身の特異さに自覚はなかった。

「竜に恋してるみたいに夢中だし――あぁ、そうじゃなくて。あのね、世を変える英雄って貴女みたいな人だと思うの。人とはどこかがすごく違ってて、眩いくらいに輝いていて――周りにいる人を、見たこともないところに連れていってくれる。そういう人」

セシリアは、やはり笑ってしまった。

「タリサ・ヴァルクみたいに？　私も彼女と並んで王佐の騎士になれるかしら」

「英雄は、大きな夢の、もっと向こうに行くものよ」

王佐の騎士の向こう側や、宮廷騎士団長の向こう側などあるとは思えない。

あるとすれば、王座だろうか――と考えて、噴き出してしまった。

笑わないで、とカリナが笑って言うのが、またおかしい。

「でも、そうなったら、きっと楽しいわね」

「貴女はいつも、私が知らない世界を見せてくれるわ。物語を見ているみたいな。私、信じてる。もっともっと、貴女がワクワクさせてくれるって」

もし、この親友の言うとおりに道が開けているのなら、その第一歩はこの考査試合に違いない。

きっと、王女は自分を選ぶ。

これが英雄譚《たん》ならば、さしずめ序幕といったところか。

「信じていいわ。任せて」

セシリアが胸を叩くのに、カリナが明るく笑う。

すると闘技場へと向かう足取りはいっそう軽くなり、胸はますます高鳴った。


考査直前の闘技場は、緊張に包まれている。

鍛刃院の院長が考査試合の開始を宣言すると、大きな拍手が起こった。

院長は、七社家のアティカ家の傍流の出身だと聞いたことがある。かつては黒かったであろう髪も、髭も、真っ白だ。聖域に消える聖騎士を除けば、ギヨム種は概《おおむ》ね長命を保つ。白鷺城でも、九十歳を超えながら矍鑠《かくしゃく》と働く老人は多かった。

院長の宣言のあと、観覧席に二人の王族が座った。

王女マルギットと、王子ルキロスだ。

（あの方が、マルギット様……）

マルギット王女は、ごく淡い、銀と見まごう金色の髪を持っていた。聖王妃・ドロテアの面影を色濃く残しているそうだ。この距離では顔立ちまではわからないが、空色のコタルディは、気品に溢《あふ》れていた。

王族の成人年齢が男女で違うのは、この国の五百年の歴史上、十四歳で嫁いだ王女たちが、最初の出産で世を去る例が頻発《ひんぱつ》したためらしい。

そんな話を思い出したのは、十八歳のマルギットの体格が、子供のように見えたからだ。間もなく夫を迎える年齢には見えない。

セシリアの視線は、マルギットを見つめたあと、その周囲を走った。

（タリサ様は――）

何度も確認したが、護衛の兵士は、タリサ・ヴァルクではない。

タリサであれば、自分と同じ赤いチュニックを着ている。だが、そこにいるのは黒い装束と革の鎧《よろい》をまとった汎種の兵士だ。

淡い期待が潰《つい》え、落胆《らくたん》に肩を落とす。

（お会いできるかと思ってたのに……）

セシリアにとってタリサは、ただの憧れの人ではない。特別な存在なのだ。

不意に――

「勝ちを譲りなさいよ」

隣で囁く声が聞こえた。

その声を知っている。魔道士候補生で、名はリタ。院長とは別系統のアティカ家の傍流の養女で、魔道士候補生としての成績は、いつも二位か三位につけている。ただ、騎士候補生を含めれば順位は大きく落ちるので、あまり存在を強く認識する機会はなかった。

院長の、宣言のあとの挨拶が長々と続いている。やっと、王の威信がこの国に繁栄をもたらす話が終わり、聖職者としての騎士の心得の話に移っていた。

セシリアは、横に立つリタの顔を見ずに、

「絶対に嫌」

と囁き声で答えた。

「なんて意地汚いの！」

「意地汚いですって？」

セシリアの眉は吊り上がった。その緑の瞳が、リタの淡い青紫の瞳とぶつかる。

やや面長なリタの小さな口は引き結ばれ、眉間には深いシワがある。嫌悪と憎悪が、肌を焼くほど伝わってきた。

「七社家の子息は、勝ちをくじで譲りあってるじゃない。それなのに、アンタときたら、いつだって勝ちを一人占め。意地汚いわよ。婚約相手だって決まってるのに、まだ別の相手でも探してるの？」

七社家の子息らは、鍛刃院の教育自体に積極的ではない。鍛刃院での成績は、騎士の世では無価値だ。――だが、自分は違う。

「譲りあいする余裕なんてない」

「アンタは、なんでも持ってるじゃない。欲の皮が厚いにも程があるわよ」

ガラシェ家の養女で、婚約予定の相手がいて、成績優秀。リサが言っているのは、そんなところだろう。養家との折りあいの悪い混成種の中には、宮廷騎士としての出世を望む者も多い。リタの言わんとすることはわかる。恵まれた混成種は、恵まれない混成種に機を譲れ、と言っているのだ。

「なんでも持っているのは七社家で、私じゃないもの」

そう答えた時、教官に「静かに」と窘められた。

院長の挨拶《あいさつ》がやっと終わり、試合の説明があった。いつも通り、騎士候補生は騎士候補生同士。魔道士候補生は、魔道士候補生同士で試合を行う。——そもそも魔道士、という名称は仮のものでしかないが。

魔道士とは、単純に魔術を使う者を指す言葉だ。最低限の訓練を積んでさえいれば、そのように呼ばれる。魔術を使うセシリアは、もう魔道士ではある——はずなのだ。

だが、スィレン種と魔道士は等号で結ばれても、混成種と魔道士とは結ばれない。

スィレン種の多くは、王都内で書庫や研究室、工房にこもって外には出てこない。社領の結界の管理は、二十年前に放棄されたきりである。混成種は、その空白を埋めてきたにもかかわらず、正式に魔道士とは認められていない。あくまでも騎士の亜種なのだ。

社領の聖域の結界を守っているのも、鍛刃院で赤いチュニックを着ているのも、王都のスィレン種から見れば偽物でしかない。混成種は、魔道士であって魔道士ではない——というのが彼らの言い分だ。

あの、タリサ・ヴァルクでさえ。

王女の護衛という栄《は》えある仕事を任されながらも、まだ何者でもないのだ。

「本当に意地汚い女ね。仲間のために勝ちを譲ろうっていう優しさはないの？」

スィレン種の魔力は、常に職能と組みあわされてきた。鍛冶匠や、薬匠、血統学者といった、スィレン種が独占する職業がそれだ。王族や貴族でさえ、魔道士であると同時に学者である場合が多い。混成種は、そうした技術に触れることが一切許されない。

同じ混成種である以上、リタが持っていないのなら、セシリアとて同じである。

（なによ、意地汚いって。なにも持ってないんだから、必死になるしかないじゃない）

たしかに、セシリアの未来は定まっている。定まり、かつ豊かだ。

だが、我が身一つが安泰《あんたい》だからなんだというのだろう。

スィレン・ギヨム種の地位は低く、鍛刃院での教育も十分ではない。社領で与えられる仕事は結界張りだけ。スィレン種の穴埋めだけを担っている。その上、魔道士としても認められず、そもそも出生時には戸籍さえないのだ。

（勝たなきゃ、なにも得られない）

自分たちは、もっと多くを学び、成し、社会の一翼を担うべきだ。

そのためには、上へ駆けあがる者が要る。――タリサ・ヴァルクのように。いや、タリサ・ヴァルクを超えねばならない。

自分がそうあるべきだ、とセシリアは信じている。

人はそうして、先へ、先へと進むものだ。セシリアも、数少ない混成種の旗手として、先に進みたい。いずれ自分を超していく誰かのためにも。

（こんなところで、誰かに勝ちを譲っている場合じゃないのよ）

二面に分かれた闘技台で、それぞれに試合がはじまった。

魔道士候補生の数は少ないので、騎士候補生より試合の開始時間が遅い。

ややしばらくしてから、やっと試合がはじまった。一試合目も、二試合目も、魔術を使わずに勝った。開始から、十秒以内に。

そうして迎えた三試合目で、当たった相手はリタだ。

「譲りなさいよ」

向かいあった途端、またリタが囁いてくる。

「絶対に、嫌」

答えは、いつでも同じだ。変わる理由がない。

「ねえ、聞いてよ。私、養父と折りあいがよくないの。勧められる縁談も、嫌がらせみたいな相手ばっかり。宮廷騎士団に入りたい。独りでも生きていけるよう――」

リタが言い終わるより先に「はじめ！」と監督官の声が響く。

養家との折りあいの悪い混成種にとって、宮廷騎士団勤務は活路なのだ。

気持ちはわかる。

けれど、譲れない。

このまま、何者でもない――騎士のなり損ないのままでは終われないのだ。

セシリアは、木剣《ぼっけん》をぎゅっと握りしめた。

――リタの左手が、動く。

（幻惑術だ）

最初に描く印の弧で、破系の魔術だとわかる。せめて左手を隠すくらいはしてもらいたいところだ。

ここで木剣を振るえば勝負は決するだろう。魔術など使うまでもない。

だが、セシリアは腹を立てていた。

強欲だ、と罵《のの し》る相手にすべき遠慮はない。

（力の差を、見せつけてやる！）

リタが右手を動かすより早く、セシリアは左手で素早く印を描き、絶系の結界を張った。

物理的な攻撃だけでなく、魔術も弾く。

シャリン、と魔術同士がぶつかった瞬間の、薄いガラスが砕けるのに似た音が立つ。

「ず、ずるいじゃない！　貴女ばっかり！　ずるいわ！」

叫んだリタが、続けざまに幻惑術を繰り出す度に、シャリン、シャリンと音が響いた。

音は鳴るが、セシリアの結界は揺らがない。

石垣を素手で殴るようなものだ。強度が違う。

幻惑術を含めた破系の魔術は、人の感覚を乱す。不意打ちにこそ用いるべきで、待ち構える相手に繰り返すのは無意味だ。
(勝つ気が少しでもあるなら、こんな手を使うものですか!)
勝ちたいのなら、勝つための努力をすべきだ。
剣術で劣るなら劣るなりの。魔力で劣るなら劣るなりの。
隙だらけの構え。考えなしの魔術の構成。あまりにも稚拙《ちせつ》だ。
(力のある者が、先へ進むのは当たり前じゃない。どうしてずるいのよ!)
魔術の連発が堪《こた》えたのか、リタの動きがぐんと鈍くなる。
呼吸は乱れ、魔術を繰り出す間隔も、大きく空きはじめた。
「もう終わり? それとも、まだ私に負けろって言うの?」
「……王都に行かせて。私にはなにもないの」
リタの木剣を持つ腕は、もう上がらないようだ。
今にも倒れそうな様子で、切っ先の下がりきった木剣を構えている。
セシリアは、とどめを刺すべく結界を素早く解除した。
攻撃に備えようと、リタは結界を張ろうと手を動かし——カラン、と音がした。
慌てるあまり、リタが木剣を落としたのだ。
「そこまで! 勝負あり! 勝者、セシリア・ガラシェ!」
監督官の声が響き、小さな歓声が上がる。
勝った。しかし、達成感はない。こんな試合を見せても、セシリアの強さが証明されるわけがない。混成種の弱さが露呈するだけだ。

その時、小さな歓声が、隣の闘技台で行われた試合の歓声にかき消された。

そちらを見れば、見慣れた青年の姿がある。

（……あぁ、アルヴィンの試合だったのね）

勝者、アルヴィン・ガラシェ、と声が聞こえる。

アルヴィンと、目が合う。セシリアは、すぐに目をそらしていた。

今日は、アルヴィンがくじで当たり――もしくは外れを引いたのだろうか。彼らは、本気を出してさえいない。それでも、これだけの歓声が起きるのだ。

しょせん混成種の試合は、注目もされない。

騎士の亜種でしかないから――いや、教育が不十分だからだ。

（選ばれるのは、騎士候補生よね……よく考えたら、そうに決まってる。浮かれた私が馬鹿だったわ）

悔しさに耐え、試合後の礼をしたところを、いきなり、ドン！　と突き飛ばされた。

「え……？」

不意をつかれたので、よろりと身体が傾き、その場に片膝《ひざ》をつく。

目に涙をためたリタが、セシリアを見下ろしていた。

「なんて強欲なの！　アンタみたいな欲張り女、いつか欲で命を落とすわ！」

試合後の礼もせず、リタは闘技台から走り去る。

「……それで死ねるなら本望よ！」

悪態に言い返し、セシリアは立ち上がった。

「その気持ち、わかるわ」

「え……」

間近でした声に、セシリアはぎょっとする。

そこに、美しい貴人がいた。

淡い空色の瞳に、月の光を思わせる金の髪。

マルギット王女が、セシリアを見つめていた。

（お美しい）

感動をもって、セシリアはその場に片膝をつく。

「セシリア・ガラシェ。貴女に決めた。——私の、冠杖の衛士になって」

雷にでも打たれたかのように、衝撃が走った。

運命が、変わる。

セシリアはその時、自分の人生の転機を感じたのだった。

第二幕　金鎖の騎士

神暦九九五年九月三十日。

セシリアは、ウリマ公領の西端にある鍛刃院《たんじんいん》から、王国中心部にある王都へ向けて出発した。アルヴィンも一緒の馬車だ。それぞれ、マルギットとルキロスの冠杖《かんじょう》の衛士に選ばれている。加冠の儀が行われる十二月十二日まで二カ月余りを、宮廷騎士団の研修生として過ごすよう、鍛刃院の院長から指示を受けた。

決定が急であったため、実家に連絡のできた候補生から順に出発している。

最初に発ったのは、ウリマ公領に隣接する、テンターク社領出身の候補生からだった。

驚いたことに、マルギットの冠杖の衛士の二人目に選ばれたのは、カリナだったのだ。

理由は不明だ。剣術が理由ではないだろう。彼女は初戦で負けていた。

本人もひどく驚いていたし、セシリアも聞き間違いかと思ったくらいだ。

男子候補生の方は、優勝者と、準優勝者をルキロスが指名したので謎はない。

一人は優勝したアルヴィンで、もう一人はヴェントール家出身の三回生だった。あの、セシリアに無茶な頼みをしてきたイザクの従兄《いとこ》だそうだ。彼は、半月後の卒業を待って合流することになっている。

王都への道は、単純だ。

王都と、西海岸の香壺港《こうこ》を繋《つな》ぐ西大街道を、東に向かってひたすらに進めばいい。百頭の竜が、千日で拓《ひら》いたという大街道は、広く、かつ整っている。快適な旅だ。四日でウリマ公領を抜け、王領に入ってから二日目の昼過ぎ。念願の王都が見えた。

「見えてきた……アルヴィン！　見て！　黒の都よ！」

馬車の窓から、セシリアは顔を出す。

風が、蜂蜜《はちみつ》色の三つ編みを軽やかになびかせる。

グレゴール一世が、十頭の竜に命じ、百日で建てさせたという伝説のその場所だ。

王都は、竜が山を削ってできた、との記述そのままに、カップをひっくり返したような形をしている。

上空から見れば、車輪の形をしているはずだ。車輪は、鍛冶《かじ》匠の象徴である。

（綺麗《きれい》！　想像していたより、ずっと綺麗だわ！）

この王都の頂点にあるのが、黒鳶《くろとび》城だ。

遠目にもわかる城の二つの尖塔は、竜が休んだと伝わる場所である。それと気づいた途端、セシリアの頬《ほお》はいっそう紅潮した。

「俺は、子供の頃に一度見てる。――セシリア。そんなに身を乗り出さないで。落ちるよ」

「落ちたりしないわ。ねぇ、アルヴィン。本当に綺麗！　私、劫火《ごうか》の大階段を見てみたい。

すごく大きいんでしょう？」

「この距離なら、もう見えてると思うよ。四つか、六つか、そのくらいの数があるはずだ」

古今東西、おおよその城郭都市の城下町において、防御の観点から道は狭く、曲がっているものだ。大ガリアテ島だけでなく、春の大陸においても事情は同じである。

しかし、ルトゥエル王国の、黒の都だけは違う。

なぜならば、この国には竜がいるからだ。

王の命によって戦うのは、人ではなく竜である。そのため階段は広く、まっすぐ王宮まで続いているそうだ。竜が炎で敵を退《しりぞ》ける場所なので、劫火の大階段、と呼ばれている。

たしかに、放射線状に伸びた、階段らしきものが見えている。

その整然とした様に、セシリアは感嘆の声を漏《も》らしていた。

「すごい……竜って、本当に賢いのね！」

「グレゴール一世陛下の英知の賜物《たまもの》なんだろう？　ご出身は鍛冶匠であられたからな」

「けれど、どれだけ賢い馬だって、あんなにまっすぐなんて走れないわ」

「……馬にたとえるのはよそうよ」

ギヨム種は馬に。スィレン種は驢《ろ》馬《ば》に。スィレン・ギヨム種は騾《ら》馬《ば》に。しばしばたとえられる。主に侮蔑《ぶべつ》をこめて。

「そうね、よすわ」

騾馬、と名がつくだけ上等だ。こちらは、驢馬・馬と並べて呼ばれるだけの軽い存在である。別の意味で気分はよくない。誰も得をしない話題だ。

「座って。落ちたら馬車に轢《ひ》かれるよ。後ろに荷馬車が、何台も続いてるんだから」

「落ちないったら。……本当に、すごいよね。五百年も外敵に攻められなかったなんて。でも、実物を見たら納得するわ。こんな堅牢《けんろう》な城、兵を十万集めたって攻略できないもの」

「そうだね。ここの王家は内輪もめでよく殺しあうけど、他国との戦争はあまりしない。ご立派な王家だと思うよ」

アルヴィンの王家嫌いはいつものことだが、今日は一段と刺々《とげとげ》しい。

セシリアは、王都を眺めるのを中断し、座席に座り直した。

正面に座るアルヴィンは、横を向いたままだ。少しとがった鷲鼻《わしばな》は、閉じたままの窓布を見ている。

「対外戦争が五十年もないのは、政治の成功よ。今も平和は続いてるわ」

「北の方では、小競り合いも多いよ。知ってるだろう？　周辺諸国との関係は、必ずしもいいとは言えない。特にこの数年はね」

セシリアは、眉間《みけん》にぐっとシワを寄せた。

たしかに、それは事実で、セシリアも把握《はあく》している。

ルトゥエル王国が、大ガリアテ島で最大の強国であるという事実は変わらない。

しかし、次第に他の九国も力をつけている。特に、小国の割拠する島中央部は、婚姻《こんいん》による協力関係が強化され、ルトゥエル王国との緊張の度合を増している。

「それでも、以前と変わらず諸国に征竜騎士団を派遣してるもの。王家は、平和を維持するための努力を惜しんでないと思う」

「派遣の資金は、すべて社領持ちだ。痛むのはこちらの懐《ふところ》だけで、王族は金も出さず、危険も冒《おか》さず、感謝だけされている。謝礼品だって、王家が半分、お飾り団長の貴族が、残りの半分を持っていく。七社家の城までたどりつくのは四分の一だ。――こちらが望んだこととはいえ、上澄みだけをかすめとられるのは面白くないよ」

今日はとことん虫の居所が悪いらしい。それもそうだ、とセシリアは納得する。

アルヴィンにとって大事なのは、あくまでも社領だ。騎士は民と森を守るのが本分であるからだ。宮廷騎士団に入る三年も、彼にとっては強《し》いられた受難の期間でしかない。それが、王家側の都合でさらに二カ月追加されては、機嫌も悪くなるだろう。

（くじで負けたのよね、きっと。……気の毒に）

少し、はしゃぎすぎただろうか。

旅の最終日になって、やっとセシリアはアルヴィンへの配慮を決定し、口を噤《つぐ》んだ。

黙って窓の外に目をやるうちに、馬車はどんどんと進み、王都の小麦色の外壁が近づいてきた。視界が外壁で埋まり、もう全体は見渡せない。

（あ……空気が変わった）

本に書いてあったとおりだ。外壁の外まで香辛料の香りが漂っている。

馬車は速度を落とし、大きな門をくぐった。

いっそう香りは強くなる。セシリアは、鼻を動かして、うっとりと目を細めた。

「『かぐわしきスパイスの香りは、酩酊《めいてい》を誘うほどに芳醇《ほうじゅん》』――さすが香辛料の都ね。旅行記に書かれてた記述そのまま！」

漂う豊かな香りは、まさに酔いを誘うかのようだ。

香辛料の都。ルトゥエル王国の王都は、そのように外部の人に呼ばれている。黒鳶城の名にちなんで黒の都とも称されるが、内部に一歩入れば、前者を思わずにはいられない。

大ガリアテ島特有の香辛料の多くは、竜が拓いた大街道を通り、竜の築いた王都に集まってくる。加工と調合において、スィレン種の調薬師の技術に勝るものはないからだ。できあがった香辛料は、竜が築いた道を通り、島内諸国、あるいは大陸へと渡っていくのだ。

「もう、窓を閉めて。咽《む》せそうだ」

言われたとおりに、セシリアは馬車の窓を閉めた。

様々な髪色の、様々な服装の、多くの人たちが行き交う様は遮断《しゃだん》されてしまう。

「……宿舎についたら、カリナを誘って街に出てみるわ」

「俺がついていくよ」

「せっかくだけど遠慮する。王都を楽しみたいの」

あくまでも、これは任務だ。物見遊山に来たわけではないが、到着したその日の観光くらいは許されるだろう。不機嫌な幼馴染《おさななじ》みと歩くよりも、王都に憧《あこが》れを抱く親友と過ごす方がずっと気楽だ。

不本意そうな顔をアルヴィンは見せたが、小さく「わかった」と答えて、それきり黙る。

ゆるやかな傾斜の下層部を進んでいた馬車が、向きを変えた。

少し、傾斜が強くなっただろうか。

ちらりと窓布を捲《めく》れば、道はつづら折りになっている。人は階段――劫火の大階段ではないようだ。やや細い――を使っているので、この道は馬車専用らしい。

中層部に上がったからか、もう香辛料のにおいは薄くなっていた。

代わりに、カンッカンッ、と金槌《かなづち》の音が遠く聞こえた。鍛冶匠の工房群が近いのだろうか。まさしく王都だ。胸が高鳴る。

（カリナと合流したら、どこへ行こうかしら）

劫火の大階段を、ゆっくり見学したい。それから薬肆《やくし》へ。次に本で見た、香辛料がたっぷりかかった、羊肉の串の屋台を探すつもりだ。

セシリアは宿舎の前で馬車から降りると、さっそく外出の準備に入った。

「テンターク家の、カリナを呼んでいただけますか？」

宿舎の管理人だという、汎種《はんしゅ》の老女に頼むと「大社へおいでです」と答えが返ってきた。

（それはそうよね。私たちだって大社に叔父様がいらしてたら、まっさきに挨拶《あいさつ》へ行っていたはずだし）

今の司祭長は、カリナの叔父だ。来年の春からは、ガラシェ家から司祭長が選ばれる。

アルヴィンにとっては叔父にあたる、ガラシェ司祭の弟がその地位に就く予定である。年明けから春までは、引き継ぎのために司祭長が二人並ぶことになる。

セシリアは、横にいるアルヴィンを見上げた。

あてにしていたカリナはいない。かといって、はじめて足を踏み入れた王都を、一人で歩くのは不安だ。

「……よければ、俺が一緒に行こうか？　無理にとは言わないけど」

セシリアは、アルヴィンの申し出に、くしゃりと顔を歪めた。

「うーん……」

うなりながら悩んでいると、管理人が、

「お出かけでしたら、こちらをお召しになってからお願いします」

とチュニックの胸に飾る金の鎖を、恭《うやうや》しく差し出した。

（宮廷騎士団の金鎖！……本物だわ！）

輝く金鎖をいそいそと胸につければ、誇らしい気持ちが湧いてくる。

「セシリア、やっぱり一緒に行こう。さっきはごめん。もう余計なことは言わないから。……いつか今日の日を思い出す時、君の記憶の中にいたいんだ」

いつか、というのは、漠然とした未来ではない。

アルヴィンは、自分が聖域に入る三十三年後の、さらに先の話をしている。

セシリアは、この話に弱い。

自分たちは、老いを別の場所で迎える。

王都での思い出の中に、自分もいたい、と頼まれれば、嫌とは言えなかった。

「……うん。じゃあ、お願い」

きっと、アルヴィンは余計なことを言うだろう。想像がつく。

それでも、構わないと思った。

王都のきらめきを、一緒に見たい。

セシリアも、二人の思い出が欲しかったからだ。


アルヴィンが案内してくれたのは、赤椒《あかしょう》通り、という名の下層部にある市場だった。

宮廷騎士団の宿舎は中層部にあるので、二人は階段を下りていった。

放射線状に六本あるという劫火の大階段は、上層部にしかないそうだ。中層部の道は、やや広い階段で、下層の道は階段ではなく、ゆるやかな坂になっている。下層部に向かって進んでいくと、道の端に屋台が並びはじめ、次第に数は増えた。人通りも驚くほど多くなり、人とすれ違うのに苦労するほどの混雑ぶりである。

市場の中で特に目を引くのは、香辛料の屋台だ。

赤や橙《だいだい》、緑、様々な褐色《かっしょく》、黒、色とりどりの粉が、樽《たる》に入って売られていた。店の中には、大きな石臼《うす》が見える。

（いい匂い……！　あぁ、私、本当に王都へ来たんだわ！）

香辛料の香りに、焼けた肉の甘さも混じる。ワインや、パンの香りも鼻をくすぐり、店をながめるセシリアの瞳は、キラキラと輝いていた。

「すごい人の数！　お祭りみたい。……それよりもっと多いかしら！」

春に白鷺《しらさぎ》城で行われる精霊祭りは、社領中から多くの人が集まってくる。竜と、竜の犠牲になった人々の鎮魂《ちんこん》の儀式だ。ガラシェ社領で人の多く集まる場といえば、それくらいしか例が見つからない。

精霊祭りは、一年の中で最も自分たちの姿が稀《まれ》だと感じる日でもあった。

だが王都の人波の規模は、その比ではない。

見渡す限りに、自分たちと同じ姿の人はいないのだ。

「多いだろうね。社領にいる民をすべて集めても、数は王都の半分くらいだ」

「私たち、すごく……狭い世界にいたのね」

顔と名前の一致する汎種の人間といえば、白鷺城で働く五十名ほど。他は城下町の商人、踊り子、近隣の農村の農夫たち。全部あわせても百名に満たない。この通りに入ってからすれ違った人の数より少ないかもしれない。

「あぁ、そうだね。俺もそう思うよ」

市場には、島内の諸国だけでなく、大陸の商人も集まっている。

セシリアは、大陸との窓口にあたるテンターク社領の香壺港に何度か行ったことがある。だから、大陸の商人は見ればそれとわかった。

島の汎種の髪色は、明るい茶から暗い茶までの範囲に収まっている。瞳の色も同じだ。しかし、大陸から来た人たちの中には、金の髪もいれば、鮮やかな色の瞳の人もいる。大ガリアテ島において、金の髪はガリアテの子孫の証《あかし》だ。島内のすべての王家では、今も金の髪を保っている。

ところが、春の大陸においては金の髪自体は珍しくもなく、貴《とうと》ささえ示してはいない。金髪の物乞いもいれば、鮮やかな瞳の猟師もいる。そして栗《くり》色の髪の王もいるそうだ。

スィレン種が世界中の他の存在と隔《へだ》たっているのは、外見上の特徴ではなく、特性たる魔力の有無によってだ。持つ色彩はそのルーツが大陸にある、と示しているにすぎない。ガリアテの征服が成功した結果でもある。

セシリアの容姿は、この市場では必ずしも異質ではない。

しかし、アルヴィンの艶《つや》やかな黒髪は、明確に特殊だ。

大陸では、艶やかな漆黒《しっこく》の髪と紅《あか》い瞳を持つ人々は存在していないという。特性があろうとなかろうと、稀なのだ。

広い世界の中においては、大ガリアテ島の古き血こそが、真に稀だと言える。

「香辛料だけじゃなく、火蕾《からい》を買いに来ている商人も多いのでしょう？」

「そうだね。別の市場に行けば、黒鱗鋼《こくりんこう》の武具を買う商人が大勢いると思うよ。どちらも加工はスィレン種のお家芸だから。他国には真似できない」

竜の炎で焼かれた土にしか生えない薬草で作る、火蕾。

竜が寝床にしていた岩に含まれる鉱物から作る、黒鱗鋼。

これらは、竜の生息する唯一の島・大ガリアテ島にしか存在しない。

大陸と比せば、圧倒的に平地の少ないこの島の輸出品は、香辛料、火蕾、黒鱗鋼の三つが大きな柱だ。

火蕾も、黒鱗鋼も、加工には高度な技術が要る。

スィレン種の魔術を織り交ぜた加工技術は世界に唯一無二で、王都に集まった素材を加工したそれらは、海を渡って世界中に売られていく。

二十年前の、ウイルズ三世による魔道士の王都集中は、この産業の強化を目的としていた。社領で社殿の結界を守るより、外貨を稼ぐ産業に従事せよ、との意向であったのだ。

政策は功を奏し、この二十年で国はより豊かになっている。

「黒鱗鋼といえば――アルヴィンの剣は、鍛刃院を卒業するまで持てないんでしょう？」

騎士の武器といえば、黒鱗鋼の剣だ。

黒鱗鋼は、硬い竜の鱗《うろこ》をも貫く。その剣は竜送りに必要不可欠なものだ。

「うん。しかたないよ。鍛刃院の規則だから」

「いいなぁ、黒鱗鋼の剣。……いつか私も欲しい」

「父上は、来年セシリアに渡せるように、俺のと揃《そろ》いの剣を用意していたよ」

成人の際に、司祭から黒鱗鋼の剣を授かるということは、騎士として認められることに他ならない。

「え？　それ、本当⁉　私、係数が六しかないのに？」

セシリアは、興奮のあまりアルヴィンのチュニックの袖《そで》をつかんでいた。

「能力は十分にあるよ。父上は、セシリアの頑張りをずっと見ていたから。……でも、もしかして内緒にするつもりだったのかな。ごめん、今の忘れて」

騎士になるための努力は重ねてきたつもりだが、結果を楽観はしていなかった。

聖騎士に並べずとも、せめて騎士にと願ってきた。その願いが叶うのだ。感動に、セシリアの胸は震える。

「じゃあ、知らなかったことにする。義父上《ちち》をがっかりさせちゃいけないし」

「そうしてくれると助かる」

アルヴィンに「了解」と答えた直後、路地に人が座り込んでいるのが目に入った。

襤褸《ぼろ》をまとった、白髪頭の男が二人。地べたに直接座っている。

震える手が持つ長い煙管《キセル》から、細い煙が出ていた。

「あれ――あの人たち、どうして地面に座って煙草《たばこ》を吸っているの？」

「見るな。こっちへ」

ぐい、と肩をつかまれる。

少し歩いてから、アルヴィンは「ごめん」と言った。強くつかみ過ぎたことへの謝罪だろう。セシリアは「平気」と小さく伝えた。

口を閉じたところで、鼻に届く匂いが変わった。

匂いのもとは、屋台である。大きな羊肉の塊が、串に刺されて焼かれている。表面の肉の色がわからないほど、黒と赤の香辛料がまぶされていた。

「……アルヴィン。あれ、食べてみたい！」

「辛いよ、きっと」

「ずっと食べてみたかったの。いい思い出になるわ、きっと」

思い出、という言葉に、セシリアも弱いが、アルヴィンも弱い。

もっと渋るかと思ったが、アルヴィンは簡単に「いいよ」と答えた。

屋台で肉の塊を焼いていた女が、歯を見せて笑む。

「いらっしゃい。まぁ、初々《ういうい》しい騎士様だこと！」

「私、鍛刃院の候補生なんです。研修で、二カ月間だけ王都に来ました」

「あら、そう。赤い制服ははじめて見ましたよ。大社の神官様は外に出てこないし、お城の騎士様も滅多に見ないですし。それにしても、女用の制服は可愛《かわい》らしいですねぇ。さ、食べてってくださいな。一串、銅二銭。二串で銅三銭だ」

制服の色は、性別で分かれているわけではないが、訂正はしなかった。それほど、この下町では、騎士自体が遠い存在なのだろう。

「じゃあ、二串お願いします」

「はい、どうぞ。こっちの男前の騎士様は、同郷？」

銅貨と肉の串を交換し、セシリアは「はい」と答えた。

「同郷の、幼馴染みです」

「そう。じゃあ学校を卒業したら、一緒に故郷に帰るんですね。騎士様っていうのは、結婚相手をうんと子供の頃に決めてしまうのでしょう？」

「いえ――まだ私は……」

セシリアが生真面目に答えようとするのを、アルヴィンが「行くよ」と急《せ》かした。

店主は「また来てね」と手を振っていた。

「そういうの、外で話さない方がいい。王都の人は、騎士に慣れた社領の人とは違うんだ」

稀であることは、必ずしも貴さを示さない、とよく養父は言っていた。

異質で、少数。人との違いが大きければ大きいだけ、人は恐れを抱く。習慣の違いが嫌悪にも繋がる。だから、稀少な種は脆弱《ぜいじゃく》なのだ、とも。

「……うん」

この市場には、騎士はほとんど来ない、と言っていた。

それが、王都における騎士の正しい在り方なのかもしれない。

「さ、冷めないうちに食べよう」

「うん……あ……辛い！」

甘い肉の香りにつられ、大きくかじりついた途端に声が出た。

「辛さにも種類があるそうだよ。紅、黒、黄………苦味があったり、香りが強かったり。だから、この黒いのは旨味《うま》があるはずだけど……辛いな」

アルヴィンのしかめっ面《つら》がおかしくて、笑ってしまう。

けれど、自分も同じような顔をしているはずだ。とにかく辛い。

「口が痛い！……でも、慣れたらちょっと美味《おい》しいかも……」

大きな香辛料の粒を歯で潰す度、ぴりりと舌に痛みを感じる。

屋台は人気のようで、セシリアたちのあとに、もう二人も客が肉串を買っていた。どちらの客も、平気な顔で食べている。

辛い、辛い、と口に出して食べていたからか、

「騎士のお嬢さん。甘い乳茶はいかがです？　二杯で銅一枚だ」

すぐ横で、乳茶を売る屋台の主《あるじ》が、明るく声をかけてきた。

肉の辛さを持て余していたセシリアは、その誘いに飛びつく。

ぬるめの乳茶は「甘い！」と声が出るほど強烈に甘い。一気に飲むと、口の痛みが少し和《やわ》らいだ。

「あぁ、辛かった！」

ふぅ、と一息ついたところで、ふと誰かと目があった。

襤褸をまとって、地べたに座る男がいる。

先ほど見かけたのとは、別の男だ。だが、その手には、同じように煙管があった。

「気にしなさんな。石ころだと思っておけばいい」

乳茶の屋台の主は、そう言って肩をすくめた。セシリアは余計な相槌《あいづち》は打たずに、会釈

をしてその場を離れる。

「あの人たちが吸ってるのは、煙草……なのよね？」

襤褸をまとうほど困窮した者が、高級な嗜好《しこう》品の煙草を吸う。セシリアの目には、ちぐはぐに見える。だが、ちぐはぐである以上に、その光景は異様であった。

「……麻薬だ。火蕾を煙管で吸ってる」

「え？　そ、そんなことしたら、正気を保てなくなるわ。強い薬だもの！」

セシリアには、調薬の心得がある。

ガラシェ社領の魔道士の一人・ハセンは、調薬に秀でており、セシリアは白鷺城に着いたその日から師事してきた。

火蕾の扱い方は知っている。鎮痛や鎮静を目的として使われる生薬《しょうやく》だ。煮だして飲ませる場合もあれば、油に溶かして傷に塗る場合もある。

吸煙は、死の苦痛を取り去る時でもなければ使わない。身体《からだ》への影響が強すぎるからだ。

「彼らは、好んで正気を失ってるんだ」

王都の中には、路傍《ろぼう》の石ほどの数の、麻薬に溺《おぼ》れる者がいるのだろうか。

夢の国が、急に混沌《こんとん》とした恐ろしい場所に見えてきた。

「も、もしかして火蕾って、麻薬として使う人が多いの？」

「薬と毒は紙一重だ。ハセン導師からそう教わったんだろう？　どう使うかは、買い手次第だ。どちらが多いかなんて、誰にもわからないよ」

自分がいかに無知であったかを、セシリアは知った。

キラキラと輝く、王都の美しいところに魅入られて、繁栄の裏にある陰《かげ》に、まったく気づいていなかった。

「考えたこともなかったわ……」

「それを言ったら、黒鱗鋼だって同じだ。大陸の国々に買われたあと、どれだけ人を殺したかわからない。身を守るための防具にしか使わない者もいるだろうけどね」

「そうね……どう使われてるかなんて、わからないわ」

春の大陸の航海技術は、千年の間で飛躍的に進歩した。

ガリアテの時代の船は、二隻に一隻、波間に消えていたそうだ。今や夏期には月に二、三隻は船が行き来する。輸出入はこの百年で倍増し、二十年前からは飛躍的に増えた。

黒鱗鋼は、大陸の歴史を変えた、と言われている。

竜の鱗も貫く鋼は、竜のいない土地では、人に向かうのだろう。

歴史を変えるほどの流血が、そこにあったに違いない。

「――着いた。薬肆《やくし》だ」

アルヴィンが、秤《はかり》の看板を指さした。

石造りの店は大きく、開け放たれた扉からは、独特の香りが漂っている。

ここには、火薔も売られている。

急に落ち着かなくなって、セシリアは店から目をそらしていた。

その泳いだ目が——人混みの中に、小さな赤いものをとらえた。

赤いチュニック。宮廷騎士団の魔道士の制服だ。市場の坂を下りて、近づいてくる。

「アルヴィン。——宮廷騎士団の魔道士だわ」

騎士や魔道士は、ほとんど下町には来ない、と屋台の店主から聞いたばかりだ。

急な用事でもあって、自分たちを呼びに来たのではないか、とセシリアは推測する。

（でも、宿舎に行き先なんて伝えてない。……どうしてここに？）

不思議に思い、首を傾《かし》げていると、

「こっちに」

ぐい、と突然アルヴィンに手を引かれた。

薬肆の横の路地に、隠れるような形になる。

「どうしたの？　アルヴィン。私、行かなくちゃ。きっと、私たちに用事があるのよ」

「セシリア。よく聞いて。……危ないと思ったら、一緒に逃げよう」

目の前のアルヴィンの表情は、真剣だった。

こちらも、真剣に聞いた。しかし、到底うなずける内容ではない。

セシリアの眉は、ぎゅっと吊り上がった。

「なに言ってるの。私、逃げたりしないわ。約束したじゃない。お互いを支えあうのよ。私が危なくなったら、アルヴィンは自分の身を守って。アルヴィンの立場が守られていなくちゃ、誰が私の名誉を回復するの？　一緒になって逃げてる場合じゃない。踏みとどまらなくちゃ。王都に来た以上、そのくらいの覚悟はしてるわ」

「連中の正義なんて、コロコロ変わる」

「そうよ。今日の賊《ぞく》が、明日の王になるかもしれない。歴史の常識だわ。一転、二転してもいいように備えるべきよ。お互いが、お互いを守るの。――約束どおりに」

セシリアは、アルヴィンの手をぎゅっと握った。

「君が大事なんだ。失いたくない。……王宮は魔窟《まくつ》だ。三日もすれば、きっと後悔する」

「後悔したって構わない。私は逃げないわ」

根負けしたのか、アルヴィンは「わかった」とため息をついた。

「……じゃあ、行こうか。――その鎖、本当に感度がいいね」

「鎖？　これのこと？」

セシリアは、胸の金鎖に手で触れた。

体温より、少し高い熱を感じる。

「魔道士は、それで宮廷騎士の位置がわかるそうだよ。逃げる時は、まずその鎖を外さないと」

「逃げないったら。……これ、そんな魔道具だったのね。さすが王宮だわ」

魔術を内包した道具は、スィレン種の技術の結晶だ。宮廷騎士の持ち物に相応《ふさわ》しい、とは思う。同時に、家畜の首輪の鈴のようだ――とも思ったが、そちらの感想は頭から追い出した。

試しにアルヴィンの鎖にも触ってみたが、こちらは冷たいままだ。

(ということは、探されてるのは、アルヴィンじゃなく私なのね)

セシリアは、急いで路地から出た。

その途端、背の高い女性魔道士が目の前に現れる。

赤いチュニックに、輝く金鎖。腰に差した黒鱗鋼の剣。

そして――無造作に束ねた蜂蜜色の髪と、鮮やかな緑の瞳。

「セシリア・ガラシェだね?」

セシリアには、その人が何者であるかがすぐにわかった。

「はい！　本日、鍛刃院から到着いたしました」

「タリサ・ヴァルクだ。よろしく。――到着早々で悪いが、マルギット殿下がお呼びだ。王宮まで来てもらいたい」

タリサ・ヴァルク。憧れの人が、目の前にいる。

「は、はい。わかりました」

声が、少し上ずる。頬がかぁっと熱くなった。

特別な人だ。タリサとセシリアは、深い縁がある――はずだ。噂《うわさ》が頼りの縁ではあるが、そうと信じる相手を目の当《ま》たりにすれば、平静ではいられない。

「君の名は、よく耳にしていた。会えて嬉《うれ》しいよ」

「光栄です！　タリサ・ヴァルク魔道士」

セシリアは、緑色の目を輝かせる。彼女が残した素晴らしい記録を超えたくて、どれだけ必死に努力してきたことか。そんな憧れの人の耳に、自分の名が届いていたとは、跳び上がりたいほどに嬉しい。

「考査の試合では、活躍したそうだね。その場にいられなかったのが残念だ。……どうにも、鍛刃院には入りづらくてね」

「あ、ありがとうございます……！　まだまだ、タリサ様には及びませんが」

鍛刃院での台覧試合の際、闘技場にタリサはいなかった。

騎士の世が自身に向ける目を、承知しているのだろう。

養家を捨て、王女の護衛となった彼女を嫌う者は多い。身勝手、恩知らず、野放図。批難の言葉の種類は、実に豊富だ。

「じゃあ、俺はこれで。――失礼します」

アルヴィンは、タリサへ簡単に会釈をすると、セシリアへ「宿舎に戻ったら知らせて」と声をかけてから去っていった。

「彼は、ガラシェ家の三男だな」

「はい。ルキロス様の冠杖の衛士に選ばれました」

「優秀な騎士候補生だと聞いているよ。――さ、行こう。立ち話には向かない場所だ」

周りを見渡すまでもなく、市場中から視線を感じる。騎士自体が珍しいのだから、赤いチュニックが二人揃えば、いっそう目を引くのだろう。

セシリアは、坂を上がっていくタリサの後ろをついていった。

下層部の坂から、中層部の階段へ。騎士の宿舎のあった中層部から、さらに上へと上っていく。高い場所に行くにつれ、階段は広くなり、人の姿は疎《まば》らになった。

上層部に至ると、階段の幅はぐんと広がった。これが、王都の外から見えていた劫火の大階段に違いない。

足を止めて振り返れば、眼下に広がる整然とした街の様に目を奪われた。雑然とした下層部さえも、秩序の中に飲み込まれている。

「本当に、美しい街ですね……話に聞いていたより、ずっと美しいです」

「グレゴール一世陛下の叡智《えいち》の賜物だ。王都は雪も少ないし、過ごしやすいところだよ」

街並みに見惚《みと》れるあまり、足を止め過ぎたようだ。タリサとの間にできた十数段の距離を、セシリアは走って埋める。

「タリサ様は、北のご出身ですものね」

「あぁ。雪の降らない王都には、冬がないように思えるよ。秋が長いんだ。……故郷では、そろそろ初雪が降る頃なんだが」

「ガラシェ社領にいる魔道士が北の出身で、あちらの冬の話をよくしていました。寒い日には、キラキラと雪が輝くのだとか」

「あぁ、懐かしいな。それはもう、美しいのだよ。吐く息さえ凍る寒さだというのに」

故郷の話をするタリサは、目を細めて、慕わしいものを見る表情になっていた。

捨てたはずの故郷は、まだ彼女の目には美しく見えるのだろう。

(私も、故郷を一生愛するわ。いつか捨てることになっても――いえ、そんなことは決してない。私は、約束どおりに白鷺城へ帰るんだから)

さらに上へ、上へと階段を上がっていく。

タリサは、古めかしい裁判所や、真新しい王領軍の兵舎などを指さしながら教えてくれた。鍛冶匠の工房群があるという方向からは、太い煙が見えていた。

黒鳶城のほど近くまで来ると、タリサは一際目立つ三本の鐘楼《しょうろう》を指さした。壮麗《そうれい》な、白い建物だ。すぐにセシリアは、それがなにかを理解する。

「あれが大社だ。加冠の儀が行われる場所だよ。天空堂は、眩《まばゆ》いほどに美しい」

「……三本の鐘楼……書物の中の建物がそのままあるので、なにやら夢を見ているような気分です。この黒い城壁の王宮も……」

セシリアは、近づいてきた黒鳶城の外壁を見上げる。

黒い煉瓦《れんが》が積まれた外壁だけでも、圧倒されるほどの威容だ。

ここに立てば、黒の都こそ、この都市に相応しい呼び名に思われた。

門が近づいてきたところで、タリサが足を止める。

「王宮に入る前に、少しいいだろうか。中では話しにくいんだ。――私にも噂があってね。君と同じに。会えるのを、心から楽しみにしていた」

最後の一言で話題の方向を察し、セシリアの頬はカッと熱くなる。

（噂――タリサ様もご存じだったのね！）

噂、というのは、父親についてのものに違いない。

王弟・トラヴィア公。

タリサは、自身もセシリアと同じ噂――トラヴィア公の庶子ではないか、という噂――を囁《ささや》かれている、と言ったのだ。つまり、自分たちは姉妹ではないか、と。

（もしかしたらとは思っていたけど……タリサ様もそう思っていらしたなんて！）

トラヴィア公は、強い魔力を持った王族だ。二十年前、七つの社領からスィレン種の魔道士たちが去ったのち、聖域の結界を守るため、各地の社領を回り続けたそうだ。

善意の人である。――が、問題も起きた。

彼の去ったのち、あちこちの社領で、幾人かの特徴的な混成種が生まれたそうだ。

スィレン種の高い顕性《けんせい》係数を持ち、淡い金の髪と、鮮やかな緑色の瞳を持つ子供が。

父親を同じくする姉妹かもしれない――という推測は、これまでもタリサへの慕わしさに繋がってきた。きっと会える、いつか会えると信じていた。その思いが一方通行ではないとわかり、慕わしさはいっそう強くなる。

「あの……お会いできて嬉しいです、すごく」

頬を染めて、セシリアは笑む。

幼い頃の記憶のないセシリアにとって、縁者の存在は大きかった。たとえ噂話であってもだ。ただ、相手の感情まではわからない。こうして互いに笑顔で対面できたことが、たまらなく嬉しかった。

「私も嬉しいよ。マルギット様にお仕えするのは大変だと思うが、わからないことがあればなんでも相談してほしい」

「はい！」

二人は、歩みを再開させた。

王宮の外壁が、いよいよ眼前に迫る。

ついに、王の住まう黒鳶城へ足を踏み入れる時がきたのだ。

大きな門をくぐる。――途端に、くらりと目眩《めまい》を感じた。

セシリアは額を押さえ、破《は》系の魔術を受けた時に似た感覚に耐える。

「大丈夫か？　すまない、言うのが遅くなった。黒鳶城の煉瓦は特殊で、魔力が増すんだ」

空気が変化したようでもあり、身体の内部が変化したようでもある。不思議な感覚だ。

「すみません。ちょっと……目眩が……」

「すぐに慣れる。社領の城とは、ちょうど逆だが、同じようなものだと思うといい」

ガラシェ社領の白鷺城も、テンターク社領の雪花城《ゆきはな》も、入った途端に、ひんやりと冷たさを鼻の奥に感じる。ここはたしかにその逆だ。吸った空気に、熱を感じる。

鼻の奥だけでなく、肺腑《はいふ》にまで届くほどの熱である。

（逆……あぁ、そういうことなの）

ガラシェ家や、テンターク家だけが白い城を持っているわけではない。

七つの社領の城は、すべて白い煉瓦でできているそうだ。魔力を吸収する、特殊な煉瓦が用いられているらしい。

「あ……」

その瞬間は、急に訪れた。

ほんの呼吸を三度ほど。あの屋台の香辛料に慣れるより早く、セシリアは、黒鳶城の空気に慣れていた。

「慣れたようだな。魔術にも加減は要るが、それもすぐ慣れる。練《れん》系の結界以外の使用は、上官の許可がなければ禁止されているから、上官が傍《そば》にいる時に試すといい」

「は、はい。わかりました」

身体が、妙に軽い。

力が増したような感覚が、たしかにあった。

（竜の血を浴びたあとも、こんな感じになるのかしら。……ここでなら、アルヴィンから一本くらい取れそう――いいえ、そんなこと考えちゃいけない）

ちらりと浮かんだ考えを、セシリアは恥じた。

剣術の試合をする時、アルヴィンは必ず城外を選んだ。一度の例外もなく、必ず。そんな相手に対して、持つべき考えではない。

（私は、聖騎士を倒したいわけじゃない。聖騎士に並びたいだけよ）

ふと、思った。

あのガラシェ社領の白い城は、一体なにから身を守るための仕組みなのだろうか。ギヨム種は、どんな相手を城に攻め入ってくる敵として想定しているのだろう。

「殿下は東庭でお待ちだ。行こう」

タリサが、先に歩き出す。

その背を追いながら、まだセシリアの心の内はざわざわと落ちつかない。

(スィレン種は、黒鳶城でならギヨム種に対して有利。七社領の城でならば、ギヨム種はスィレン種に有利。……そういうこと?)

征服者の王の末裔《まつえい》と、先住民の王の末裔。

二つの種は、いまだ仮想敵として互いを設定し得る存在なのだ。

ぞわりと悪寒を覚える。

つい歩みが遅くなっていた。「セシリア」と名を呼ばれ、ハッと顔を上げれば、もうタリサはずいぶん先を歩いていた。

「すみません。あまりに美しいので、城に見惚れてしまいました」

とっさの言い訳だが、半分は嘘ではない。

黒鳶城は、美しい。厳然たる王都の秩序の象徴、とでも表現すべきだろうか。

どこもかしこも隙《すき》なく整い、この国の支配者が六賢王のうち、鍛冶匠の末裔であることを思い出さずにはいられない。

黒鳶城も王都全体と同じで、空から見れば車輪の形をしているはずだ。外壁が車輪の輪の部分に相当しているのだろう。轂《こしき》は城塔。城塔から外壁まで放射線状に伸びる内壁は、通路部分がアーチになっていて、くぐる度に風景が変わる。

二つほど抜けると、円を描く青と黄色のモザイクタイルが目に入った。

庭の真紅の秋薔薇《ばら》が、タイルの色彩をいっそう引き立たせている。

「ここが東庭だ。——あぁ、ヒルダ様がいらっしゃる」

辺りを見渡していたセシリアは、タリサの声に反応して道の端に寄った。

青と黄のタイルに、艶やかな色彩が加わる。

その薔薇色のコタルディの裾《すそ》が、セシリアの前で止まった。

「顔をお上げなさい。——貴女《あなた》、名は？」

耳に心地いい、柔らかな声だ。

セシリアは、言われるままに顔を上げ——瞬《また》く間に目を奪われた。

その菫《すみれ》色の瞳の美しさと、気品溢《あふ》れる美貌《びぼう》に。

ルキロスが、王妃は背が高い、と言っていたのを思い出す。たしかにすらりとした長身が印象的な人だ。丸く大きな瞳と、ふっくらした頰はルキロスと印象が重なる。

「セシリア・ガラシェ。鍛刃院の二回生でございます」

「あら……もしかして貴女、ガラシェ社領の……ルキロスと書庫にこもったという子ね？」

「はい。左様でございます」

ヒルダは目を細めて、うんうん、とうなずいた。

「貴女には期待しているわ。そのうち、お茶でもしましょう。ゆっくり話を聞かせて」

柔らかな笑顔でうなずいて、ヒルダは去っていった。

衣擦れの音が消えても、爽《さわ》やかな香りは、まだわずかに残っている。

なんとも魅力的な女性だ。喋《しゃべ》り方にも知性が滲《にじ》む。セシリアは、ぼんやりと貴人の背を見送っていた。

「ヒルダ様にはじめて会った者は、皆そんな顔をする」

タリサが、少し声を落として「世間の評判と違うからな」と言うのにどきりとして、セシリアは「いえ、そんな……」と言葉を濁《にご》す。

聖王妃ドロテアは、まだ四歳だったマルギットを残して世を去った。

その年の内に、亡き王妃の侍女であったヒルダは、新たな王妃として迎えられている。

聖王妃の人気は王をしのぐほどに高く、そのせいか、現王妃にはあまりよい印象をもたない者も多い。聖王妃の存命中から王と関係を持っていたのではないか、と勘繰る者もいた。聖王妃を毒殺したという噂まで耳にしたことがある。

「優しく、聡明なお方だ。くだらない噂など、実際にお会いすれば――」

タリサが会話を終えるより先に、

「――こっちよ！　こっち！　上！」

明るい声が、上から聞こえた。

セシリアは声のする方を見上げ、空の眩しさを避けるために手で庇《ひさし》を作った。

ひらひらと、白いものが舞っている。

尖塔の物見台から手を振っているのは、マルギット王女だ。白いものはコタルディの袖だった。

「そちらにおいででしたか。今、参ります」

タリサが会釈をすると、マルギットは「ダメよ！」と強く止めた。

「上がってくるのは、その子だけ。タリサは下にいてちょうだい！」

「しかし――」

「私、その子とだけお喋りしたいの。邪魔しないで！」

王女の無邪気な要求に、タリサは屈したようだ。こちらを見て、肩をすくめる。

「そういうわけだ。行ってくれるか？」

セシリアは、タリサに会釈をして塔に向かった。

王都の外からも見えた、二本の尖塔の一つだ。

（これが、竜が止まり木にした塔……遠目に見ていたより、ずいぶん大きいわ）

竜の巨体は牛十頭ほどと言われるのだから、休むにも牛十頭分の面積は要るのだろう。

そう考えると、この大きさも妥当なように思われた。

扉から尖塔の内部に入ると、螺旋《らせん》状の階段が、ひたすら細く続いている。

王女を待たせてはなるまい、とセシリアは階段を三段飛ばしに駆け上った。

階段を上りきれば、殺風景な物見台に出た。

白いコタルディが、四方の大きな窓から見える青空を背にして、目を射るほど眩い。

マルギットは「ようこそ」と笑顔でセシリアの到着を歓迎した。

「お召しにより参上いたしました、殿下。セシリア・ガラシェでございます」

セシリアが胸に手を当て、頭を下げるより先に、マルギットは、

「結界を。人に聞かれたくない」

と硬い声で言った。

「はい。……では」

なにやら不穏な空気を感じる。セシリアは、一礼してから左手で印を描く。サッと右の掌《てのひら》で天井をなぞるように動かし、絶《ぜっ》系の結界を張り——その速度と厚さに感動を覚える。

結界は、いつもより速く伸びた。そして分厚い。

まるで自分の魔力が労せずして増したかのようだ。

魔力というものは、生来の要素が八割。訓練次第なのは残る二割だけである。一瞬でこれほど力が増すことなど、自然にしていればまず起こり得ない。

「私、命を狙われているの。——あの女に」

動作が終わった途端に、マルギットはそう言った。

「え——」

ぎょっとして、セシリアは辺りを確認する。

今、結界を張ったばかりだ。人の耳がないのはたしかだが、肝《きも》が冷えた。

「あの女は、聖王妃の娘である私を消そうとしているの。――自分の息子を王太子にするためにね」

あの女、というのはヒルダ王妃を指しているらしい。

ヒルダ王妃は、ルキロス王子を王太子にすべく、マルギットを消そうとしている――と言っているのだ。

「あ、あの……申し訳ありません。私には、なんのことか……」

「身を守るために、私は国外に出るわ。他国の王子に嫁ぐの。加冠の儀のあと、舞踏会の場で発表できるよう、水面下で話を進めているところよ」

思いがけない言葉に、セシリアはぽかんと口を開けてしまった。

マルギットは、聖王妃が遺した唯一の子だ。

亡母がはじめた慈善事業を継ぎ、王都の民から深く愛されている。

（てっきり、国内からお相手を選ばれるのだと思っていたわ）

これは、なにもセシリアの勝手な思い込みではない。

ごく自然に、誰もがそう思っていたはずだ。女王になるにせよ、ならぬにせよである。

王族の婚姻《こんいん》において最も重要なのは、竜を御す特性継承の可能性だ。

唯一、と言っていい絶対的なものである、とセシリアは理解している。

顕性係数の最大値である九を維持するため、王族の結婚相手は限られる。特性は父親側の要素が強く出るため、王女の結婚は、これまでほぼ王族内から選ばれてきた。

マルギットの場合は、年齢の近い二人の従弟《いとこ》のいずれかと目されていた。竜御《りゅうぎょ》の儀は廃止され、スィレン種の世では顕性係数は公開されない。マルギットの従弟たちの顕性係数は不明だが、グレゴール一世直系の子孫である。数字の高さに疑いはない。

王女が他国の王子に嫁いだ例は、セシリアが学んだ歴史の講義の限りで皆無である。

他国の王族は、ガリアテの子孫であってもスィレン種ではない。汎種だ。父親が汎種であれば、いかに母親の顕性係数が高くとも、子の顕性係数は低くなる。九、という至高の数字は、その子孫から半永久的に失われるのだ。

「左様で……ございましたか」

セシリアは、困惑を顔に出しつつ、曖昧《あいまい》な相槌を打った。

マルギットに迫っているのは、自身の子孫の、特性の継承を放棄するほどの危機なのだ、と理解すれば、今の話も信憑性《しんぴょう》を増す。

「だから、貴女を呼んだの。この二カ月、私の護衛騎士を務めてもらうわ」

話が飲み込めず、セシリアはきつく眉を寄せた。

「……お力になれるとも思えません」

一国の王女が、秘密裏に進める縁談において、候補生の自分に出番などないだろう。

その上、この王女は命まで狙われているというのだ。荷が重すぎる。セシリアがいかに鍛刃院で優れた成績を残していても、護衛としての訓練はまったく受けていない。

「してもらいたいことはいろいろあるわよ。少なくとも結界を張れるもの。密談向きじゃない？」

　にこり、とマルギットは、表情だけは愛らしく笑んだ。

「わ、私などより、タリサ様の方が……よほど適しておいでかと」

「駄目よ。タリサは近くに置けない。あの女と通じてるもの。――裏切り者よ」

　セシリアは、窮した。飛び出す言葉が、一々重い。

「しかし、私ではとても務まりません。まだ候補生ですし――」

「黒鳶城での魔術の使用には、いちいち上官の許可が要る。でも、候補生は不要なの」

　なぜ、王女が鍛刃院に足を運んでまで、未熟な候補生を招いたのか。

　セシリアは、俄《にわ》かにその理由を理解した。

　マルギットが求めていた人材は、魔術に長《た》けた都合よく働く候補生だった。それならば、セシリアは見事なまでに適任である。

（ご自身の縁談を秘密裏に進めるために、便利使いできる候補生が欲しかっただけ？）

　やや大げさな、闘技場での任命の一幕も、この王女の手の内であったらしい。

　あの感動が、一瞬で色褪《あ》せる。

　どうやらセシリアは、栄《は》えある選ばれし者ではなく、便利な使い走りだったようだ。

「未熟者です。やはりお力にはなれぬかと……」

「それはこちらで判断するわ。――逃げようなんて思わないことね。せっかくお友達も一緒に連れてきたんだから」

ハッとセシリアは息を呑《の》む。

(私を従えるために、カリナを人質に？……なんて人なの！)

愛らしい笑顔を崩さぬまま、マルギットはセシリアを見つめている。

その空色の瞳に、うすら寒さを覚えた。

「……私は、なにをすればよろしいのです？」

「用がある時は、こちらから呼ぶわ。呼ばれたら来て」

ゆったりと背を向け、それきりマルギットはこちらへの興味を失ったらしい。

鍛冶匠の末裔が竜に築かせた、美しい街並みを見下ろしている。

「では……失礼いたします」

セシリアは一礼して、結界を解き、踵《きびす》を返す。

動揺している。駆け上がったばかりの階段を、一気に駆け下りた。

(一体なんなの？　意味がわからない！)

民に愛される聖王妃の娘が、あのように身勝手な人だったとは、呆《あき》れるばかりだ。

階段を下りきると、そこでタリサが待っていた。

——裏切り者よ。

マルギットの声が、頭に響く。

戸惑いは、そのまま顔に出ていた。

「奔放《ほんぽう》な方だろう？　驚くのも無理はない」

タリサは、その複雑な表情を、マルギットの奔放さに手を焼いたためと理解したようだ。セシリアは「そうですね」と苦笑するしかない。マルギットの言葉を信じるならば、タリサは、マルギットの命を狙う、ヒルダの手先なのだ。

「護衛騎士になれ……と命じられました。臨時の見習いとはいえ、驚いています。私などに務まるかどうか……」

「呼ばれたら、鈴が鳴る。その時だけ、殿下のもとにうかがうといい」

「鈴、ですか？……鐘《かね》ではなく？」

「あぁ、鈴だ。なにも竜御の儀の、随伴《ずいはん》の騎士を務めよと言うんじゃない。予行演習だと思って、身構えずにいてくれ。君なら、卒業後も正式に護衛騎士に選ばれる」

護衛騎士に選ばれる——という最後の一言は、ほとんど耳に入っていなかった。

竜御の儀、という言葉を聞いた途端、セシリアの頭は竜のことで占められている。

ここでその名が出るからには、王宮においては身近な話題なのかもしれない。期待に胸が膨らみ、緑の瞳は輝いた。

「あの、竜御の儀といえば……近く儀が復活するという噂を、鍛刃院で耳にしました。それは、本当なのでしょうか？」

「おや、鍛刃院まで届いていたのか。たしかに、国王陛下は竜御の儀を是非《ぜひ》にも行いたい、と仰せだ。議会では一度否決されているのだが、今になって王国の威信を示す好機だ、と賛成する大臣も出てきてな。繰り返し議論されているが、結論は出ていない」

「国王陛下が……ですか。儀の廃止を決められたお方なのに」

竜御の儀が最後に行われたのは、三十四年前。歴史の講義で習った。

ウイルズ三世は、自身の即位と同時に儀を廃止している。理由は、儀式に費やされる労力と、失敗による犠牲があまりに大きいから、とのことだった。

そうでなくとも、王族は数が少ない。議会も、世論も、熟考の末にその提案を歓迎した、と聞いている。

現状、王の実子は、マルギットとルキロスの二人だけ。

数が少ない、という点においては、弟が三人いたウイルズ王の即位当時より顕著《けんちょ》である。今になって、また復活させるのは理屈に合わない。

「ヒルダ様は復活に反対しておられるな。……まぁ、私に貴いお方のお考えなどわかるはずもない。答えは議会が出すさ」

「もし儀が行われることになったら、タリサ様が随伴の騎士を務められるのでしょうか？」

セシリアの問いに、タリサは苦笑した。

随伴の騎士は、竜御の儀の際、王族の間近でその身を守る重要な役目を負う。

「命じられればやるまでだ。だが、どうかな。そのまま王佐の騎士になる場合も多い、重い役目だ。混成種では例がない」

「タリサ様ならば、きっと選ばれます！」

「ありがとう。私も、そうだといいと願っているよ。マルギット様のお傍にいられるのは、名誉なことだ。……望み薄だが」

そうタリサが言うのが、竜御の儀の復活を指しているのか、混成種の自身が王佐の騎士になることなのかはわからなかった。

「少しだけ、期待していたんです。……儀が復活して、竜に会えるのではないかと」

竜を目の前にすれば、なにかが変わるような気がする。

その瞬間を待ちわびてきたが、どうやらまだその時ではないらしい。

セシリアは肩を落としたが、タリサは、はは、と声を上げて笑った。

「本当に君は変わっているな。この島中の人間は、いかに竜と遭わずに人生を終えるかで必死だというのに。竜を見るということは、消し炭になって死ぬということだ」

「儀の時でしたら、竜を御す王族の方がいらっしゃいます。随伴の騎士も、大社の司祭長はじめ、神官たちも控えていますから、安全かと。黒鳶城の魔道士もいるでしょうし」

「とはいえ、過去には失敗の例もあるからな。竜の炎は恐ろしいものだ」

そんな話をしながら、二人は東庭近くの、外壁ぞいの古めかしい建物の前に着いていた。

悲鳴じみた音を立てる扉を開ければ、突き当たりに木剣《ぼっけん》がいくつも架けてある。

「ここが宮廷騎士団の屯所《とんしょ》だ」

「……まさか、この木剣を用いるのですか？」

セシリアは我が目を疑った。宮廷騎士に支給される武具が、鍛錬用の木剣だとは信じたくない。

「騎士の力では、汎種を簡単に殺してしまうからね。木剣くらいでちょうどいいんだよ。ただ、護衛騎士は例外だ。君も故郷で剣を授かったら、帯剣して仕事ができる。あぁ、護衛騎士は、宿舎ではなくこの屯所で寝泊まりする決まりだ。君の部屋は、私の部屋の隣になる。荷物は運ばせておいた」

タリサが案内したのは、入り口からすぐの場所にある部屋だった。

「ここ……ですか」

「すぐに慣れる。私の部屋も同じ間取りだ」

その部屋が、あまりに小さく、古めかしいので、セシリアは目を疑った。小さなベッドが一つと、小さなテーブルに、背もたれもない椅子《いす》が二つ。ベッドの横を通るのに、身体を横にしなければならないほどの狭さである。そこに、セシリアが鍛刃院から持ってきた荷物が置かれていた。

「タリサ様は、ずっとこの屯所にお住まいなのですか？」

「あぁ。入団と同時に護衛騎士になったからね。この部屋の隣に、ずっと住んでいるよ」

この瞬間まで、セシリアは、護衛騎士を華々しい存在だと思っていた。

その印象と実際の在り様は、かけ離れているようだ。

（なんだか、想像していたのとずいぶん違ったわ……）

仕事に戻るというタリサと別れ、セシリアは狭いベッドにごろりと横になる。

三日で後悔する――と言ったのはアルヴィンだが、たった半日で、もうセシリアは後悔しかけていた。

選ばれた誇らしさも、護衛騎士の名誉も、すっかり輝きを失っている。

（でも、自分で選んだ道だもの……やり遂げたい）

これは自分の決断だ。受け入れ、呑み込むしかない。

――その時だ。

リン……と頭の中に、鈴の音が響いた。

（……なに？　なに、これ）

リン、リン、と三度、音が続く。

強烈な音だ。たまらず、セシリアはベッドから跳ね起きた。

金鎖に触れる。――熱い。呼ばれているらしい。

（マルギット様が呼んでおられる……？　でも、どこへ向かえばいいの？）

セシリアは屯所を飛び出し、ひとまず内壁のアーチを越えて東庭に入る。

見渡した限り、いるのは衛兵だけだ。――ここにマルギットはいない。

リン！　リン！　と急かすように鈴が鳴る。

（もしかして……城中探し回れってこと？）

城としては小ぶりな黒鳶城だが、あてもなく一人の人間を探すには広すぎる。

通りかかった汎種の衛兵に、マルギットの居場所を尋《たず》ねると「書斎においでなのではありませんか？」との答えが返ってきた。

そこで城塔の正面に移動する。門を守る衛兵に事情を説明すると「先ほどお見かけした。西庭においでては？」との情報を得た。

急いでアーチを二つくぐって西庭に行くと、四阿《あずまや》に人影が見える。――マルギットだ。

白いコタルディが、庭の一部のように華やかだ。

西庭の、橙色《だいだい》の濃淡のモザイクタイルの上をセシリアは走った。

「遅いわよ！　なにをしていたの⁉」

「申し訳ありません！」

叱責を理不尽に感じつつ、さっさと歩き出すマルギットの後ろについていく。

内壁のアーチを二つくぐり、西の尖塔に近づく。

尖塔の、物見台に続く扉の裏側に回る。そこには、地下へと続く細い階段があった。

「結界を張っておいて」

「は、はい」

セシリアは、階段の入り口に絶系の結界を張った。

階段の壁には、小さな灯《あか》りがまばらにともっている。

先を進む、ほんのりと白いコタルディを追って、階段を下りきると――四角い、白いものが一面に並んでいた。

墓標だ。

（ここは……墓所？）

大きな墓標もあれば、小さな墓標もある。古いものも、新しいものも。

マルギットの目の前にある墓標は、小さく、そして新しく見えた。目をこらせば、ウイルズ三世王妃・ドロテア、と刻まれている。王女マルギットの生母、とも。

「この場所には、父上も、あの女も、ほとんど来ない。あの人たちは、祈る時には祈禱堂《きとう》へ行くから。私はここに毎日来ているから、いちいち怪しまれる心配はないわ」

「……密談向きの場所ではあるようですが……」

辺りをきょろきょろと見渡していると、チリン、と鈴が鳴る。

今度は耳元ではなく、マルギットの手元から音がした。見れば、その小さな白い手が、金色の鈴を持っている。

「貴女の金鎖と同じ釜の金で作られた鈴よ。これで呼ばれたら、すぐにここへ来て。いいわね？」

こんな薄暗い場所に、一人で入るのは正直怖い。

（結界さえ張れば、なにもコソコソしなくっても、人の耳は避けられるのに……）

白鷺城の祈禱室は地下にあったが、祈りのための清らかな場所で、恐怖を感じたことはない。しかしここはスィレン種の王族の墓だ。いかにも怨念《おんねん》が凝《こご》っていそうで恐ろしい。

「わ、わかりました。それで……ご用というのは」

「孤児院があるの。大社の裏に。わかるでしょう？」

「大社の場所だけはわかります」

「その裏が、血統学研究所。そこの建物の一部が、孤児院になっているの。母が——聖王妃ドロテアが開いた孤児院よ」

亡き王妃ドロテアの慈善事業は、広く世に知られている。

聖王妃、と発音するマルギットの表情には、誇らしさがうかがえた。

騎士の世で、ドロテアを聖王妃、と呼ぶ者はいない。王都の者だけが使う呼称だ。騎士の世で、聖、とは天の神々に最も近い存在を示す言葉である。スィレン種の王妃が、天の神々に近いはずはないのだ。

ともあれ、セシリアは「わかりました」とうなずく。

「では、孤児院へ向かいます。なにかお届けものでもございましたか？」

「孤児院への援助を申し出ている他国の商人が、何人か来ているはずなの。身分は隠しているけれど、私の婚約者候補の代理人たちよ。彼らと連絡を取るのが貴女の仕事。今日は顔あわせだけで構わないわ。あの孤児院には、私もよく行くの。貴女は、私の使い。それなら怪しまれないでしょう？」

「……は。では、失礼します」

セシリアは一礼し、地下墓所を出た。

わずかな時間だったが、闇《やみ》に慣れた目には、傾いた陽光さえ鋭く感じられる。

自分で張った結界を解き、アーチを三つくぐって、王宮の門を出た。

門を出るとすぐ右手に、大社の三本の鐘楼が見えた。

セシリアは、ガラシェ家の養女だ。叔父がいようといまいと、到着したその足で大社へ参拝するのが筋なのかもしれない――と思い、しかし次の瞬間に気持ちは消えていた。

大社の壁は、白い。

振り返れば、名の通り黒い黒鳶城がある。

白い大社と、黒い王宮。

どちらが、自分のいるべき場所なのか。

（わからない……知れば知るほど、わからなくなる）

この王宮に来てから、セシリアの心は何度も揺らいでいる。

自分は何者なのか。物心ついた頃からの疑問は、ますます深くなる一方だ。

夢にまで見た劫火の大階段を歩きながら、セシリアは孤独だった。

長い一日が終わり、その翌朝。

セシリアは、日常の任務についてタリサから指導を受けた。

「なんのことはない。城の結界を維持することが、我々の主な役割だ。城の周囲に張り巡らされた結界の、綻《ほころ》びを修繕してもらいたい。さっそくだが、やってみてくれ」

青と黄色のモザイクタイルが華やかな、東庭から結界の修繕をはじめる。

結界は、外壁よりわずか内側に施され、外壁よりわずかに高い。

セシリアは、左手で印を描き、右手でひょいと練糸の気を頭上に放り投げる。狙った場所に気は飛んでいき、するりと網目にかかる。

指を小さく動かすだけで、するり、と練系の糸はよく伸びた。

「わ……よく伸びますね。編みやすいです！」

練系の結界は、網状になっている。巨大な編み物をするようなものだ。絶系の結界とは違い、人の侵入は阻《はば》めない。強い敵意を持った者が通過すると、結界を張った者が感知できるようになっている。

結界の強度や、維持できる時間は様々な条件で変化する。死者の作った結界が、百年後まで残ることもあり、その場合は敵の侵入があっても感知ができない。こうして複数の魔道士が細かく修繕を重ねていくことで、危機察知の機会を増やしていくのだ。

「社領でも、王宮でも変わりばえがしないな。混成種の我々は、結界職人のようなものだ。他の役目は回ってこない」

面白いように伸びる結界を編む手を止め、セシリアはタリサの横顔を見た。

結界職人、とは皮肉な言葉だ。

「混成種も、もっといろいろなことができる……と私は思います」

「そうだな。結界を張る以外の――古魔術の研究や、調薬学や調香学、医学や血統学……鍛冶匠に向いている者もいるだろう。体力も彼らよりあるからな。まだそれらの職業は、スィレン種にしか門戸が開かれていない。彼らが言うには、混成種は偽物なのだそうだ。技術や理論を学ぶ場さえない。実にもったいないと思うよ。君のように優秀な候補生を見ていると、いっそう強く思う」

胸が、ぐっと苦しくなった。

騎士のなり損ない。魔道士の偽物。

自分が感じ続けてきた孤独な葛藤《かっとう》を、この人も感じてきたに違いない。

「タリサ様は、どのような分野に興味をお持ちだったのですか？」

タリサは、緑の瞳をこちらに向けてから、ふっと恥ずかし気に目をそらした。

「……面映《おもは》ゆいな。そんな質問をされたのははじめてだ。君は？　なにがしたいんだ？」

「私、王佐の騎士か、騎士団長になりたい、とずっと思っていました」

頬を染めて、セシリアは笑顔で答える。

「ほぉ、それは豪気だ。頼もしい。実現すれば、どちらも混成種初の快挙だ」

「そうして混成種の私が力を持てば、世が変えられると思ったんです。もっと混成種の学びの場を増やして、混成種も戸籍が持てるようにして――」

「君なら、できそうな気がするよ。……あぁ、そういえば、昨日の夕方はどこへ？　手が空いたので、王宮を案内しようと部屋を訪ねたんだが、留守だった」

ぴしゃり、と目の前で扉が閉められたような気がした。

共有していたはずの熱が、急激に冷める。

――裏切り者よ。

姉かもしれない、と慕い続けた人の立つ場所は、セシリアが立つ場所とは別だ。

こんな理由で距離を取らねばならないのが、たまらなく悲しい。いつか、姉、妹と呼びあう日を、夢みていたというのに。

「昨日は——」

とにかく、なにか言わなくてはいけない。

誤魔化して、取り繕《つくろ》う。今の自分の立場では、それが正しい。

孤児院に行った件を、上手く伝えよう——と思ったところで、

「セシリア！」

思いがけない助け船が入った。

大きく手を振りながら近づいてくるのは、青いガウンを着たルキロス王子だ。

「ルキロス殿下！」

セシリアも、大きく手を振り返した。

「待っていたよ。いつ着いたの？」

「昨日の昼に着いたばかりです」

「じゃあ、僕が城の中を案内するよ。おいで！」

ルキロスは笑顔でセシリアの前に立つと、サッと手を取って歩き出した。

はしゃぐ様は、まるきり子供だ。

「え……お待ちを。今は任務が——タリサ様、あの……」

セシリアが振り返ると、タリサは「行っておいで。私よりずっと宮廷にお詳しい」と笑

顔を見せていた。

（護衛だもの、城の中を見るのも仕事の内よね）

セシリアは自分をそう納得させ、ルキロスの誘いに乗ることを決めた。

ルキロスは、三つのアーチをくぐって城の正面に向かっている。

東の庭から城塔の正面にある前庭に回り、大きな扉から城塔内部へと入る。

入ってすぐのホールには、竜の彫像が鎮座していた。

（うわ……すごい。なんて見事な彫像！）

威風堂々たる王が王杖を掲げている。その王の前に、頭《こうべ》を垂れて跪《ひざまず》く竜。

彫像の大きさと緻密《ちみつ》さ、そして神話的な光景に目を奪われた。

とりわけ竜の彫刻は、鱗一つまで丁寧に彫り込まれており、今にも動き出しそうだ。

「すごい……！　グレゴール一世陛下のお姿ですね？」

「うん。アレクサンドラの魔力を発現させた瞬間だよ。竜御の儀は、この様子を模すんだ。さ、謁見《えっけん》の間に行こう。タペストリーがある。君に見せたい」

ホールから、大きな階段を何段か上がると、金の玉座が視界に入った。

――玉座の間だ。

人が何百人でも入れそうな広間の奥に、金の玉座がある。

「私が入ってもよろしいのですか？」

「もちろん。ようこそ、黒鳶城へ」

それまで繋いだままだった手を放し、ルキロスは優雅に先をうながす。

恐る恐る、一歩を踏み出した。

黄金でできた金の玉座は、遠目に見ても豪奢《ごうしゃ》だ。その玉座を鈍《にぶ》く光らせる明かり採りの窓は、車輪を半分にした形で、鍛冶匠の国の中枢《ちゅうすう》にいるのだと強く実感する。

そうして、壁の壮大なタペストリーを前にして、セシリアは感嘆の吐息を漏《も》らす。

「……これほど大きいタペストリーだとは存じませんでした……素晴らしいですね。本当に美しい……」

タペストリーは、両側に三枚ずつ。

六枚にわたって描かれているのは、鍛刃院と同じで、グレゴール一世の英雄譚《たん》だ。

しかし鍛刃院にあるものよりも、大きく色数も豊富で、金糸まで編みこまれている。呆れるほどの豪奢さである。枚数も倍だ。

(あれは……古き血の七人の王だわ)

鍛刃院にはなかった三枚を、セシリアはじっと見つめた。

一枚目は、黒髪の、古き血の七人の王と、グレゴール一世が戦う様だ。

二枚目は、七人の王が跪き、三枚目は、七人の王が外敵と戦っていた。

(なるほど。鍛刃院には、七人の王のタペストリーは飾らなかったのね)

当然の配慮、とでも言うべきだろうか。

もし飾られていたら、候補生は目をそらすだけでは済まさなかったかもしれない。

「綺麗でしょう？　これを君に見せたかったんだ」

屈託のない笑顔を、ルキロスは見せた。

古魔術の、良質な資料を見つけた時と同じように。

「ありがとうございます。……本当に美しいです」

しかし、このタペストリーは古魔術とは違う。

セシリアにとって、この英雄譚は他人事《ひとごと》ではない。

征服王の末裔として、誇らしさを感じるべきなのか、それとも七人の王の末裔として、屈従を苦く思うべきなのか。

複雑な感情が、腹の奥に渦巻いている。

「加冠の儀が終わったら、ここで舞踏会をするんだ。国内だけじゃなく、島中の国々からも姫君が集まってくるって」

ルキロスは、こちらを向いて優雅な一礼をした。

まるで、セシリアをダンスに誘うように。

「さぞ華やかでございましょうね」

国内ばかりか、島中の九国から年若い姫君が集まってくる。

色鮮やかなコタルディが舞い、宝石が輝き、賑やかな音楽が流れるに違いない。

セシリアはその時、冠杖の衛士を務めた直後だ。引き続き護衛としてこの場に立っているのだろう。

「二十人くらいいるらしい。誰を選んでもいいそうだよ」

国内で結婚相手を探す女性王族に比べ、男性王族には一定の自由がある。

特性の遺伝は父親側の影響が強いため、母親がガリアテ直系の子孫――要するに島内の国の王族でさえあれば、子孫の係数を保つことは可能なのだそうだ。

スィレン種の世では、顕性係数は秘すものらしい。相応しい候補者は、血統学者が選ぶと血統学の授業で聞いた覚えがある。ルキロスは、ウイルズ王のただ一人の息子だ。選考は慎重に行われたに違いない。

急にルキロスが、セシリアの手を取り、ダンスのステップを踏み出した。

「あ……ル、ルキロス様？」

「僕は、はじめて会う姫君とダンスなんてしたくないけどね！」

「お、お待ちを……！」

セシリアには、ダンスの心得などないというのに、お構いなしにルキロスは踊り出す。

「上手！　これなら、舞踏会にも出られるよ」

ダンスの足さばきは、どうやら剣術に通じるらしい。

体重移動だけに集中すれば、なんとかルキロスの足を踏まずに済む。セシリアの焦りとは裏腹に、ダンスは思いがけない滑らかさで進んだ。

目の端に映《は》えるタペストリーが、目まぐるしく変わる。

「え、あ……も、もう無理です。殿下！」

くるり、とターンをしたルキロスは楽し気に「もう少しだけ！」と言った。

「つきあってよ。舞踏会の当日は踊れないんだから！」

当然だ。セシリアは護衛であって、招待客ではない。

（マルギット様も身勝手だけど、弟君も十分勝手だわ！）

軽やかにルキロスはステップを踏み、聞きなれない音楽を鼻歌で歌う。

しばらくそうして、くるくると踊っていた。

その足が、突然止まる。

急に止まるものだから、二人の顔の位置がとても近くなった。

「ルキロス様……？」

「ずるいよ、ギヨム種は」

「……ずるい？」

理不尽な言いがかりを受け、セシリアは遠慮なく眉を寄せていた。

「物心つく前に混成種を囲い込んで、枷《かせ》をはめてしまう。ずるいよ。僕が出会った時、もう君は枷をつけられていた」

綺麗な碧《みどり》色の瞳が、セシリアを見つめている。

その視線の熱には覚えがある。鍛刃院で、告白をしてくる候補生たちと同じだ。けれど、熱の理由が理解できない。

「私は、枷……と思ったことはありません」

「首枷だ。愛とか情で囲い込んで、自由を許さない」

十四歳の少年から発せられる言葉は、幼さゆえに強い。

ここでいつものように曖昧な相槌を打てば、少年の言を認めることになる。ガラシェ家の人間として、ここはきっぱり否定しなくてはならない。

「殿下。ガラシェ家は、私の自由を奪ってはいません。枷をかけているのなら、私はここにはいなかったでしょう」

「愛や恩で縛られているから気づけないだけだ。君の行動は、全部ガラシェ家の思いどおりじゃないか。自由を奪われてる。——ずるいよ」

ルキロスの頑固さに、セシリアの眉はいっそう寄った。

ずるいのは、ギヨム種ではない。

二十年前に、スィレン種の魔道士は社領から撤退した。民と森を守るために、社領は新たな魔道の担《にな》い手を求めたのだ。

戸籍さえないスィレン・ギヨム種の存在は軽い。だからスィレン種の作った空白に、重さのないまま収まった。

問題にすべきは、社領の混成種活用の方針より、国の混成種への無関心だ。

だからといって、現状の政治への不満を、成人前の少年に言ってなにになるだろう。

「……これで失礼します。仕事に戻らなければ」

セシリアは会釈をし、一歩下がった。

その肩を、ルキロスがつかむ。

「僕は、セシリアと踊りたい」

「私は――」

踊りたくなどない。

王族の配偶者候補に混成種が並ぶなど、前代未聞だ。

好奇の目にさらされ、貶《けな》される様が容易に想像できる。

なり損ないの騎士に、偽者の魔道士。これ以上の侮辱《ぶじょく》を、進んで受けるつもりはない。

「知らない姫君なんかより、セシリアと話してる方が楽しい。セシリアだって、僕といたら、結界張りばかりしなくていいんだ。王位なんて要らない。僕は古魔術の研究がしたい。一緒にいよう。ずっと――君が好きなんだ！」

その好意が、いっそ恐ろしい。

セシリアは、ルキロスの腕から逃れた。

敬意を失した強さだったかもしれないが、気にする余裕はなかった。

「失礼します」

踵を返すなり、セシリアは走った。

相手はまだ十四歳の子供で、分別は求められない。逃げるのみである。

絢爛《けんらん》たる玉座の間を駆け抜け、階段を下りる。

（なんなの、スィレン種中のスィレン種なのに、ギヨム種みたいなこと言って！）

セシリアには、五歳以前の記憶がまったくない。

馬車の窓から白鷺城を見上げたのが、一番古い記憶だ。

ガラシェ家の人々しか家族はいないし、故郷はガラシェ社領しかない。

家族はセシリアを愛し、セシリアも家族を愛している。

(ガラシェ家に帰る以外の道なんて、選べるわけがない！)

首に枷などはめられてはいない。

この首には、決して。

首元に触れた手が、チュニック越しに触れたものがある。

びくり、と手が震える。

――ネックレスだ。アルヴィンがくれた、紅玉の。

(違う。これは首枷なんかじゃない)

城塔から飛び出したところで――

「あ……」

「セシリア。……大丈夫？」

鉢あわせしたのは、紺色のチュニックのアルヴィンだった。

呼吸を忘れるほど驚いて、とっさに言葉が出ない。

「アルヴィン……あの……私……」

「落ち着いて。――大丈夫だよ」

アルヴィンが、囁き声で言う。

「どうして、ここに？」

「宮廷騎士見習いだからね。城内の哨戒《しょうかい》中だ。王子と君が、城塔に入っていくのが見えたから。——なんとなく、嫌な予感がして……放っておけなかった。ごめん」

「ちゃんと断ったわ。舞踏会でなんて踊らない」

セシリアは、首を横に振って否定した。

「疑ってなんていないよ」

「だって、心配だったんでしょう？」

今度は、アルヴィンが首を横に振る。

「そうじゃない。王子がのぼせ上がれば、それだけ君が傷つく。俺は嫌なんだ。王子に相応しいだの相応しくないだのと、王宮の連中が言うのは。……危ういようなら、止めるつもりだった」

アルヴィンは、困り顔で「余計なお世話だったかもしれないけれど」とつけ足した。

ふいに、強張《こわば》っていた身体の力が抜けた。

アルヴィンは、セシリアを疑っていたわけではない。純粋に案じてくれていたのだ。脅威《きょうい》でしかない好意に傷ついた心が、その優しさに癒《いや》されていく。

「……ありがとう、アルヴィン」

「今後は、極力近づかない方がいい。——魔術の効かない相手だし」

鍛刃院の候補生が強引に迫ってきても、破系の魔術を使えば危機は回避できる。彼らはギヨム種で、膂力《りょりょく》は強くとも、魔術には弱いからだ。

しかしスィレン種が相手では、破系の魔術がほぼ効かない。直系の王族に至っては無効である。回避の難易度は、ぐんと上がってしまう。

「……うん。そうする」

「連中の言葉は一切信じるな。スィレン種の殺しあいだ。真面目につきあう必要はない」

殺しあい、という言葉に、セシリアの背筋はぞわりと冷えた。

「い、今、そんな話になってるの？　いつの間に――」

いつの間に――と思ったが、すぐに考えを改めた。マルギットがセシリアを招いた理由も、ヒルダの魔の手から逃れるためだ。とうに殺しあいははじまっている。

「後継者争いが、裏で過熱しているんだ。……その流れで、竜御の儀の準備が進められているらしい」

「でも、儀はやらない方向に進んでるって……議会も反対してるみたいだし」

「ここの連中は、息をするように嘘《うそ》をつく。信じちゃいけない。君が、王宮での役目に誇りを持っているのは知っている。水を差したくはないけど、ここにいるのは、その誇りを食い物にする連中だ。必要以上に関わるな。――タリサ・ヴァルクのようには、なっちゃいけない。危ういとわかったら、すぐに逃げよう」

前庭の植え込みの向こうで、紺色のチュニックの騎士が手を振っているのが見えた。

うだ。

「どこへ行ってたんだ？」と言っているので、突然姿を消したアルヴィンを探していたよ
アルヴィンは「くれぐれも気をつけて」と念を押し、セシリアの横を離れる。

その背を見送り、セシリアは結界の修繕を再開させた。

見つけた綻びを、するりと伸ばした気で繕う。

（逃げたら……なにも得られないわ）

すぐに逃げよう――とアルヴィンが言えるのは、彼が多くのものを持っているからだ。

鍛刃院の成績も、宮廷騎士団での出世も、多くのものを持つ彼には無意味だ。逃げ帰っても、失うものはなにもない。

だが、なにも持たないセシリアは機を失う。セシリアは、この王宮で多くを手に入れねばならないのだ。

（逃げたくない。……やり遂げたい）

王女を守る、という重大な任務の向こうに、セシリアの未来は広がっている。

混成種の可能性を広げるのが、自分の役目だ。いつか混成種の鍛冶匠や調薬師、血統学者が生まれる日もくる。王子の舞踏会に招かれる日も。

（この仕事をきちんとやり遂げて、騎士団長への道に繋げたい）

王佐の騎士への道は断たれたが、まだ騎士団長への道は残っている。ルキロスからの好意に振り回されている場合でも、アルヴィンと一緒に逃げている場合でもない。

未来を、つかみ取らねばならない。

セシリアは、決意も新たに、黒鳶城の高い城塔を見上げたのだった。


マルギットの婚約者候補は、数人いるそうだ。

孤児院まで代理人が来たのは、三人。

秘かに、王都まで本人が来ると約束したのは、一人だけ。

ラグダ王国の、カミロ五世の第三王子・ダビドだ。

大ガリアテ島の西側に張り出した半島は、六賢王のうち商人の王が治めてきた。今は二国に分裂し、陸運に強い北側のナリエル国と、海運に強いラグダ王国に分かれている。

どうやらそのラグダ王国のダビド王子が、本命であるらしい。ラグダ王国の代理人からの報告をする時だけ、マルギットの態度が違う。

(どうか、このまま順調に進みますように……!)

任務はやり遂げたいが、波風は少ない方がいい。

セシリアは、屯所の狭い部屋で毎日祈り続けた。

婚約の内定さえ決まれば、難関は越えたも同然だ。あとは大社の天空堂で、宝玉の散りばめられた冠か杖を運ぶだけで、任務完了である。

その頃には、もう冬期休暇に入っている。鍛刃院には戻らず、まっすぐガラシェ社領に戻る予定だ。

養父のガラシェ司祭は、竜の血を浴びてから三十三年目に入った。来年の秋には社殿に入る。だから、最後に迎える新しい年は、白鷺城で共に過ごしたかった。

セシリアは、淡々と仕事をこなした。こまめに結界を修復し、マルギットに呼ばれれば駆けつけ、孤児院との往復を続ける。

日々は、静かに過ぎていった。——内に強い緊張を孕《はら》みながら。

（あ……）

その時、セシリアは孤児院から王宮に戻ったばかりだった。

孤児院にいる代理人からの手紙を受け取り、チュニックの懐にしまっている。

夕には、大社で加冠の儀の練習がある。マルギットの気まぐれな呼び出しが早いか、大社に向かうのが先か。どちらにも対応できるよう、結界の修繕をしつつ待機していた。

東庭から裏の南庭へと、向かう途中だった。

——ルキロスが、いた。

王宮の東西の庭は、散策に相応しい華やかな場所だが、裏手にある南庭は趣《おもむき》が異なる。華やかなモザイクタイルなどはなく、灌木《かんぼく》が規則的に配されただけの簡素さだ。花さえ咲いていない。あるのは小さな木造の祈禱堂で、王族の祈りの場である。

グレゴール一世は、祭祀《さいし》を先住民の七人の王に委《ゆだ》ねた。祈禱堂で行われるのは、彼らの先祖への祈りであるそうだ。大社の壮麗《そうれい》さと、祈禱堂の簡素さは、グレゴール一世の覚悟の現れであるのかもしれない。

その南庭に続く内壁のアーチの陰に、ルキロスはいた。

目に入った瞬間は、逃げるつもりでいた。だが、できなかった。

少年が、壁に寄りかかって座り込み、項垂《うなだ》れていたからだ。

スィレン種は、身体が弱い。短命で、虚弱。一説によれば、アレクサンドラが遺した特性発現の代償であるという。通常の魔力に加え、竜を御する特性まで得た王族には、その傾向が顕著だ。ウイルズ三世の父親は三十代で、祖父は二十代で世を去っている。四十八歳のウイルズ三世は歴代の王の中で、五本の指に入るほどの長寿である。

そんな王族の一人が座り込んでいたのだから、慌《あわ》てざるを得ない。

「ル、ルキロス様……？」

病か、血虚《けっきょ》か。あるいは、怪我か。

まずは、状況を確認しなくてはならない。

「……セシリア？」

ルキロスが、顔を上げる。

その顔は青ざめ、頬は涙で濡れていた。ただ事ではない。

「医官を呼んで参りましょうか？」

「いや……要らない。もう大丈夫だ」

大丈夫だ、と口では言っているが、まったく大丈夫には見えない。

ひどく遅い動作で立ち上がろうとするのに、手を貸した。

少年の自尊心が、それを許さないかと思ったが、思いがけず素直に手を委ねてくる。

「お部屋まで、お供いたします」

ルキロスは、首を横に振る。

そうなると無理強《じ》いもできず、ひとまず東庭の四阿に移動した。

庭と同じ、青と黄色のモザイクタイルが施された、瀟洒《しょうしゃ》な四阿だ。

ルキロスをタイル張りの椅子に座らせ、傍《かたわ》らに膝《ひざ》をつく。

「杖を……加冠の儀に使う、練習用の玉杖を、祈禱堂に……忘れてしまったんだ」

「あぁ、それでしたら、私が今から取って——」

「駄目だ！」

ルキロスが、セシリアの腕をぐっとつかむ。

思いがけない強さだ。

「ルキロス様……」

「今は、駄目だ。行ってはいけない。母上が——いらっしゃる。それから、叔父上が——トラヴィア公もご一緒だった」

どくん、とセシリアの心臓が跳ね上がった。

人の口からその名を聞くと、日頃は押し込めているものを意識せずにはいられなくなる。

（落ち着いて。今は、事情を聞くのが先よ）

ヒルダは、よく祈禱堂に行くそうだ。マルギットからそう聞いているので、それ自体は、珍しくない話だろう。

トラヴィア公も同じだ。常は領地のトラヴィア公領にいるのだろうが、王宮にいるのもおかしくはないだろう。議会があれば出席して当然の立場だ。先祖に祈るための祈禱堂にいるのも、特筆すべき事柄ではない。王弟も、等しくグレゴール一世の子孫だ。

「わ、わかりました。お祈りのお邪魔をしてはいけませんね」

「見るつもりは、なかったんだ。本当に、ただ、杖を取りに行こうと思って……」

「では、後ほど衛兵に頼んでおきましょう」

ルキロスは、頭を抱えて、

「……裸だった」

とぽつりとつぶやいた。

セシリアは少し首を傾げて「裸？」と聞き返し――やっと理解した。

そこに男女がいて、裸であった場合に、想定できる事態を。

さぁっと音を立てて血の気が引く。

つまり、こういうことだ。――ルキロス王子は、王妃と王弟の不義の現場を目撃した。

(これは……まずいわ)

ルキロスも間もなく加冠の儀を迎えるのだから、幼くともその状況の意味は理解しているだろう。誤魔化せるはずもない。

狼狽《ろうばい》したセシリアは、ここで一計を案じた。子供だましは、百も承知で。

「あ、あの……えぇと、破系の魔術に、忘却術、というものがございますよね？」

「忘却術……うん。あるね」

「はい。テンターク社領の導師に教えていただきました。こうして……こう……」

セシリアは、ルキロスにも見えるよう、ゆっくりと左手で印を結び、右手をルキロスの目の前でぱちり、と鳴らした。

慌てていたので、ここが黒鳶城であるのを忘れていた。一刻どころか、半日くらいは記憶を消してしまったかもしれない――が問題はないだろう。

相手はスィレン種だ。それも顕性係数九の、王族である。

破系の魔術の影響は、微塵《みじん》も受けないはずだ。

「あ……」

「ただの気休めですが……ここは一つ、魔術にかかったような気持ちで、先ほど見たことは一切合切《いっさいがっさい》忘れる、という……え？」

様子が、おかしい。

ルキロスの碧色の目は、虚空を見たまま動かない。

まるで、魔術がかかった時のように。

（なんで……？）

一瞬、セシリアの気休めに、ルキロスが演技で応《こた》えたのかと思った。

だが、違う。

「……セシリア……僕は、ずっとここにいた？——おかしいな……」

忘却術が、効いている。

破系の魔術が一切効かないはずの、ルキロスに。

国王と王妃の実子のはずの、王子に。

(術がかかった？　どういうことなの？　まさか……)

考えられる可能性は、一つ。

——王子は、純粋なスィレン種ではない、ということだ。

セシリアは、ごくり、と生唾《つば》を飲む。

「ど、どうでしょう。あの、私は、たった今、この庭を通りかかったところでしたので」

どくどくと心臓が大きく鳴っている。

しかし、ここで動揺を表に出してはいけない。

「僕、なにか言った？　君は、なんて？」

「ご挨拶をしただけです。今日は、暖かいですね、と」

効いている。間違いなく、ルキロスに忘却術は効いている。

「さっきまで、寝室にいたような気がするんだけど……変だな」

術の深さから推測して、ルキロスの消えた記憶はおおよそ半日程度。

忘却術をかけたセシリアの感覚とも、差はない。

いよいよ、術が正しくかかったと判断するしかなくなった。

「……お、お疲れなのではありませんか？　加冠の儀も近いですし」

ルキロスは影の位置を見て「昼を過ぎているね」と呟《つぶや》いた。

「そうだね。疲れてるのかな。……残念だ。せっかくセシリアと挨拶できたのに、忘れてしまうなんて。――じゃあ、もう一度頼んでもいいかい？　ごきげんよう、セシリア」

ルキロスは、座ったまま優雅に礼をした。

「ごきげんよう、ルキロス殿下」

セシリアが礼を丁寧に返すと、ルキロスは爽やかな笑みを浮かべた。

もう、心の安寧《あんねい》を取り戻しているようだ。

その代わり、セシリアは二重の秘密を抱える羽目になった。

王妃と王弟の、逢瀬《おうせ》。

王子の出生の、闇。

あまりに重い秘密だ。いっそ、自分に忘却術でもかけてしまいたい。

「君に会えたから、今日はいい日だ。――それで……セシリア。ずっと謝りたかったんだ。この間のこと……僕が悪かった。ごめん、困らせて。すごく嫌な言い方をしてしまった。君との縁は、大切にしたかったのに」

ルキロスは、申し訳なさそうな顔で、セシリアを見つめる。

玉座の間での一幕には、たしかに驚いた。

傷つきもし、戸惑いもし、どこかで腹を立ててもいる。

だが、現在の状況においては些事《さじ》であった。気にする余裕がない。

「それは……その……どうぞお忘れください、殿下。私は、これで失礼させていただきます。任務の最中ですので」

「あぁ、わかった。……じゃあ、また」

一礼して、セシリアはその場を離れた。

名残惜しそうなルキロスの表情に、気を配る余裕などない。

(ルキロス様は、陛下のご実子ではない？　それとも王妃様のご実子ではないの？　わからない。父親がギヨム種なら、黒髪で、瞳も炎の色をしているはず。汎種だとしたら、あんなに鮮やかな碧色の瞳にはならないわ。それとも例外？　なんにせよ、ルキロス様は……竜を御せない)

セシリアが、聖騎士になれないのと同じだ。

ルキロスは、竜を御せない。

どちらも、顕性係数が九でなければ発現しない特性である。

(待って。じゃあ、竜御の儀を復活させようとしている国王陛下は、ルキロス様が実子だと信じておいでなのよね？　ヒルダ様は、儀の復活に反対しておられるんだから、失敗が予想できてる。……もし陛下が儀を強行などしたら……恐ろしいことになるわ)

竜を御せない者が、竜の前に立つということは、即《すなわ》ち死を意味する。

炎に焼かれて消し炭になるか、巨体に踏まれて潰されるか。

その様を想像しかけて、セシリアは頭をぶんぶんと振った。縁起でもない。

(王位はどうなるの?……マルギット様が他国に嫁げば、ルキロス様が王太子になるのは確定して……竜を御せない王太子が誕生してしまう。ルキロス様のお子だって顕性係数が、九になることはない。マルギット様のお子だって、他国の王子とはいえ、お相手は汎種だもの。お子の顕性係数は九にならない)

魔道士の祖・アレクサンドラの力を発現させたスィレン種。

その中でも、竜を御する特性を持った王族。

大ガリアテ島の秩序は、その唯一無二の特性によって成り立っているというのに。

竜を御せない王が誕生した時、この島に大いなる混乱が起きるのではないだろうか。

(いえ、他の王族にも、高い顕性係数の公子はいらっしゃるはずだし……そうよ、私が心配する必要なんてないわ)

王宮は、なんと恐ろしいところなのだろう。

多くをつかんでみせる、と心に決めたというのに、何度目かしれない後悔に襲われる。

「——セシリア!」

突然、目の前に人が現れた。

もちろん、突如として出現するわけもない。葛藤に溺れるあまり、セシリアが周囲をまったく見ていなかったせいだ。

「え?　カリナ……!?　びっくりした!」

セシリアは驚き、かつ喜んだ。

この魔窟のような場所で、束の間の安らぎを得た気分である。

様々な感情がこみ上げ、思わず親友の身体にぎゅっと抱きついた。

笑いながら、カリナはセシリアの背を叩く。

「どうしたのよ、セシリア。子供みたいよ、貴女」

「すごく久しぶりに会ったような気がしたの。……嬉しくて」

身体をすぐに離して、微笑《ほほえ》みあう。

友人の顔を見たことで、続いていた身体の強張りが少しだけ緩む。

「さすがのセシリアも、宮仕えには参ってるみたいね。ひどい顔」

「……うん。そうみたい」

「でも、王女の護衛騎士見習いでしょう？　本当にすごいわ。本当に、王佐の騎士にまっしぐらじゃない。……あぁ、そうそう、私、貴女を探してたのよ？　いくら忙しくても、お役目は果たさなくちゃ」

戻りましょう、と言って、カリナはセシリアの手を取って歩き出す。

「え……なにかあった？」

「まさか忘れたの？　大社に来るよう叔父に……司祭長に言われたじゃない。ほら、加冠の儀の練習があるから」

「あ……そう、そうだった。……そうよね。私、そのために呼ばれたんだったわ」

自分は、マルギットから冠杖の衛士に指名されて、ここにいる。

重い秘密に動揺していたせいで、すっかり記憶から抜け落ちていた。

「しっかりしてよ。もうすぐ大社から使いが来るわ、屯所に戻りましょう。あぁ、そうだ。貴女の部屋に行ってもいい？　護衛騎士って、自分の部屋が持てるのよね？　見習いでも同じ？」

「ええ。でも……あまり広くはない部屋なの。きっと驚くわ」

セシリアが案内した屯所の小部屋に入った途端、カリナは、

「本当に狭いのね！」

と目を丸くして驚いていた。

背もたれもない椅子に腰かけ、カリナは「すごく狭いわ」と繰り返す。

「護衛の部屋は、こういうものみたい。タリサ様の部屋も同じですって」

「大変ね、目をかけていただくっていうのも」

「……うん」

セシリアが、憂鬱《ゆううつ》なため息をつくと、カリナまで重いため息をこぼす。

カリナもカリナで、この慣れない環境に疲弊しているのかもしれない。

「ねぇ、セシリア。宮廷騎士の俸給って、月に銅銭百枚だけらしいの。知ってた？」

疲れのせいで多少ぼんやりとしていたが、さすがにその数字には驚いた。

「……銅銭百枚？　嘘でしょう？」

屋台で売っていた、肉串一本で銅銭二枚。乳茶が一枚。

毎日、肉串一本と乳茶を一杯飲むだけで、俸給が消えてしまう。食事や住居が提供されているとはいえ、その程度の額では暮らしもままならない。

「それも全員一律。宮廷騎士団の団長でさえ同じなんですって。セシリアは会った？」

「いえ。まだよ。騎士団長って、どんな方なの？」

「影の薄い人。いるんだかいないんだかわからない。指導もおざなりだし……でも、俸給も変わらないいなら、団長なんてただの貧乏くじよね。影も薄くなると思う。ひどい話じゃない？　同じだけ働く汎種の衛兵は、新米でも家族を養ってるのに」

呆れて物も言えない。

ここは、大ガリアテ島で最も豊かな国ではなかったのだろうか。

「それじゃあ、蓄えもできないわ。三年の勤務が終わったら、社領に帰るしかなくならない？　いえ、逆に実家から仕送りしてもらわないと、三年の間だって苦労するわ」

「きっと、社領がそう仕向けてるんだわ。王都に長居されちゃ困るから、さっさと社領に帰って、嫁いで、子供を産めって言ってるのよ。混成種なんて、銅銭八十枚ですって。ますます感じ悪いわよね。首枷をつけられてるみたい！」

カリナは、口を曲げて不満を顔に出す。

（首枷……）

この王都に来てから、耳にするのは二度目だ。

首枷などではない。だが、なぜかネックレスが重く感じられる。

「なんだか……悲しくなってきたわ」

「本当よね。王都に来て、がっかりしっぱなしよ。あぁ、でも、いいこともあったのよ。聞いてくれる？」

口を尖らせていたカリナの表情が、いつの間にか変化している。

その明るい橙色の瞳の輝きを見て、セシリアの緑の目も輝く。

「……もしかして……」

「そう！　出会ったのよ、私！」

「運命の人に？」

「そう！」

セシリアは「すごい！」と手を叩いて喜んだ。

「詳しく教えて！　どんな人？」

親友の夢が、叶おうとしている。

セシリアは、卓の上に身を乗り出した。

「シーナ家の傍流の、ハルマ家の四男なの。エドガーっていうんだけど、宮廷騎士団に入って二年目なんですって。目の色が、すごく綺麗な石榴《ざくろ》色なの」

「まぁ、すごいわ！　条件だってぴったりじゃない！」

カリナは、頬を染めて微笑んでいる。

その笑顔が、ふっと陰った。

「でも、ほら、俸給のことも知ったばかりでしょう？　だから、なんだかちょっとだけ喜べなくて。暮らしのために相手を探してるんじゃないかって思ったら……」

「そんなの、気にしなくていいわよ！」

セシリアは、三つ編みが左右に躍《おど》るほど、思い切り首を横に振った。

「そうかしら……」

「そうよ！　暮らしのことをまったく考えない人の方が心配じゃない？」

「……そうよね。私、エドガーとは運命を感じるし、彼もそう言っているの」

ギヨム種は、互いの相性を重んじるものだ。

好意を双方が抱くのには、明確な意味が存在する。

「叔父上には、報告したの？」

「いやだ、気が早いのね！」

「だって血統学研究所なら、すぐそこにあるじゃない。目と鼻の先よ？」

血統学研究所があるのは、あの三本の鐘楼を持つ大社の裏手だ。

その一部にある孤児院へは、毎日のように出入りしている。

「そ、そうね。そうよ。思い切って、叔父上にお願いしようかしら」

稀種の恋愛、結婚に、顕性係数の計算は欠かせない。

セシリアとアルヴィンは、まだ婚約はしていないが、お互いの係数を知っている。本人も知らない実の両親の数値まで、血統学研究所は知っているのだ。そのため二人の間に生まれるであろう子供の係数の予想値までも明らかになっていた。

そもそも、その数値がわかったからこそ、セシリアはガラシェ家に引き取られたのだ。

気になる相手の係数を調べるのは、なにもおかしな話ではない。鍛刃院内では、同時に十人の係数を調べさせた強者《つわもの》もいたそうだ。

「早い方がいいわ。お互いのために——あ」

チリン、と鈴の音が響き、セシリアはパッと立ち上がる。

「どうしたの？　急に」

「マルギット様がお呼びだわ。行かないと」

「お呼びって……今？　もうすぐ大社から迎えが来るのに！」

「すぐ戻る。もし間にあわなかったら、用事を済ませたあとで大社に向かうから！」

カリナの「大変ね」という言葉を背に、部屋を飛び出す。

西庭の地下墓所へ向かう前に、ちらりと四阿を見る。もうルキロスの姿はなかった。

忘却術の効き目は、生涯続く。

記憶から消えたものは、思い出しようがないからだ。

同じ場面にもう一度遭遇するなど、呼び水になる映像に触れれば蘇《よみがえ》る場合もあるそうだが、一生、思い出さずに済めばいい、と願わずにはいられない。

舞踏会で踊る気はないが、彼の不幸を望むつもりなどなかった。

リン！　リン！
頭の中に響く鈴の音に、マルギットの苛立《いらだ》ちが透ける。
「もう……人使いが荒いんだから！」
苛立ちはするが、あと少しの辛抱だ。
未来は、自分の手でつかむしかない。
セシリアは、小声で苦情を言いながら、西庭を駆け抜けたのだった。

第三幕　聖王妃の愛娘

神暦九九五年十二月二日。

聖王妃ドロテアの功績として知られる孤児院の応接間で、その日、二人のガリアテの末《まっ》裔《えい》ははじめて顔をあわせた。

「お会いできて嬉《うれ》しいですわ、ダビド王子」

ルトゥエル王国の王女・マルギットは、優雅な動作で会釈をした。

「こちらこそ。この日をどれほど待ち望んだことか。あぁ、なんとお美しい。肖像画にも見《み》惚《と》れましたが、実際お会いするのには到底及ばない！」

対するラグダ王国の第三王子・ダビドも、ごく優雅に会釈を返す。

――十二月二日は、祝祭の日だ。千年前、征服王ガリアテが上陸した日を、その末裔たちが祝うのだ。

時折、風に乗って子供の歌声が聞こえてきた。歌っているのは孤児院の子供たちだろう。ガリアテの偉業を称える讃美歌だ。

ガリアテが大陸から運んだとされる七つの果実を糖酒に漬け、パンに練り込んだものを食べる——らしい。社領には征服者の上陸を祝う習慣はないので、セシリアにとっては、書物の中の知識でしかない。

歌声が聞こえ、糖酒漬けの果実の香りが漂う孤児院の一室で、二人の男女は、爽《さわ》やかに微笑《ほほえ》みあっている。

ダビド王子の年齢は十八歳。ラグダ王国のカミロ五世の三男だ。

背は高く、日に焼けた肌と、明るい橙《だいだい》がかった金の髪が、海に囲まれた国の若者らしさを示している。ゆったりとした白いガウンに、華やかな色のストールを羽織るのは、商人の国がある西の半島独特の服装だ。王子の精悍《せいかん》な印象に、ストールの翡翠《ひすい》色がよく似あっていた。

同じガリアテの子孫でも、ルトゥエル王国以外の国の王族は、すべて汎種《はんしゅ》だ。魔力は一切持たない。小国の王族は、魔力も、竜を御す力も持たぬ代わりに、なんら代償を払うことなく健康な肉体を維持できているようだ。半島にある二国の商人の国のうち、ラグダ王国は、大陸との貿易で栄えてきた。船乗りも兼ねた彼らに、屈強な体格は必須なのだろう。

応接間の長椅子《いす》に、二人は向かいあわせに腰を下ろしている。

体格のいいダビドと並ぶと、マルギットはいつにも増して小さく、華奢《きゃしゃ》に見えた。

同じガリアテの末裔ながら、こうして比べると代償を払って特性を得たスィレン種の儚《はかな》さが、なにやら気の毒に思えてくる。

その美しいガリアテの末裔たちの横に控えて様子を見守っているのは、セシリアと、ラグダ王国の文官だ。名をニコロという。口髭《ひげ》はあるがまだ若い。栗《くり》色の髪の青年だ。代理人として王都にやってきたニコロとは、何度も連絡を取ってきた。

お互いに、この縁談がまとまることを心から願う仲だ。

ニコロは、この縁談の成就に昇進がかかっているらしい。

騎士団長への道――薄給ではあっても――のかかったセシリアと、動機は似たようなものである。

セシリアとニコロは、互いをちらりと見てうなずきあった。面会は、好感触である。

「本当に遥々《はるばる》と、よくお越しくださいました。お会いできて光栄ですわ」

マルギットが言えば、

「貴女《あなた》様にお会いするためならば、千里の道も遠くはありません」

ダビドは跪《ひざまず》き、麗《うるわ》しき姫君の手の甲にキスをする。

（印象はいいみたい。……よかった）

王族の結婚に、恋は必要ない。

だが、この先の人生を共にするのだ。好意はあるに越したことはないだろう。

ダビドは熱っぽくマルギットを見つめている。

ニコロが言うには、ルトゥエル王国の王女ともなれば、持参金は金貨千枚にもなるそうだ。その上、本人も花のような姫君である。気に入らない男など、そうそういないに違いない。

対するマルギットも、頰《ほお》を染めつつ微笑んでいる。

「せっかくダビド様に、王都までおいでいただいたのに、王宮にご案内もできず、心苦しく思います」

ラグダ王国が豊かであるとはいえ、ダビドは三男だ。大国の王女の相手としては、やや物足りない。しかしながら、彼自身の爽やかな容姿と、情熱的な言葉は、その物足りなさを補って余りある。

美男美女。若い二人は似合いの男女に見えた。

「なんの。わずかの辛抱です。父は、我らのために新たな宮殿を建てると張り切っておりますよ。とはいえ、宮殿は少々時間がかかりますので、婚儀のあとは、ひとまず翡翠の園へお住まいください。美しい小宮殿です。手狭ですが、そこがまたいい」

マルギットは、柔らかく笑んで「はい」と答えた。

セシリアが「マルギット様、そろそろ」と声をかけると、マルギットは「お名残惜しいですが」と眉を悲し気に寄せた。話が弾むのは望ましいが、あくまで非公式な面会であるため、短時間で打ち切る必要がある。

「本当に、お会いできてよかった。心から感謝します、ダビド様」

「舞踏会では、私と踊っていただけるものと信じております。——我《わ》が儘《まま》を申し上げれば、私だけと」

「もちろん。——私も、同じ気持ちですわ」

マルギットが、花のほころぶがごとき笑みを見せた。

どうやら心は定まったらしい。ダビドの顔が、パッと明るくなる。

「私は、この島で最も幸せな男だ。……これを、受け取っていただけますか？」

ダビドは、懐《ふところ》から小さな革の袋を取り出した。

中に入っていたのは、翡翠の指輪だ。

「まぁ、なんて綺麗《きれい》な翡翠！」

「母の形見の指輪です。いずれ、妻になる人にお渡ししたいと思っておりました」

「光栄です。……嬉しい。まだ身につけられないのがもどかしいですわ」

これは、婚約内定も同然のやり取りだろう。

では、とニコロが、書筒をセシリアに手渡す。婚約内定の誓約書が入っているはずだ。

セシリアも、こちらで用意した誓約書を手渡そうとしたところ「今、ここでサインをしてしまおう」とダビドが手を伸ばしてきた。

本人がそう言うのであれば、こちらに止める理由はない。「どうぞ」と手渡す。

慌《あわ》ててニコロが、ペンとインクを用意した。

ダビド王子は、上機嫌でペンを受け取ると、誓約書にサインをしてしまった。紙面いっぱいに書かれた文言を、読んだとも思えない素早さで。

「これは、運命です。私は、貴女の夫になるべくして生まれたのでしょう」

ダビドは、爽やかに笑みながら、マルギットに恭《うやうや》しく誓約書を捧げたのだった。

短い面会が、無事に終わった。

セシリアは、孤児院の前でマルギットの乗った馬車を見送る。

孤児院の子供たちはマルギットを慕っており、目を輝かせて手を振っていた。

「帰ったら、誓約書を確認してからサインするわ。あとで呼ぶから、届けてちょうだい」

馬車の窓から命じるマルギットの表情は、明るかった。

円滑な進行に、セシリアの頬にも笑みが浮かぶ。

(よかった。これで丸く収まるわ)

馬車が遠ざかり、ふぅ、と大きく息を吐いた途端、

「魔道士殿」

と声をかけられ、セシリアは慌てて振り返った。

殿下、と言いかけた口の形を修正する。今、彼はラグダ王国の王子・ダビドではない。

「ハ、ハ、ハラン様。ご用でしょうか?」

今、彼は孤児院への援助を申し出た半島出身の商人、ということになっている。ハラン、というのはダビドが自分で用意した偽名だ。

「少しつきあってくれないか? 黒の都ははじめてなんだ」

「申し訳ありません。私、一カ月前にこちらに来たばかりで、王都のことはさっぱりです」

「構わない。彼《か》の麗しき人のことが聞きたいだけだ。――なにをお好みなのだろう。花や、

香り、酒……なんでも構わない」

なるほど、とセシリアは納得した。ダビドは王都に詳しい者ではなく、マルギットをよく知る者を求めているらしい。

「お好みも存じ上げません。わかるのは、お美しい、ということくらいです」

セシリアの軽口に、ははは、とダビドは明るく笑った。

「それは私にもわかる。孤児たちにも慕われていて、素晴らしいお方だ。――ところで、薬剤が欲しいんだけど、どこに行けばいい？」

「あぁ、それでしたら、赤椒《あかしょう》通りに国営の薬肆《やくし》がございます。ご案内しましょう」

セシリアにもわかる問いであったので、ホッと胸を撫《な》で下ろす。

「ありがとう。市場は、下層にあるんだろう？」

ダビドが歩き出したので、セシリアは「失礼します」と会釈して、ダビドの前に回って案内をはじめた。

（下層まで行くと、鈴の音に気づけない。……なるべく早めに済ませないと）

この一カ月、黒鳶《くろとび》城と孤児院の往復のついでに、鈴の音の届く範囲を調べてきた。必要だったわけではないが、単純な好奇心だ。スィレン種の鍛冶《かじ》匠の作る、魔道具の力を知りたかったのだ。

音が届く範囲は、胸の金鎖も鈴もほぼ同じであるらしい。

黒鳶城からであれば、中層部までは届く。中層部にある宮廷騎士団の宿舎も範囲内だ。

上層部から、下層部までは届かない。下層部を範囲に入れるためには、中層部まで下りる必要がある。王都に着いた日、タリサが下層部にある赤椒通りまで迎えに来れたのは、宿舎まで下りた段階で、金鎖で位置を探ったからだそうだ。本人から聞いている。

つまり、ダビドを案内して下層部に下りては、マルギットの呼び出しには応じられないのだ。彼女が誓約書に目を通してサインするまでに、中層に戻らねばならない。

やや急ぎ足で、セシリアは劫火《ごうか》の大階段を下りていった。

下層の坂道まで来ると、露店の立ち並ぶ賑やかな通りに入る。

はじめて訪れた時とは、香りの種類が違っているような気がする。きっと今日が祝祭だからだろう。香辛料に、糖酒の香りが複雑に混じる。

「魔道士殿は、婚儀に同行するんだよね？」

「いえ、私は同行いたしません」

「それは残念だ！　少し、期待していたんだけど。まぁ、しかたないか。子供の頃に婚約して、囲い込むのが、先住民のやり方だものね。魔道士殿にも、お相手がいるんだろう？」

嫌な言い方だ、とセシリアは思った。

さも、それが先住民の野蛮《やばん》な風習だと言わんばかりだ。

社領を守るのが、騎士の務め。そのために必要な仕組みです――と言い返したいところを、なんとかこらえた。

無難にやり過ごすのが、この場合の正解だ。

「はい。いずれ婚約する相手がおります」

「じゃあ、気が変わったらおいでよ。先住民の土地は、森ばかりでつまらないだろう？　ラグダ王国は、とても美しいところだよ。宮廷魔道士として大臣待遇で迎えるから。――あぁ、ここだね。ありがとう。安心して買い物ができそうだ」

大臣待遇、とは冗談にしても大げさだ。

ルトゥエル王国の宮廷騎士は、月の俸給が銅貨百枚。混成種は銅貨八十枚。本当に大臣級だとすれば、俸給の桁《けた》が違ってくる。人生の展望がまったく変わるだろう。

（そんな冗談、全然笑えないわ。……だいたい、森がつまらないってなによ）

セシリアは、ダビドの買い物が終わるまでの間、多少の苛立《いらだ》ちを抱えながら外で待っていた。

「お待たせ。――はい、これ君の分」

薬肆《からい》から戻ってきたダビドが、布の袋を差し出す。

火蕾を、セシリアの分も手に入れてくれたらしい。

「え？　あ、ありがとうございます」

「じゃあ、私はこれからちょっと行くところがあるから。気をつけて帰ってね」

「お一人でですか？　どちらへ？」

「せっかく上物が手に入ったし、楽しみたいなと思ってさ」

ダビドは、手に持った布の袋を顔の横で振ってみせた。もう片方の手には、煙管《キセル》がある。

それで、察した。

（あ……吸うんだわ、この方）

好んで火蕾を吸煙する者がいるらしい、と知ったのはごく最近のことだ。その麻薬に溺《おぼ》れた者の姿も見ている。

火蕾の吸煙という悪癖は、ダビドの持つすべての魅力をかき消した。

ダビドは「いつでも歓迎する」と笑顔で言い、人混みの中へと消えてしまった。

セシリアは、ぽかんと口を開けたまま、一人取り残される。

（どうしたらいいの？　これは、マルギット様に報告すべき？）

伝えるべきか、否《いな》か。

新たな、そして重い秘密を抱える羽目になったセシリアは、頭を抱えて黒鳶城へと戻っていったのだった。


大ガリアテ島のすべての国の王族の祖は、征服王・ガリアテである。

かつては同じ家に住んでいたガリアテの六人の息子たちは、島の北側三分の二の征服地を与えられ、それぞれに拠点を構えた。それから、千年。六つの国はそれぞれが先住民たちと交わりながら、変化してきた。今は十国に分かれた末裔たちの文化や習慣は、土地ごとに大きく変化を遂げている。

大陸の神々を守る国もあれば、先住民の神に鞍替《くらが》えした国もある。

法も違えば、成人の年齢や、結婚の規則も違っている。服装や髪型もだ。嗜好品《しこう》の種類も違って当然――なのかもしれない。

（ラグダ王国では、火蕾を嗜《たしな》む人が多い……のかしら？　ダビド様は悪びれる様子もなかったもの。きっと特殊なことではないんだわ）

孤児院を出てから、間もなく二刻。

いつマルギットに鈴で呼び出されるかわからない。

その後、サインを終えた婚約内定の誓約書を受け取り、孤児院まで運ぶことになるだろう。伝えるなら、今だ。まだ間にあう。

――ダビド様は、火蕾を吸煙なさるようです。

伝えた結果、マルギットの国外脱出の計画はふりだしに戻るかもしれない。しかし、ここは一人の少女の未来を優先すべきではないか。

セシリアは、結界を修復しながら、必死に考えていた。

東庭のアーチをくぐったところで、視界に、ふっと鮮やかな青が入ってくる。

ヒルダ王妃だ。

セシリアは「あ」と声を上げ、道の横に避けた。

「ごきげんよう、セシリア。もう王宮には慣れた？」

結い上げた豊かな髪のおくれ毛が、首を傾《かし》げるのにあわせて揺れる。

「は。厚くご指導いただいておりますので」

セシリアは、胸に手を当て、礼を示す。

その美しい女性に対し、緊張を覚える。抱える感情は、今や複雑であった。深く関わりたくはない。

「あぁ、その子ですか。ガラシェ家の、優秀な候補生というのは」

少し離れたところから聞こえた男性の声は、はじめて聞くものだった。

ヒルダの後ろに立っていたのは、明るい金の髪の男性だ。

「ええ、この子よ。――セシリア、こちらはトラヴィア公よ」

――トラヴィア公。

その響きは、セシリアの心を大きく波立たせた。

(この人が……)

王弟。父親かもしれない人。

ふだん、父親に対する感情には、蓋《ふた》をしている。社領で生きるには、邪魔でしかないからだ。ずっと目をそらし続けてきた。セシリアが、ガラシェ家の養女になった以上、実の両親はセシリアを手放している。母親はどうしているのだろう？　どうして自分は捨てられたのだろう？　どうして父親は自分を無視してきたのだろう？　とめどなく湧く疑問の、答えが怖い。

目に入れたくはない。まして王妃の不貞《ふてい》の相手とわかったばかりだ。

だが、そんな思いとは裏腹に、目はその人の顔に吸い寄せられていた。

スィレン種としては背が高く、鮮やかな緑の瞳をした、初老の男性。蜂蜜《はちみつ》色の髪は、半ば白いためにいっそう明るく見えた。

紫みの強い濃紺色のローブをまとった姿に、王族らしい品がある。

タリサとセシリアには、容姿に共通した要素がいくつかある。とりわけ、切れ長の大きな目と、強い意思を感じさせる眉。それらの外見上の特徴を、トラヴィア公もたしかに有していた。複雑な感情は、整理されぬままに膨張していく。

「セシリア・ガラシェと申します」

──不躾《ぶしつけ》に見過ぎたかもしれない。

セシリアは慌てて会釈をし、貴人から目をそらした。

次に頭を上げた時には、もう膨らみきった感情は冷めている。

(関わりたくない)

セシリアはすべてを忘れているのだから、忘れたままでいるべきだ。

鍛刃院《たんじんいん》の黒塗りの文章を、ふと思い出していた。あれも、ないものと思えば心は波立たない。目をそらし続け、心を動かさないのが正解なのだと自分に言い聞かせる。

「少し、いいかしら。今後のことで、貴女と話しておきたいの」

「え──あ……申し訳ありません。私、マルギット様から言いつかったご用が……」

「すぐに済むわ。さ、こちらへ」

ヒルダは、優しい笑顔をたたえたまま、セシリアの手をつかんで歩き出した。

思いがけない強引さで、ぐいぐい手を引っ張られる。

「お、お待ちを。ヒルダ様……！」

戸惑っているうちに、四阿《あずまや》まで連れていかれた。

「タリサ！　結界を！」

ヒルダの一言で、フゥッと絶《ぜつ》系の結界が張られる。速い。

（……え……？）

四阿の柱の陰《かげ》から、タリサが姿を現した。呼ばれるまで待機していたらしい。

計画的に、この場は用意されたようだ。

絶系の結界によって遮断《しゃだん》された空間には、ヒルダと、トラヴィア公と、タリサ、そしてセシリアの四人だけになった。

ごくり、とセシリアは生唾《つば》を飲む。

「すべて把握《はあく》しているわ。貴女が今日なにをして、これからなにをするのかも。ダビド王子に、婚約内定の誓約書を渡しに行くんでしょう？」

ヒルダの菫《すみれ》色の瞳が、ひたとセシリアを見つめている。

「お、お答えいたしかねます」

「これは、純粋な忠告よ。――このまま突き進めば、マルギットは殺される」

「え――」

「マルギットの狙いは、王位よ」

情報を受け止めきれず、セシリアは混乱を表情に出していた。

「いえ、違います。違う……はずです」

ヒルダの毒牙から逃れるために、他国へ嫁ぐ。

マルギットからは、そのように聞いている。

「ウイルズ陛下は、ルキロスを王太子にしたいの。昨今の情勢を踏まえれば、周辺諸国への示威は不可欠とのご判断で、竜御《りゅうぎょ》の儀の復活を望んでおられる。ルキロスを、竜を御す王として、完璧な形で立太子させたいのよ。でも、議会の承認が下りない。――マルギットは、その停滞の隙《すき》を衝《つ》いて、秘密裏に竜御の儀を行おうとしている。ガラシェ家でもそれは把握しているでしょう？」

――竜御の儀の準備が進んでいる。

たしかに、セシリアはアルヴィンの口から聞いている。

「……はい」

「でも、どちらもさせてはいけないの。竜御の儀は、絶対に行われてはいけない」

それはそうだろう、とセシリアは思う。

ルキロスには、出生の秘密がある。少なくともヒルダはそれを把握しているのだから、止めたいと思うのも当然である。我が子を消し炭にはしたくないはずだ。

「し、しかし、マルギット様が儀を行われる分には、問題もないのではありませんか？その上で、他国へ嫁がれることもあるかもしれませんし――」

「それはないわ。竜御の儀を受けた者が他国へ嫁ぐなど、この国の誰もが許さない」

竜御の儀を行う、ということは、即《すなわ》ち王位を望む、ということであるらしい。

命までかけるのだ。それも道理であるとは思う。

「では、マルギット様は王位を……望んでおられる……ということですか」

「ええ、そうよ。候補者全員が儀を受けていた時代ならいざ知らず、その野心もなく、廃止された竜御の儀をわざわざ受ける者はいない。成功すればマルギットの立太子は確定するでしょう。そうなったら、陛下が次に取る手は――マルギットの殺害よ」

意味がわからず、セシリアは首を傾げた。

「陛下が……マルギット様の立太子を阻《はば》むために殺す……とおっしゃるのですか？」

そんな馬鹿《ばか》な話があるだろうか。

父親が、先妻の娘の立太子を殺してでも阻む、など常軌《じょうき》を逸した話だ。

「陛下は、マルギットの立太子を認めない。絶対にね。――聖王妃の娘を女王にするくらいなら、躊躇《ためら》わず殺すでしょう」

ちらり、とセシリアはタリサの緑の瞳を見た。

タリサは沈痛な面持《おもも》ちで、こちらから目をそらしたまま動かない。

その態度から察するに、ヒルダが告げた内容を、タリサは認めているようだ。

（じゃあ……マルギット様のおっしゃったことは、全部嘘《うそ》……？）

仮に、ヒルダの言うとおり、マルギットの狙いが最初から女王の座にあったとしよう。

セシリアは、マルギットに騙《だま》されている。――だが、それはさほど大きな問題ではない。いかにセシリアが傷つこうと、所詮《しょせん》、宮廷内だけの話だ。

しかし、他国を巻き込むとなれば話は違う。

マルギットが女王の座を求めているのならば、縁談の条件も変わるだろう。金貨千枚の持参金を持った花嫁は消え、ダビドは女王の婿《むこ》として他国に渡ることになる。その上、父親が汎種であれば、生まれる子供はルトゥエル王国の王位継承権は持てない。ダビドは王の父になれないのだから、婿になる旨味《うまみ》も少ないだろう。

「なぜ、そのようなお話を、私に？　お力になれるとも思えません」

「マルギットは、ドロテア王妃様の忘れ形見よ。……世間ではいろいろ言われているけれど、私はドロテア様にマルギットを託された。死んでほしくない。助けたいの。――できれば国外に嫁いでもらいたいと思っているわ。他国に渡れば安全よ」

セシリアは思った。

それでは、竜を御す王がいなくなってしまう――と。

ルトゥエル王国の繁栄は、竜を御す王族が支えてきたはずだ。

竜を御す王が消えれば、国威が弱まる。周辺諸国との争いを招くだろう。

マルギットを殺してでも、後継者から外したいと望むウイルズ王。国の衰退を招こうとも、マルギットを助けようとするヒルダ。どちらの思惑も、理解の範囲を超えている。

「私に、なにをせよとおおせですか？」

ヒルダは、縁談が順調に進んでいることを把握している。

なにもわざわざ、このような形でセシリアに忠告する必要はないはずだ。

「ラグダ王国へは、マルギットが女王の座を狙っていると連絡をしてあるわ。その上で、縁談を予定どおり進めてほしい、ともね。だから、貴女にしてもらうことはないわ。——逃げて。私が貴女に伝えたいのは、それだけよ」

「逃げる……？　いえ、私は護衛騎士見習いですし——」

「逃げなさい。貴女も、危ういわ。誓約書を孤児院に届けたら、機を見て大社に逃げるの。あまり急ぐとマルギットに気づかれるから、慎重にね。テンターク家の娘も一緒によ。誰にも——マルギットにも、貴女がたにも、死んでほしくない。儀を行わずにルキロスを王太子にすれば、誰もが死なずに済むの」

逃げなさい、とヒルダは繰り返した。

「しかし……」

継子《ままこ》を他国に遠ざけ、不貞の露呈を避け、我が子の命を守り、継子ではなく実子を王位に就けようとする。ヒルダの望みは、彼女にとって都合のいいことばかりだ。

だが、自分を見つめるヒルダの瞳は、ただ私欲に溺れる人のそれには見えなかった。

この菫色の瞳は、もっと大きく、もっと深いものを見ている。

ヒルダの勢いに、セシリアはすっかり呑《の》まれていた。

「貴女が鍛刃院を卒業する頃には、いろいろなことが変わっているはずよ。——また会いましょう。その時はゆっくり、お茶でもしたいわ」

にこり、と優しくヒルダは微笑んでから、くるりと背を向けた。

鮮やかに、青いコタルディの裾《すそ》が舞う。

タリサが、それを合図に結界を解いた。

トラヴィア公は、

「私も、その時を楽しみにしているよ」

と優しい笑顔でセシリアに言うと、四阿を去っていった。

「セシリア。驚かせてすまなかった」

その場に残ったタリサが、かすかな声で謝罪する。

「いえ……」

「マルギット様を、お守りしたい。私の願いはそれだけなんだ」

タリサは、こちらの反応を確かめることなく、二人の貴人を追っていった。

残されたセシリアは、そのまま四阿に立ち尽くす。

（なにが本当で、なにが嘘なのか……まったくわからないわ）

頭の中は、ひどく雑然としていた。

トラヴィア公への感情が、判断を邪魔している。王妃との不貞への嫌悪が、輪をかけて邪魔だ。だが、それらの障害を理由にヒルダの言を聞き流すわけにはいかない。

強く疲労を感じ、ふぅ、と息を吐いた——途端である。

リンリンリンリン！　と鈴が大きく鳴り響いた。

思考は吹き飛び、セシリアは西庭へと走った。集合場所であるはずの地下墓所へ下りた
――が、いない。

どこか不気味な地下墓所に、人の気配はなかった。

（約束と違うじゃない！　もう！）

マルギットの呼び出しは、地下墓所が集合場所のはずなのだが、いる場所が都度違っている。墓所、書斎、寝室、西庭の四阿。東庭の四阿だったこともある。

幸い、マルギットは地下墓所の次に向かった書斎にいた。

日当たりのいい書斎は、淡い色合いの調度品に囲まれている。

「遅いわよ！」

その書斎の主《あるじ》は、杏《あんず》色のカーテンを背にして、いきなり怒鳴りつけてきた。

「集合場所は、地下墓所のはずです。もう、何度も申し上げておりますが――」

「うるさいわね。しょうがないじゃない、急ぎなんだから！」

しょうがない。

マルギットはいつもその一言で、簡単に済ませようとする。

腹は立つが、セシリアは苦情をしかたなく呑み込む。宮仕えとはそういうものだ、と自分を納得させるしかない。

「なにか、ご用でしたでしょうか？」

「あるって言っておいたはずよ。……この誓約書を、今すぐ孤児院に持っていって」

「……かしこまりました」

ヒルダの告発が事実なら、今受け取ったこの誓約書は嘘を含んでいる。

それでいて、嘘が真《まこと》になる可能性も孕《はら》んでいた。

どちらにどう転ぶか、セシリアには想像もつかない。

実の父親に殺されるより、生きて他国へ嫁ぐ方がいい――かどうかを、セシリアが判断すべきではないだろう。

目をそらし、口を噤《つぐ》む。

運べと言われたものを、運ぶ。

余計なことは考えず、役目をまっとうするのが、きっと正しい。

――だが、わずかな迷いがある。

ヒルダの言が、正しいとも限らない。

そもそも、マルギットが女王の座を狙っているというのも、ヒルダが言っている以外の証拠がないのだ。

「マルギット様」

「なによ」

もう別の書類に目を移していたマルギットが、上目遣いにこちらを見る。

「……私、マルギット様は女王になられるものと思っておりました」

ぱさり、とマルギットの手にあった書類が、机の上に落ちる。

淡い空色の瞳が、まっすぐにセシリアを見た。――何度か、虚空をさ迷ったあとで。

「もちろん……そうあるべきよ。私は、聖王妃の娘なんだから。あの女の邪魔さえなかったら、実現していたと思うわ」

答えたあと、マルギットは、もうこちらを見なかった。

失礼します、と一礼し、セシリアは書斎を出る。

（逃げよう）

この時、覚悟は決まった。

――当たり前じゃない。私は、聖王妃の娘よ。

セシリアにはわかった。そう言いたいのを、マルギットは必死に耐えていた。

マルギットは、セシリアを騙し、ダビドを騙したのだ。――自身の野心のために。

（つきあいきれない。こんな嘘に巻き込まれて死ぬのは嫌よ！）

この時、セシリアの心は定まった。

受け取った誓約書を、孤児院にいるダビドに届けるのが、最後の仕事だ。

大社に避難して、今後はもうマルギットには関わらない。それが、セシリアの出した答えだった。


日は、傾きかけている。

長い影を足元に見ながら、セシリアは劫火の大階段を駆け下りた。

早く仕事を終わらせたい一心だ。騙されるだの、殺されるだのと、そんな話にはもううんざりだ。

マルギットに従ったところで、混成種の未来など切り拓《ひら》けるわけがない。王家の殺しあいに巻き込まれて死んだのでは、まったくの犬死にである。

中層部まで駆け下り、尖塔のある大社を右手に見て、角を曲がる。

孤児院のある血統学研究所は、石造りの古い建物だ。古く、大きい。すぐ裏にある大社も壮大だが、それと並ぶほどである。

その前庭で、子供たちが棒を持って走り回っていた。

讃美歌を歌い、くるくると回る子もいる。

糖酒のにおいが漂う孤児院の敷地に入ると、ちょうど建物からニコロが出てきた。

「おぉ、これはセシリア様、お早いお着きで。……もしや、もう誓約書にご署名いただけたのですか？」

明るい笑顔で問われ、セシリアは内心の動揺を押し殺す。

「はい。すぐにもお渡しするよう言いつかっております。――ダビ……ハラン様は、まだお戻りではありませんか？」

「それが、まだなのです。様子を見に行こうと思っていたところでございまして……よろしければ、誓約書は私がお預かりいたします。いや、めでたいめでたい」

ダビドは、赤椒通りから戻ってはいないようだ。

（まだ、火薔を吸っていらっしゃるのかしら）

主の悪癖を知ってか知らずか。ニコロは、セシリアが渡した書筒を、恭《うやうや》しく両手で受け取った。

「では、私はこれで失礼いたします。ニコロ様、どうぞお元気で」

「永《なが》の別れでもございませんし。また、婚儀の際にお会いできましょう」

「いえ、私は同行いたしません」

「そうでしたか！　いや、我が国の宮廷魔道士になっていただけるのでは、と淡い期待を抱いておりましたが。これは残念」

先ほど、ダビドとした会話の繰り返しになっている。

宮廷魔道士。

それは、ダビドの口からも聞いた言葉だ。

「ダビド様にもうかがいましたが……貴国には、本当に宮廷魔道士がいるのですか？」

「はい。二名おります」

セシリアは、目をぱちくりとさせた。

あれは、ダビドの冗談ではなかったらしい。

「存じませんでした。私、稀種《きしゅ》はルトゥエル王国にしかいないものとばかり……」

「我が国が、魔道士を迎えたのは、ちょうど三年前ですな。他国にも例はございますよ。

ルトゥエル王国の稀種の移住は禁じられておりますが、混成種はその適応外であるとかで」

「あ……なるほど。そういうことでしたか」

混成種は、新しい種であるがゆえに法の制限を免《まぬが》れているらしい。いつまでも魔道士を騎士の亜種扱いするこの国ならば、いかにもありそうな話だ。

「悪竜に巣くわれた地域では、彼らの結界が多くの民を守っております。征竜騎士団の訪れが十年に一度とあっては、千金を払ってでも魔術師を迎えたいと願う国は多いのですよ。実際、魔道士は大臣と同待遇です」

先ほどのダビドの話は、冗談ではなかったらしい。

（この国の社領だけじゃなく、他国も悪竜対策に混成種を迎えるようになったのね）

そもそもの話をすれば、スィレン種の腰の重さがすべての元凶だ。

社領は、二十年前にスィレン種が去ったのちの穴を埋めるために、スィレン・ギヨム種を積極的に迎えた。きっとそれと同じで、他国も、十年に一度しか来ないルトゥエル王国の征竜騎士団に痺《しび》れを切らし、スィレン・ギヨム種を招くことにしたのだろう。

「先ほど、ダ……ハラン様に、ラグダ王国へ来ないかと誘われたのです」

「然《さ》もありなん。誘わずにはいられないのでしょう。……しかし、もうセシリア様はご婚約がお済みなのでしょう？　先住民の一族は、幼いうちから混成種を実子と婚約をさせて、囲い込むのだと聞いております」

嫌な言い方だ。セシリアは、また内心の不快さを隠さねばならなかった。

だが、同じ日に二度耳にし、ルキロスからも聞いている。騎士の世界から一歩出れば、多くの人がセシリアとガラシェ家の関係を、そのような言葉で評するのだろう。

(ガラシェ家の人たちの愛情は、枷《かせ》ではないわ。絶対に)

会話の内容に不快さはあったが、宮廷魔道士という響きは魅力的だと思った。

王宮に薄給で仕え、いずれ社領を頼るしかなくなる身の上だ。他国で豊かに暮らしながら、能力を活《い》かし、人に望まれる環境には、羨望を覚える。

「……いつかルトゥエル王国から混成種が消えてしまうような気がいたします」

「そういう時代も来るでしょうな。悪竜の脅威《きょうい》は、大ガリアテ島全体の問題ですから」

言外に、ニコロはルトゥエル王国を批判している。

王族は、竜を御す力も、竜を倒す騎士も独占し、小出しにするばかり。

今のニコロの批判は、彼一人のものではないのだろう。そうでもなければ、各国が宮廷魔術師を抱えたりはしないはずだ。

(いけない。早く戻らないと。……逃げる算段をつけるんだったわ)

うっかり長話になるところだった。セシリアは「では」と会釈をする。

「ニコロ様は、これからすぐに本国へお帰りですか?」

「はい。この足でカミロ陛下に復命いたします。十日後に舞踏会がございますから、主はいったん王都を出て、本来の姿に戻られてから、再度王都入りなさる予定です」

「舞踏会の日が、楽しみでございますね」

その頃、セシリアはもう王都にはいないだろう。

あとは野となれ山となれ、だ。

内心の無関心とは裏腹に、セシリアは笑顔で挨拶《あいさつ》を済ませ、ニコロと別れた。

これで、義理は果たした。

次は、自分の命を守らねばならない。

大階段を駆け上がり、黒鳶城の門の境界を走り過ぎた。

東の空には、白い月が出ている。

セシリアは、騎士の屯所《とんしょ》の前に立った。男女で使う棟が違っているので、自由に行き来はできない。通りかかった騎士に、アルヴィンを呼んでもらおうと待っていると、窓の一つがバタン！　と勢いよく開いた。

（え……？）

開いた窓から顔を出しているのは、闇《やみ》より深い、黒い巻き髪の青年だった。

「……アルヴィン？　なんで……」

どうして、アルヴィンはセシリアが困っている時に現れるのだろう。

彼には、なにか特殊な能力でも備わっているのだろうか。

セシリアは、開いた窓に走り寄った。

「どうしたの、セシリア。なにかあった？」

「今、どうして私が来たってわかったの？――いえ、今はそれどころじゃない。急いで話したいことがあるの」

「ちょっと待って、外に回るから。——すぐだ。十を数えるまでには、着いているから」

泣いている子供にでも言い聞かせるように、アルヴィンは言った。

実際、セシリアは何度も言われたことがある。十数える間だけ、待っていて、と。

泣かないで。大丈夫だから。十数える間だけ待っていて——と。

そうして、本当に助けに来てくれた。城を抜け出して上った木の上に。谷にある墓地の陰に。孤立した川の中州《なかす》に。

いつも、必ず。

数を数えるまでもない。彼の足の速さは知っているし、きっと竜の血を浴びてからは、もっと速くなっているはずだ。人間の形をしている者の中では、最速の部類だろう。

七か八程度数えたあたりで、アルヴィンは屯所の扉から出てきた。

アルヴィンが近づいて、セシリアを見つめる。

その石榴《ざくろ》石の瞳を見ていると、不思議なもので、浮き足立っていた心が落ち着いた。

セシリアは「こっちよ」とアルヴィンを誘導して屯所の裏手に回り、すぐに結界を張った。この話題は、他者の耳を避ける必要がある。

「逃げるわ。マルギット様に怪しまれないよう、大社に移動したい。カリナも一緒に」

セシリアがそう言うと、アルヴィンは「わかった」と事情も聞かずに受け入れた。

「これから大社に行って、手を打つ。悪いけど、母上には病にでもなってもらうよ。カリナの方は……」

「それなんだけど……あのね、カリナは、騎士団で運命の人に出会ったの」

「え？」

怪訝《けげん》そうに、アルヴィンは眉を寄せた。

この緊迫した会話の中に、運命の恋の話題は場違いだろう。

けれど、今はその穏やかさが隠れ蓑《みの》になる。

「カリナは、顕性《けんせい》係数の計算のために叔父上に呼ばれたってことにしたらどう？　私は付き添い。それなら、二人一緒に王宮を出ても怪しまれない。カリナの保護は大社に任せて、私とアルヴィンは、義母《はは》上の病を理由にガラシェ社領に戻る。それでどう？」

逃げろ、とヒルダに言われてから、必死に考えた作戦だ。

この作戦ならば、二人が共に大社へ向かっても不審に思われにくい。

「……了解。それで行こう。夜に呼び出せるような用事じゃないから、今日のうちに大社と話をつけて、明日の朝には君たちが出られるように手を打つよ」

「ありがとう。カリナに迷惑はかけたくなくて。……私の人質にするために連れてこられたのだもの」

「王女に、なにか吹き込まれた？　それは違うよ。カリナも君も人質だ。巻き込まれただけだ。君が責任を感じる必要なんてない」

「え……？」

「近日中に竜御の儀を行うのなら、司祭長の座にはテンタ—ク家とガラシェ家が並ぶ」

あ、とセシリアは声を上げていた。

来年の春まで、司祭長はテンタ—ク家。春からは、ガラシェ家に移る。交代の前後三カ月は、並立するのが常だ。

その二家から冠杖《かんじょう》の衛士が選ばれた——と考えれば、人選の理由は明らかになった。

「私も……人質だったのね」

まったく気づきもしなかった。だが、そう言われれば納得がいく。

剣術の試合の結果など、最初から関係なかったのだ。

「汚いやり口だ。スィレン種らしいよ」

テンタ—ク家とガラシェ家から、人質を取る。

さらには、セシリアにカリナを人質だと思わせて、動きを封じる。

一石二鳥だったというわけだ。

(悔しい。徹底的に利用されてたんだわ……)

マルギットの思惑に、いつの間にかねっとりと捕らわれていたらしい。

そうとわかれば、一切の未練はなくなった。

「……早くここを出たい。これ以上、ガラシェ家に迷惑はかけられないわ」

「もし冠杖の衛士の件を断っていたら、あの王女は別な手を打ってきたよ。迷惑なのは王女の方だ。間違えないで」

アルヴィンの言葉が、胸に沁みる。

セシリアは「わかった」とうなずき、うつむきかけた顔を、ぐっと上げた。

「とにかく、カリナと一緒にここを出るわ。大社への連絡をお願いね」

「あぁ、それで……そのカリナの運命の人に、君は会ったの？」

「まだよ。シーナ社領の、ハルマ家の四男ですって。名前は……えぇと、エドガーよ」

「その男は、餌《えさ》だな」

「……餌？　なんの？」

セシリアは、首を傾げた。

運命の恋と、餌、という言葉に、なんの繋《つな》がりも見いだせない。

「連中がよく使う手だよ。運命の出会いを餌にする。恋は一番重い鎖だからね」

とうに心は傷だらけだったが、とどめの一撃が加わる。

「……カリナが、騙されてるっていうの？」

「十中八九そうだと思うよ。シーナ社領だろう？　東方の家は、嗣子《しし》以外を冷遇する傾向が特に強い。金に困ってる由子《ゆうし》――宮廷騎士の俸給じゃ、全員が金に困ってる。銀貨数枚で買収できるよ」

「嘘でしょう？　騎士が、仲間を騙すなんて！」

「なにも危害を加えるわけじゃないからね。抵抗も少ないんだろう。王宮の常套《じょうとう》手段だ。あのタリサ・ヴァルクだって――」

「タリサ様?」

急に、思いがけない名を聞いて、セシリアは眉を寄せた。

「いや、ごめん。その話はよそう。ここを離れるのが先決だ」

「ええ。……でも……信じられない」

信じられない。信じたくない。

そこまでして、人を駒《こま》のように操ろうとする人間がいるとは、思いたくなかった。

人は、駒ではない。心を持ち、誇りを持ち、懸命に生きているのだ。

「わかるだろう? 君に枷をかけようとした男が、王都に着いてから現れているんだから」

アルヴィンの手が、セシリアの肩に置かれた。

目を覚ませ。しっかりして、と言うように。

ふっとセシリアの頭の中に蘇《よみがえ》ったのは、玉座の間での一幕だ。

豪奢《ごうしゃ》なタペストリーの下、くるくるとダンスを踊った。

——君が好きなんだ!

セシリアと踊りたい、と言った、あの時のやり取りを思い出す。

「ルキロス……様?」

その名を口に出した途端、ぞっと背が冷えた。

「わかっているなら気をつけて。大方、王女側の情報でも欲しかったんだろう」

アルヴィンの手が、肩から離れた。

その手を、セシリアはぎゅっと両手で握る。

「全部承知の上で、アルヴィンはここに来たのね。……てっきり、くじで外れをひいたのかと思ってた」

「くじじゃないよ。皆で相談して決めた。俺は由子で自由がきくから、君たちを守る役目に決まったんだ。……まともに試合をしても、勝っていたと思うけどね」

「……馬鹿みたいね、私。すごくはしゃいでた」

王都に来た日、キラキラとすべてが輝いて見えた。

その横で、アルヴィンが王都に向ける視線は冷たかった。その理由が、今はよくわかる。敵地に赴く者の目が冷ややかなのは当然だ。

「馬鹿みたいなんて思わないよ。セシリアが王都に憧《あこが》れていたのは知ってたし」

アルヴィンは、少し困り顔で笑んだ。

守られるばかりの子供でいたくない。子供扱いしないで。いつもなら、口をついていたであろう言葉も、今日ばかりは出なかった。

自分は、子供で、未熟で、愚《おろ》かだった。それは紛《まぎ》れもない事実だ。

「……ありがとう。アルヴィン」

「お礼は、君たちを守りきれてからでいいよ。まだ途中だ」

「今、ここにアルヴィンがいてくれることが嬉しいの。すごく心強い。ありがとう」

アルヴィンの、くっきりした頬骨の辺りが少し赤くなる。

セシリアが握っていた手を、アルヴィンはもう一方の手でしっかりと包んだ。

「必ず二人を守るよ。もうすぐ城の門は閉まる。俺は、大社に泊まって、明日の朝、迎えに戻る。——それまでは、王女と接触しないで」

「うん。仮病でも使うわ。一晩だけだもの」

「気をつけて。スィレン種が相手だ。警戒をしてしすぎることはないよ」

握っていた手を離すと、アルヴィンはセシリアの頬に、自分の手の甲で軽く触れた。

セシリアには、恋というものがわからない。

けれど、この慕わしさが、恋に似ているのは漠然と理解していた。好意は、恋の芽だ。

(これは、枷なんかじゃない)

互いへの信頼は、断じて首枷などではない。

セシリアに首枷をかけ、利用しようとしているのは、王族たちの方だ。

「じゃあ、明日」

「うん。明日」

するり、と結界を解くと、アルヴィンは屯所に戻っていった。

セシリアは、結界の修繕をしてから戻ることにして、東庭の縁を歩き出す。

ふと足を止め、美しい黒鳶城の外壁を見上げた。

竜が建てた王宮。香辛料の都。文化の粋《すい》。竜を御す王族。

ギヨム種の中で生きてきたセシリアにとって、ギヨム種ではない自身の半分を、どう理解するかは大きな問題だった。幼い頃からずっと、王都に憧れている間は、自分の血を呪わずにいられた。だが——もう、この王宮を美しいとは思わない。

いかに黒鳶城が、魔道士にとって快適な環境であったとしてもだ。

王は国益よりも私情を優先し、後継者を殺そうとしている。王妃と王弟は不貞を働き、王女は人を騙し、操ろうとしている。

彼らの住処《すみか》は、嘘と陰謀と、殺意に満ちている。

ここは、自分のいるべき場所ではない。明確にセシリアは理解したのだった。


遠く、鐘の音が聞こえたような気がした。

——疲れのせいか、いつの間にか、深く眠っていたらしい。

パチリ、と破裂音が聞こえて、屯所の小さなベッドの上で目を覚ました。

窓を見る。——暗い。まだ夜明けは遠いようだ。

ぼんやりとしていたのは一瞬だった。セシリアは目を閉じ、感覚を研《と》ぎ澄ます。

（結界が……破られた？）

この音は、練《れん》系の結界が破られた合図だ。

内部の人間に、敵意——あるいは殺意を持った者が、結界を越えた。

「……！」

リンリンリンリンリン……！

突然、ものすごい勢いで鈴が鳴った。

セシリアは飛び起きて、耳を押さえる——が、音は防げるはずもない。この音は、頭に直接響く。

リンリンリン……！

音は一向にやまず、ひたすらに繰り返された。

——王女と接触しないで。

鈴の音の合間に、アルヴィンの声が聞こえた。

——仮病でも使うわ。

応《こた》える自分の声も。

けれどその声を、ごく自然に無視していた。

アルヴィンを軽んじたわけではない。ただ、この非常事態を見過ごせるような教育を、セシリアは受けていなかった。

騎士は、強い。自分よりも弱い者を守るのが、騎士の務めだ。

顕性係数が六だろうと、セシリアは騎士になるための教育を受けて育った。

（地下墓所に行かなくちゃ……墓所？　本当に、マルギット様は墓所にいる？）

墓所か、書斎か、寝室か。

この時間であれば、城塔の東側の二階にある、寝室にいる可能性が高い。

（ひとまず、寝所に向かおう）

入り口にある木剣《ぼっけん》を手に、外へ飛び出し――セシリアは、息を呑む。

大きな足音が、いくつも聞こえた。

鎧《よろい》がぶつかる音もだ。

（一体、なにが起きているの……？）

中庭を、松明《たいまつ》を持った数人の兵士が走り抜けていく。

「謀反《むほん》人を捕らえよ！」

「逆らう者には容赦《ようしゃ》するな！」

――謀反人。

なんと恐ろしい言葉か。悪寒に、身体《からだ》が震える。

結界が破られた以上、外部からの侵入があったはずだ。その侵入者は、まだ捕らえられていない――とセシリアは現在の状況を理解した。

リンリンリンリン……！

鈴の音に耐えながら、東庭側にある屯所を出、裏の南庭を目指す。そこに人の出入りの少ない、城塔の裏口がある。

内壁に身を隠しながら、足音を殺して移動した。

幸い、裏口に衛兵はいない。城塔内部に、一歩入る。

（血の臭いがする……侵入者が、討ち取られたの？）

辺りは薄暗く、廊下の松明はまばらだ。

聞こえる声は遠く、なにが起きているのか把握できない。

謀反人を探せ！　という声だけが、はっきりと聞こえてきた。

まだ、謀反人は王宮内にいるらしい。危険だ。

（マルギット様を、お守りしなければ……）

慎重に進み、その角を曲がれば階段にたどりつく——というところで、衛兵が階段を駆け下りてきた。

身を隠す間もなく、鉢あわせになる。

「……ッ！」

悲鳴を上げそうになるのを、必死にこらえた。

衛兵だ。一人らしい。汎種だ。——目が、血走っている。

「お前……王女の護衛だな？」

シャラン、と音がした。衛兵が剣を抜いたのだ。

——王女の護衛だと、こちらを認識した上で。

（どうして？　衛兵が、王女の護衛に……剣を向けるの？）

じり、じり、と衛兵が近づいてくる。

ここに練系の結界があったならば、きっと破裂音がしただろう。殺気が、チリチリと肌を焼くようだ。

とっさに木剣に伸ばしたセシリアの手は、強張《こわば》ったまま動かなくなった。

木剣だ。しかし、加減を忘れれば、汎種を殺しかねない。

汎種を守ってこその騎士である。汎種の殺害は、重い禁忌《きんき》だ。

「あ、あの、わ、私は……」

「王女はどこだ！　どこにいる！」

「ぞ、存じません」

衛兵は、マルギットの居場所を問い、セシリアは正直に答えた。

本来、会話は終わるはずだ。

しかし、衛兵は切っ先をこちらに向けたまま、さらに距離を縮めてきた。

「悪く思うなよ。王女の護衛を仕留めれば、報奨金がもらえるんだ」

殺せば、報奨金が入る。

まるで狩りの獲物のようではないか、とセシリアは思った。

（どういうこと？　それじゃあ、まるで私が謀反人の仲間みたいじゃない。私が？　王女の護衛が……王女が？　謀反人って……まさか、マルギット様のことなの？）

わけがわからない。ただ、はっきりしているのは、目の前の衛兵が自分を殺そうとしている、という事実だ。

「どうか……見逃してください。私もマルギット様の居場所を探していて――」

会話をしながら、腰の後ろに隠した左手で印を描き――木剣を持ったまま、右手をひらりと舞わせる。幻惑術だ。

かかれば、視界が歪み、平衡感覚を失う。
「な、なんだ……?」
衛兵の身体が、ゆらりと傾ぐ。――だが、それだけだった。
(術が浅い!)
黒鳶城の力を借りてこの程度では、失敗も同然だ。
記憶にある限り、一度も失敗したことのない魔術に、失敗した。
焦ったセシリアは、とっさに身を屈めた衛兵の鳩尾《みぞおち》に、蹴りを食らわせる。
――ダメだ。革の甲《よろい》の感触が、鈍《にぶ》い。
兵士は「う」とうめいて倒れたが、すぐに身体を起こそうとする。
(気絶させられない。ど、どうすれば……)
パラパラと足音が近づいてくる。――角を曲がって現れた衛兵は、四人。
慌てている間に、衛兵は五人に増えた。
「お前、タリサ・ヴァルクか?」
「タリサ・ヴァルクはもっとでかい。それ以外なら、オレたちでも討ち取れるさ」
剣が三人。他の二人は槍《やり》を持っていた。
圧倒的に、不利だ。
セシリアは男たちの会話を聞く間に、左手で印を結び、練系の気を鞭杖《べんじょう》に準備した。
もう、失敗は許されない。

衛兵の一人が、槍を構えて一歩踏み出したのを機に、セシリアは鞭杖の気を、足元を狙って繰り出した。

あ！　と鋭い声が上がり、バタバタと衛兵たちが倒れる。

あとは、死に物狂いだ。

倒れた端から、首の後ろに木剣を入れる。

作戦どおりに失神させられたのは、一人だけ。次は、木剣で頭を殴る羽目になった。

次の一人は、すぐに立ち上がってきたので、幻惑術を使った。最初の一発は、失敗した。

次々と連発しながら、考査試合で見たリタの必死さを思い出していた。幸いだったのは、衛兵が魔道士の術に不慣れだった点だ。

二人を立て続けに術にかけ、首の後ろに手刀を入れる。

「くそ！　小娘のくせに！」

最後の一人は体勢を立て直し、槍を繰り出してきた。

「私を仕留めた報奨金は、いくらです？」

ひょいひょいと槍を避けながら、セシリアは衛兵に問うた。

「銅貨千枚だ！」

月に銅貨八十枚で雇った、魔道士の偽物を殺す報奨金が銅貨千枚。

安く見積もられたものだ。人を馬鹿にするにも程がある。

それを命じたであろう、ウイルズ王への怒りが湧き上がった。

「王女を捕らえた報奨金は？」

「金貨二十――うわぁ！」

セシリアは、繰り出された槍を素手でつかむと、思い切り持ち上げた。

衛兵の身体が、悲鳴と共に弧を描いて飛んでいく。

遥か遠くまで飛んでった衛兵がどうなったのか、セシリアは確認しなかった。

（マルギット様、どうかご無事で！）

報奨金までかかっているのだ。マルギットの身が危うい。

必死に、階段を駆け上がる。

よろめきながらたどりついた二階は、騒然としていた。兵士が行き交い、いない、探せ、と叫ぶ声が響いている。

そして――

マルギットの寝室に飛び込んだ途端、セシリアはヒッと悲鳴を上げていた。

そこに、人がうつ伏せに倒れている。

深紅のチュニック。淡い色の髪。長身。――タリサだ。

「タ、タリサ様……？」

鹿毛《かげ》色のカーペットが、赤く濡れている。

そっと身体を抱えて仰向けにすれば、手はべっとりと血に濡れた。

「う……」

タリサが、弱い呼吸の合間に声を漏《も》らす。

「今、止血します。このまま、動かずに」

タリサの顔色は、紙のように白い。

「……マルギット様を……」

「喋《しゃべ》らないでください。まず、血を止めなくては」

チュニックを捲《まく》ったところで、セシリアは動きを一瞬止めた。

（助からない）

傷は一つではなかった。傷の深さ、数、この血の海。

今、命があるのが不思議なほどの負傷だ。

間もなく死ぬだろう。癒《ゆ》術で傷の縫合はできる。簡単な止血もできる。けれど、これではもう手の施しようがない。

「もう、助からない……わかる。これ以上の苦痛は不要だ」

「大丈夫です。必ず助かります」

セシリアは、ダビドから受け取った火蕾を、懐《ふところ》から出した。

赤褐色《せきかつしょく》の、星の形をした火蕾を指の腹で潰し、印を結んで輝《き》系の魔術を使う。指先が光り、同時にわずかな熱を発する。軽くこすると、細い煙が出た。

「……マルギット様が……墓所に……女王になるべき――」

火蕾を深く吸い込むと、タリサの呼吸は少しだけ穏やかになった。

「私が、必ずなんとかします。ですから……どうか、今はお休みになって……」

「セシリア……すまない……巻き込んで――」

鮮やかな、緑の瞳。はじめて会った時から、慕わしさを感じていた。

まだ、なにも教わっていない。ささやかな雑談をしたきりだ。

「謝らないでください。大丈夫ですから」

手をぎゅっと握れば、かすかにタリサの唇の端が持ち上がった。

「もっと、話を――妹……私の……マルギット様を――」

目の光が、弱くなっていく。

瞼《まぶた》が下り、呼吸はどんどん細くなっていった。

「ええ、もっとお話しをしましょう。――待って。行かないで……」

「……ティロン……ティロ――」

タリサが口にした名は、きっと元婚約者の名だ。

どんな気持ちで、タリサがその名を呼んだのか、セシリアにはわからない。

彼女の人生を、まだなにも知らない。

「……タリサ様――」

「――……」

あとは、もう意味のある言葉を紡《つむ》がなかった。

呼吸は止まり、腕は重くなる。――死んでしまった。

タリサ・ヴァルクはこの世を去ったのだ。

いつか姉と呼ばせてほしかった。いつか古魔術の話をしたかった。混成種の未来を語りたかった。――願っていたことは、なに一つできないまま。

姉とも妹とも、互いを呼ぶこともなく、タリサは死んでしまった。

「あぁ……」

悲しみがこみあげ、涙となって頬をこぼれ落ちる。

だが、すぐに、ぐい、と涙を拭《ぬぐ》った。足を止めてはいられない。

躯《むくろ》にベッドの掛け布を被せようとして、その指に紅玉の輝きを見つける。

タリサは、故郷を愛していた。

だからこそ、この指輪を身につけていたのだろう。

（タリサ様のご家族に、届けなければ。せめて……故郷に眠らせて差し上げたい）

セシリアは、タリサの指輪をそっと外し、懐にしまう。

そこで思った。これから、タリサの――自分を妹と呼んだ人の代わりにならねば、と。

だから、タリサの剣を「お借りします」と断ってから、自分の腰に差した。

黒鱗鋼《こくりんこう》の、見た目に反して軽い剣が、セシリアの心を励ます。

（行かなければ……地下墓所へ）

まず、寝室を出る必要があるが、廊下には衛兵がいて、危険だ。

――バルコニーがある。

辺りを見渡すセシリアの目は、同時に豪奢《ごうしゃ》なカーテンもとらえていた。

カーテンを手に取り、迷わず短剣で切り裂く。白鷺《しらさぎ》城から秘かに抜け出していた、幼少期の経験がこんなところで役立つとは思わなかった。

手すりにカーテンを結びつけてから、ひらりと飛び越える。壁を二、三度蹴ったあとは、手を離して、静かに着地した。

左手で印を切り、練系の魔術で結び目を解く。はらりと落ちたカーテンは、灌木《かんぼく》の下に隠しておいた。

空を見れば、夜はまだ深い。

混乱は続くだろう。殺戮《さつりく》も、また。

宮廷騎士団の屯所は近かったが、そちらに向かおうとは思わなかった。

アルヴィンは、大社に行っていて不在だ。

カリナは、候補生だ。他の騎士が守ってくれるだろう。剣術の試合という限られた環境でこそセシリアはカリナに勝利できるが、単純な生き物としての強さでは友人の方が遥かに上だ。なにせ顕性係数八の、七社家の直系である。

地下墓所への道を諦《あきら》める理由は、この時のセシリアにはなかった。

人の出入りの多い前庭を避け、裏の南庭経由で西庭へと向かう。

そして、南の裏庭に入った途端——

「……ッ！」

突然、腕をつかまれた。

とっさに、セシリアは相手の喉《のど》をつかんでいた。

「僕だ。セシリア」

両手を小さく挙げた人は、自らの存在を明らかにした。

「ルキロス様……？」

「しっ」

口が一瞬だけふさがれたが、すぐに手は離れる。たしかに、ルキロスだ。

慌てるあまり、喉を潰すところだった。セシリアは、手振りで謝罪する。

ルキロスの指が、祈禱《きとう》堂を示した。警戒しろ、ということらしい。

祈禱堂から出てきた数人の兵士が「いない」「城外に逃げたのかもしれん」という会話のあと、裏庭を去っていった。

兵士が去るのを見計らい、セシリアは囁《ささや》き声で問う。

「ルキロス様。一体、なにが起きているのです？」

「父上の糖酒に、毒が盛られたらしい。毒見の兵が死んだ。父上は、それを姉上の仕業と断じて捕らえようとしているんだ」

「まさか」

娘が父を殺すわけがない。とっさにそう思った。

しかし、ヒルダからは、父が娘を殺そうとしている、と聞いたばかりだ。肉親だからというだけでは、否定の材料にはなり得ない。ここは、黒鳶城だ。

（でも、殺して話が済むのなら、マルギット様の小細工も必要なかったはずよ）

マルギットは、小細工に小細工を重ねている。毒を盛って目的を達するつもりであれば、小細工の手間はかけなかっただろう。

「もちろん、僕だって信じてない。父上だって無事だし、どこかに誤解があっただけなんだよ、きっと。家族同士で殺しあうなんてこと、あっちゃいけない。……とにかく、姉上を探さないと」

「いけません。危ないですから、どうぞお部屋にお戻りを」

「姉上を助けたいんだ。このままでは、この混乱の中で殺されてしまう。身の潔白は、裁判の場で明らかにしてもらおう」

セシリアは、驚きをもってルキロスの瞳を見つめる。

暗闇の中では、碧色《みどり》の瞳は色がわからない。ただ、そこに月だけが映っていた。

「裁判……ですか？」

セシリアの体温は、急激に冷えていく。

「そうだよ。この騒ぎの中で死ぬより、ずっといいだろう？」

ルキロスは、裏庭の様子をうかがっていた目を、こちらに向けた。

「しかし……」

「セシリアも安心して。裁判になっても、僕が必ず守るから」

ぎゅっと手を握られた。

——貴女も、危ういわ。

ヒルダの声が、耳元に蘇る。

自分が裁判の場に立たされるとすれば——それはきっと、暗殺の実行犯としてだろう。

マルギットが、鍛刃院に出向いてまで連れてきた候補生。魔術は使い放題。怪しいことこの上ない。

覚えのない証拠をつきつけられ、反論も許されず、向かう先は処刑台。ルキロスの弁護は届かない。その様は、簡単に想像できた。

「私……もう行かなければ——」

「姉上は、どこにいるの？　セシリアは……地下墓所に向かうところだった？」

セシリアは、ここで判断を間違いはしなかった。

この王子は、黒鳶城の住人だ。

（誰も、信じてはいけない）

答えのかわりにセシリアは左手で印を描き、パチリ、と右手の指を鳴らした。

ふっと、ルキロスの瞳が虚空をさまよっている隙に、灌木の陰から飛び出す。

（裁判ですって？　冗談じゃない！　そんなことになったら、殺されるに決まってる！）

必死の思いで西庭にたどりつき、木の陰でいったん結界を張る。

これで足音を殺す必要はなくなった。セシリアは、地下墓所の階段を駆け下りた。

そこに結界が、ある。

——薄い。

(これ、マルギット様が張った結界? すごく薄いけど……スィレン種の独自の技なの?)

結界は、軽く触れただけで消えてしまった。

独自の技というわけではなく、単純に質が低いだけのようだ。厚く、弾力があり、丈夫なのが良質な結界だ。鍛刃院に入りたての候補生でも、もう少し厚い結界を張るだろう。

(よほど動揺してらしたのかしら……)

心の状態は、術の質を左右する。魔力の問題ではなく、動揺のせいだろう、とセシリアは結論づけた。先ほど、自分もあり得ない失敗を繰り返したばかりだ。

セシリアは、慎重に結界を張り直した。

「マルギット様、私です。セシリア・ガラシェです」

囁き声で呼べば、ガタリ、と音がして、墓石の陰からマルギットが、姿を現す。

(あぁ、よかった。ご無事だ)

マルギットの髪は乱れ、顔は青ざめている。あたかも王家の墓所の亡霊のようだが、たしかに生きていた。

「遅い! なにやってたのよ! 呼んだら来いって言ったでしょう!?」

相変わらずのマルギットの態度に、一瞬の安堵《あんど》も消し飛ぶ。

セシリアは、カッと頭に血を上らせて、相手と同じだけの声で怒鳴っていた。

「だから！　私は申し上げましたよね！　行き当たりばったりの指示は、ご自分の首を絞めると！　この時間帯は、いつも寝室におられたではありませんか！――タリサ様だって、そう判断された――から……」

そうだ。マルギットは、夜間の呼び出しの時はよく寝室にいた。

だから、タリサはマルギットの寝室に向かったのだ。

（もし、呼ばれてすぐここに来ていたら……タリサ様は死なずに済んだかもしれない）

悔やんでも悔やみきれない。セシリアは、拳《こぶし》を握りしめた。

「タリサは、どこにいるのよ！　いくら呼んでも、全然来ない！」

「……亡くなりました」

「え？」

「マルギット様の寝室で、亡くなられました！」

さすがのマルギットも、衝撃を受けたようだ。

すぐには怒鳴り返さず、しばし呆然《ぼうぜん》と口を開けていた。

「しょうがないじゃない……こんなことになるなんて、思わなかったのよ」

やっと呟《つぶや》いた言葉は、弱々しい。

少しの間、地下墓所には沈黙が下りる。

「衛兵は、マルギット様が国王暗殺を目論んだとして、行方を追っています。国王陛下は、捕縛に報奨金までかけていました。――毒が、盛られたとか」

「……あの女の陰謀よ。私が、毒なんて盛るわけないじゃない」

「冤罪《えんざい》なのですね？　信じて、よろしいのですね？」

問う声が、少しだけ震えた。

もう、なにがなにやらわからない。ただ、せめてマルギットの口から、冤罪なのだと聞きたかった。そうでもなければ、心がもたない。

「当たり前じゃない！　馬鹿言わないで。とにかく逃げるわよ！　みすみす、あの女に殺されてたまるものですか！　そこの封印を解いて。私じゃ解けないの。王都の外に出られる、抜け道があるわ」

マルギットが示したのは、蜘蛛《くも》の巣が張った円柱の陰だ。

目をこらせば、たしかに練系の封印が施されている。古いもので、ところどころ穴だらけだ。古く、かつ簡素な造りである。

封印の古さは相当なもので、術をかけた者はもうこの世にはいないだろう。封印を破っても、感知される心配はなさそうだ。

左手で印を描き、右手を横に動かせば、扉がスッと姿を現す。

(単純な封印なのに……この程度も解けないの？　王族なのに？)

少なくとも、ギヨム種において顕性係数の高さは、そのまま強さを示す。

六より七、七より八。八よりも九。顕性係数の差は、圧倒的な力の差でもあるのだ。

スィレン種は、顕性係数を公開しないが、王族に限れば、数字の高さは保証されている。

だから、最も顕性係数の高い王族こそが、最も強い魔力を有するもの――と思いこんでいただけに、驚きは禁じ得ない。

　とはいえ、その驚きに浸ってはいられなかった。

　一刻も早く、この場を離れねばならない。マルギットは今、国王暗殺を目論んだ反逆者
にされているのだ。

　セシリアは現れた扉を開け、湿り気のある暗闇に一歩踏み出した。

「私が先に進みますので、灯《あか》りをお願いします。……できますか？」

「できるわよ、そのくらい」

　マルギットは、輝系の照明術を指先に施した。

　ぼう、と青白い光が、弱々しく灯《とも》る。

　隠し通路の階段をややしばらく下りると、段差が消え、ゆるやかな勾配《こうばい》に変わった。腕
を伸ばし切れぬほどに狭い道は、先が見えない。

　先の見えない不安と、息苦しさはあるものの、舗装された道は進みやすかった。

　問題は――マルギットの体力だ。

　階段を下りただけで息が切れ、灯りは頼りなく弱まる。

　黒鳶城の、特殊な煉瓦《れんが》の影響が途絶えたせいもあるのかもしれない。

（スィレン種が、肉体的に虚弱なのは知っていたつもりだけど……ここまでとは思ってな
かったわ。魔力だって全然強くない）

輝系の魔術は、魔力と明るさが比例する。

この程度の明るさは、七歳頃には会得していたように記憶している。

セシリアは見かねて「代わります」と声をかける。セシリアが輝系の照明術で灯りを灯すと、青い光は先ほどの三倍ほど遠くまで届いた。

（混成種より魔力も弱くて、体力もなくて、寿命も短い。いいところがなにもないじゃない。これが竜を御す力を得た代償なの？　いくらなんでも失うものが大きすぎない？）

隠し通路は、どこまでもまっすぐ伸びている。歩いた距離から判断して、そろそろ王都の下層部にたどりついた頃だろうか。

セシリアは、胸の金鎖に触れた。体温程度の熱しかない。

ひとまず、追手に居場所をつかまれてはいないようだ。

「この通路は、どこまで続いているのですか？」

「北の……砦《とりで》の近く。厩舎《きゅうしゃ》の裏に出るはずよ」

荒い呼吸の合間に、マルギットはかすれた声で答えた。

王都のある盆地は、周囲をぐるりと山で囲まれている。山の四方には大街道の関を兼ねた砦があるので、恐らくその北の砦の周辺に出るのだろう。

すると、まだまだ出口は先になる。虚弱な王女にとって、万里に等しい距離だ。その向こうには、さらに果てしない逃亡の道が続いている。

「砦に出たあとは、どちらへ？　頼るあてはございますか？」

「ないわよ、そんなの……誰も信じられない」

まるでギヨム種による、スィレン種への評のようなことをマルギットは言った。

生まれ育った王宮で、身内に殺されかけた直後だ。誰も信じられない、というのも無理はない。

「では、北の砦に出たあとは――」

「西よ。西へ行くわ」

マルギットは細い声で、しかしきっぱりと答えた。

（西……ラグダ王国を目指すおつもりなんだわ。まだ、ヒルダ様に手の内を読まれていたとはご存じないから……）

今後、潜伏するにせよ、逃げ続けるにせよ、土地勘のある場所が望ましい。

幸い、ガラシェ社領はラグダ王国と同じで、王都から見れば西にある。

ひとまず西に向かうことだけは、この場で決めてもいいだろう。

何度か小さな休憩をはさみながら、二刻ほど歩いただろうか。

地下道は、突如《とつじょ》上りの勾配に変わった。

息も絶え絶えなマルギットを励ましつつ、なんとかその先の階段までたどりつく。

入り口と同じ封印を解き、扉を恐る恐る開けた。そっと顔を出すと――静かな夜の森が広がっていた。人の気配はない。

「――大丈夫です。誰もいません」

セシリアは、先に外に出て、辺りを注意深く観察した。

馬のにおいが近い。聞いていたとおり、厩舎がある。

二人は、厩舎にあった兵士の乗馬服に着替えた。幸いにして、そこには馬具ばかりか、毛皮や、炊事用の道具も揃《そろ》っていた。哨戒《しょうかい》用の備えのようだ。

幸いは重なる。マルギットには、乗馬の心得があった。

着替えをしている間に、空は白《しら》みだす。朝が近い。

二人は西に向かって、黙々と駆けた。

駆け、休み、駆け、休み。

王領を抜け、トラヴィア公領に入る。

この間、マルギットは気丈にも泣き言を口にしなかった。

「そろそろ、寝床を確保しましょう」

日が傾いた頃、セシリアがした提案に、マルギットは、すぐに「いいわよ」と答えた。これ以上の移動は、もう無理だろう。マルギットの顔色は蒼白《そうはく》になっている。

(ちょっと無理をさせ過ぎたかしら)

馬の体力には気をつかっていたが、マルギットの体力には配慮が足りなかったかもしれない。しかし、モタモタしていれば、処刑台にまっしぐらだ。それは、マルギットにもわかっているのだろう。

厩舎から拝借した毛皮を敷いた岩の上に、マルギットは黙って横になった。

「こちらでお休みください。私は食事の用意をして参ります」

休むマルギットに声をかけ、セシリアは野宿の準備にかかった。

野宿を含む社領の巡回は、社領の聖職者たちの日常の一部だ。セシリアは幼い頃から、家族の巡回に同行していたので、一連の作業には慣れている。

手際よく兎《うさぎ》を狩り、水を確保し、火をおこす。

準備を済ませ、兎の肉を火にかけて待つ間、セシリアはやっとため息を一つつく余裕を得た。見上げた空には、星が瞬《またた》いている。

体力に余裕があっても、心の疲労は深い。

トラヴィア公領は、王都を囲む十の公領の中では最も広く、肥沃《ひよく》な平地に恵まれた土地だ。九割が山間部の社領とは違う。森林の規模は小さく、大きな道も多い。極力早く抜けたいところだ。

マルギットは、険しい表情のままで、目を閉じていた。

この身体の弱い王女を連れての逃亡は、多くの困難を伴《ともな》うだろう。

(先の話はしておかないと……)

マルギットには余計なことを考えず、体力の回復に努めてもらいたい――とは思うが、これは避けて通れない話題だ。

肉が焼けたのを機に、セシリアはマルギットに声をかけた。

「……これからのことですが……」

塩は、いつもチュニックの懐に入れて持ち歩いている。社領にいた頃からの習慣だ。

肉に塩をふり、マルギットに「どうぞ」と渡す。

「ラグダ王国に向かうつもりよ」

マルギットは身体を起こし、肉を受け取ってからそう言った。

「他に、どなたか頼れるお方はいらっしゃいませんか？　近場ですと、ウリマ公か、モクシタン公か……」

今いるトラヴィア公領の主の名は、あえて出さなかった。トラヴィア公は、確実にヒルダと同じ陣営にいるはずだ。マルギットにとっては敵だろう。

ウリマ公は、ウイルズ王の叔父。モクシタン公は、王の従弟《いとこ》。特にウリマ公は、養子の公子とマルギットとの間に縁談の噂《うわさ》もあったくらいだ。縁は深い、と期待したのだが。

「無理だって言ってるじゃない！　皆、あの女に懐柔されてるのよ！」

キッとマルギットは、セシリアをにらんだ。

「ご親族でなくても構いません。どなたか――」

「いないわよ！　信頼できる相手なんて、どこにも！」

怒鳴るマルギットを見て、セシリアは思った。この民に愛される王女は、王宮内で孤立していたのかもしれない、と。

今になって思えば、彼女の巡らせた小細工も、孤独のにおいがする。

では王宮の外に味方がいるかといえば、それも難しい。自業自得ながら、人質を取って脅したせいで、社領も頼れそうになかった。

「残念ですが、社領も絶望的です」

「だから、ラグダ王国に行くって言っているでしょう⁉」

しかし、その道も今は難しい。

セシリアは、肉をかじりながら、必死に考えを巡らせる。

「少し、頭を整理させてください。……祝祭の夜、なにが起きたのです？」

強い疲労を感じながらも、セシリアは問うた。

マルギットは、不快そうな顔をしつつも、重い口を開く。

「知らない。家族で食事を──祝祭の晩餐《ばんさん》を食べてから、祈禱堂に行ったの。私は祈禱堂を最初に抜けて、地下墓所に向かったわ。母上に糖酒をお届けするためにね。……地下墓所に入ってしばらくしたら、警鐘《けいしょう》が鳴った。外はもう騒ぎになっていて──父上の糖酒に毒を盛られた、と衛兵が言っていたのを聞いたわ。でも、だからってろくに調べもせずに、いきなり私が疑われるなんて、おかしいでしょう？　あの女の陰謀よ。恐ろしくなって、地下墓所に引き返してから、鈴を鳴らしたわ」

セシリアの記憶では、夢現《ゆめうつつ》に警鐘を聞き、その後、結界が破られ、鈴の音が聞こえた。

マルギットの話と齟齬《そご》はない。

（糖酒に毒物が入っていたからって、誰が盛ったかまで、その場でわかるはずがない。マルギット様の言い分も聞かずに、いきなり反逆って話になったの？……変だわ、そんなの）

毒物か否かは、毒見役が死んでいるのだから、即座に判断できるだろう。

しかし、犯人の特定には至らないはずだ。直接毒を盛ったところを目撃されているならばまだしも、マルギットはその場にいなかったのだ。調査は必要になる。

ところが、警鐘の直後に練系結界は破られている。ごく短い間に、マルギットを害する意思を持った兵士が、王宮内に入っているのだ。ウイルズ王が、そう命じたのだろう。

報奨金の話まで出ているだから、ウイルズ王の害意は疑いようがない。

(そんなの、いくらなんでも強引すぎるわ)

――ウイルズ王は、マルギットを罠にはめて殺そうとした。

マルギットの話と、自身の経験から、セシリアはそう推測するほかない。

「そうまでして、陛下はマルギット様を――」

「違う。これはあの女が私を陥《おとしい》れるために仕組んだ陰謀よ。父上は、操られているだけ」

ヒルダは、ウイルズ王によるマルギット殺害の可能性をほのめかしていた。

忠告も空《むな》しく、懸念が実現した――とセシリアは思っている。

だが、黒幕はヒルダだと断じるマルギットの言葉も、否定はしなかった。この場で議論しても答えなど出ない。

「そうなると……ルトゥエル王国を出る必要がありますね」

陰謀とは、真実を明かしさえすれば覆《くつがえ》し得るものではない。

相手は権力者だ。見つかれば、殺される。捕まったその場でか、裁判を経《へ》てかはわからないが、いずれにせよ待っているのは処刑台だ。

「だから、何度言えばわかるの？　ラグダ王国に行くって言っているでしょう？」

「ラグダ王国は、マルギット様が嫁入りをなさらない――いえ、女王の座を狙っておられることを、すでに把握しています。頼るのは、賭けになるでしょう」

はっきりと要点を伝えると、マルギットは目を泳がせた。

「なにを――なによ、それ。誰がそんなこと……」

「ヒルダ様です。ヒルダ様は、国王陛下がマルギット様を害する可能性があると見越して、ラグダ王国に嫁がれることを望んでおられました」

「余計な真似を……！」

マルギットは、握りしめた拳で自身の腿《もも》を叩いていた。

国内にも、国外にも、もはや味方はいない。

まったくもって、絶望的な状況だ。

「ラグダ王国は、商人の末裔が治める国です。信を重んじる国が、嫁入りを婿入りに無断で変更した相手に、よい感情を持つとは思えません。持参金という利も消えますから」

「…………」

マルギットがセシリアには返事をせず、小さく「忌々《いまいま》しい」と呟いた。ヒルダへの恨みが口をついたようだ。

「ラグダ王国も、ダビド王子が王都にいらしていた以上、我が国から暗殺未遂事件への関与を疑われる可能性があります。今のマルギット様を、無条件で匿うとは思えません」

「じゃあ、どうしろって言うの？　ラグダ王国に行くしか、道はないわ。身内を頼ったところで、捕まって王都送りがせいぜいよ。尖塔にでも幽閉されて、名ばかりの裁判にかけられて、数日の内に斬首。……貴女も同じよ」

処刑までの道は、セシリアにも見える。

恐らく、ここで打つ手を間違えれば、確実にその道をたどるだろう。

「こちらの非を認め、カミロ陛下に謝罪するところからはじめましょう」

「なにが非なのよ。しょうがないじゃない。私は、聖王妃の娘なんだから。女王になるのは当然よ！　非などであるものですか！」

セシリアは、その開き直りに呆れる。

(本当にこの人は……どこまで勝手なの！)

女王の座にそこまでの執着があるのなら、最初から婿入りの可能性を含めて縁談を進めるべきだったのだ。

呆れ果てた、という思いを、セシリアはそのまま顔に出していた。

「嘘はいけません。人と人の関係を壊します」

「しょうがないでしょう。あの女は、私の命を狙っていたのだから。嫁入りするふりでもしないと、危なかったのよ」

「ともかく――時間はかかるかもしれませんが、商人の末裔の信を取り戻すのを、第一に考えましょう。利を示すのが一番ですが、残念ながら、今は示す利もありません」

　マルギットは、すぐには返事をしなかった。

　黙々と兎を食べ終えるまでの間、セシリアは待つ。

　――ラグダ王国に保護を求め、謝罪する。

　上手く進めば、持参金なしでダビド王子に嫁ぐ未来もあるかもしれない。

「……頭を下げれば、信を取り戻せるの？」

「わかりません」

「じゃあ、頭を下げる意味がないじゃない！」

　だから、最初から嘘などつかなければよかったのに――と今言うことに、意味はないだろう。マルギットが反省するとも思えない。

「斬首か、謝罪か。二つに一つです」

　極端な話だが、誇張ではない。

　マルギットにも、事態は伝わったようだ。眉間《みけん》に深いシワを刻んだまま、ついには「わかった」と言った。

「カミロ陛下に、こちらの状況を偽《いつわ》らずに話すわ。その上で、王子を婿に迎え、兵を借り、女王としてこの国に戻ってくる」

「え？」

　思わず、セシリアは聞き返していた。

（なにを言っているの、この方は）

セシリアが考えていたのは、カミロ王に頭を下げ、持参金なしで王子の妻になるところまでだ。

まさか、身一つで、ダビドを婿にした上に兵まで借りるつもりだとは思わなかった。

「女王になるの。私が」

マルギットは、にこりと笑みを浮かべて、繰り返した。

呆れた。なんという面の皮の厚さか、と。

「しかし――」

「なぜ、父上が竜御の儀に固執しているか、わかる？」

「……示威による、周辺諸国への牽制《けんせい》が目的かと」

「そうよ。竜を御する力こそが、ルトゥエル王国の繁栄を支えてきた。けれど、この数年の国境侵犯は、憂慮《ゆうりよ》すべき段階まできているわ。その上、今、謀反の疑いだの、暗殺未遂だの、内輪もめの醜態《しゆうたい》が重なった。百年先まで国を保つには、ここで力を示す必要があるのよ。でも、儀の復活を議会は認めなかった。あの女もね。でも、父上は必ず竜御の儀を行うわ。そして――ルキロスは失敗する」

ウイルズ王の望みは、ルキロスに竜御の儀を行わせたのち、王太子に立てることだ。

――竜を御せない、実子ではないルキロスを。それと知らずに。

ぞわり、と背が冷える。

（マルギット様は、ご存じなんだわ。……ルキロス様の秘密を）

ルキロスが竜御の儀に失敗すれば、今のマルギットの要求は、面の皮の厚い小娘の戯言《たわごと》ではなくなる。

これまでのルトゥエル王国は、諸国に対して平等だった。

征竜騎士団の派遣は、年に一回。国の規模を問わず、一国一国順番に回っていくだけで、例外はなかった。貸しはあっても借りはなし。大国の余裕と言えるだろう。

それが、変わり得る。王女を、庇護《ひご》し、兵を貸す。ここでマルギットが女王になったとすれば——ラグダ王国の存在は、ルトゥエル王国にとって大きくなるだろう。ただの婿入りとはわけが違う。この利を、商人の末裔が逃すとも思えない。

嵐の向こうに、光が見える。

しかし、その嵐でルキロスが失うものを思えば、秘密を知る者の胸は痛んだ。

「ルキロス様は、失敗……しますか」

「父上はできると信じてるけど、ルキロスには無理よ。絶対に、無理」

やはり、マルギットはルキロスの秘密を知っている。

だからこそ、非公式に竜御の儀の準備をさせていたのだ。

王の望みを挫《くじ》き、異母弟を竜の炎で殺し、自らが後継者となるために。

愛らしい王女のむき出しの野心が、そこにある。

そして、その野心に従う以外に、セシリアの名誉を回復する道はないのだ。

いったん、セシリアはマルギットの野心を受け止めようと努めた。しかし、難しい。マルギットの望みには、あまりにも問題が多すぎるのだ。

「しかし……マルギット様が女王になられるならば、王配は国内から迎える必要があります。先ほど、ダビド様を婿に迎えるとおっしゃいましたが、そちらは破談が最善かと」

「だめよ、婿でなくちゃ。動かせる兵の数が変わってくるわ」

「しかし――後継者の問題がございます」

「気にしなくていい。子は産まないと決めているの」

虚を衝かれ、セシリアは目をぱちくりとさせていた。

「え……？　それは……」

「死にたくないもの」

たしかに出産は命がけで、スィレン種、とりわけ王族においては顕著《けんちょ》な傾向である。

産みたくない、というのは当然といえば当然だ。

だが、それが許されないのが、王女という立場だと思っていた。

「さ、左様でございますか」

国王唯一の実子が、産みたくない――と堂々と言い放つとは、夢にも思っていなかった。

「国外から婿を迎えるなら、子を産まなくても文句は出ないでしょう。どうせ顕性係数は九に満たないもの。この国の人間にとって、竜を御せない王族なんて無価値なのよ。……それに私は、ダビド様がいいの」

セシリアは、肉を食べるのを忘れて考え込む。

産まない、と決めた場合、後継者問題はより深刻になる。

「その場合、王太子はどうなさるのです？──私が言うことでもありませんが」

「トラヴィア公子か、ウリマ公子か……そのあたりがちょうどいいと思うわ。トラヴィア公子の婚約者は亡くなってるし、ウリマ公子も妻を亡くしている。二人とも独り身だもの」

かつて、婚約者候補に名の挙がっていた公子を、マルギットは後継者候補として考えているようだ。

無茶苦茶ではあるが、最低限の筋は通っている。他国王子との婚姻の問題は、一定の水準では解消されるだろう。──あの、悪癖のある王子にこだわる理由はないように思うが。

「勝算がマルギット様におありなのでしたら、止めはしません。議会が納得するとも思えませんが」

「黙らせるわよ。……少し、疲れた。休むわ」

不敵な笑みを浮かべていたマルギットの表情が、ふっと変わる。

ついたため息は重く、体調の悪さがうかがえた。

「申し訳ありません、お疲れのところ。……どうぞ、お休みください」

マルギットが「寒い」と小さく言う。

横になったマルギットに、毛皮を被せようとした拍子に、手が身体に触れた。──熱い。

（熱がある……）

改めて、マルギットとの旅の困難さを突きつけられた気分だ。今日、距離を稼いだところで、明日一日足止めを食らえば台無しになる。

(未来の女王・マルギット一世も、ここで死んでは幻に終わる。私も、謀反人のまま……死ぬまで逃げ続ける羽目になるわ)

勝算は、たしかにある。だが、いかにしてこの窮地を生き延びるかが、今は先に立つ。

「アルヴィン……」

ふいに、その名が口をついていた。

会いたい。せめて今、アルヴィンが横にいてくれたら、どんなに心強かったろう。

(でも、それじゃあダメよ。アルヴィンがここにいたら、ガラシェ家にまで累《るい》が及ぶ。私は私で、踏みとどまらなくちゃ。……いずれ、潮目は変わるんだから)

ガラシェ家のためにも、今はマルギットを守らねばならない。

一見不利に見える、しかし正統な継承権を持つ唯一の王女を支えるべきだ。

アルヴィンから贈られたネックレスを外して、焚《た》き火《び》に透かす。

深紅の紅玉越しに炎を見つめながら、社領に眠る父祖の霊に祈った。

アルヴィンや友人たちの無事を。そして、マルギットの回復を。

トラヴィア公領の森は、ただ静かであった。


──翌朝。

祈りも空しく、マルギットの体調は回復しなかった。

それどころか、昨夜よりも熱が高い。

しかし、ここで二人は一つの幸運に救われる。

たまたま通りかかった農夫が、マルギットの素性に気づいたのだ。一目で。

無理もない。金の髪は支配階級の証《あかし》だ。

マルギットが追われる身だとは知らない農夫は、聖王妃の娘の介抱を名誉なことであると判断し、妻と、四人の子供たちの住む家へと招いた。

農夫の話では、生前の聖王妃ドロテアは、トラヴィア公領に孤児院と施薬院《せやくいん》とを設けていたそうだ。農夫もその妻も孤児院の出身で、彼らの長男は、幼い頃に施薬院の薬で重い病から回復したとのことだった。

「聖王妃様のご息女を、お助けできるとは光栄です。神々の導きに感謝します」

農夫の妻は、半日かけて施薬院へ赴き、薬を手に入れてきた。お陰で、マルギットは翌朝には回復の兆《きざ》しを見せた。

マルギットは、亡母の遺したものに救われたのだ。

農夫はボロボロの荷馬車で、トラヴィア公領の西端まで送ってくれた。

さらに同じ孤児院育ちの友人を頼り、ガラシェ社領の横断にも成功した。

別れ際、セシリアは彼らに忘却術をかけた。謀反人を庇《かば》ったと露見すれば、災いを招きかねない。忘れた方が彼らのためになるからだ。

こうして二人は、聖王妃の遺したものによって、祝祭の日から十日目でガラシェ社領の西端までたどりついたのだった。

——海からの穏やかな、それでいて冷たい風が、蜂蜜色の髪を揺らす。

よく晴れた今日は、湾の対岸の山の稜線《りょうせん》までが明瞭に見える。

セシリアは、ガラシェ社領内では最大規模の珊瑚《さんご》港を、崖《がけ》の上から見下ろしていた。

森林の中の移動が続いていたので、空の広さが心地いい。

ここは、商人の二国がある西の半島の、付け根にあたる土地だ。

西の半島は、商人半島、真珠半島、とも呼ばれている。この半島と、大ガリアテ島にはさまれた湾は、春陽《はるひ》湾、との名がある。春の陽射《ひざ》しのごとく穏やかな湾で、その北端がガラシェ社領の珊瑚港だ。海岸沿いには、倉庫が立ち並ぶ。

「右手に見えるのが、珊瑚港です。マルギット様の同行者が、ガラシェ社領出身の私で、ラグダ王国を目指す可能性を考えれば、この港に最大級の警戒をするでしょう」

説明している間も、湾から出ていく船と、入っていく船とが見える。

穏やかな湾内だけを行き来する船は、どれも小型なものだ。

「……じゃあ、なんでここに来たのよ」

横にいるマルギットは、毛皮を頭から被って、冬の風に耐えている。

じろり、とにらんでくるのを、セシリアは受け流した。

「一芝居打とうと思います。せっかくですので——この、金鎖を使って」

セシリアは、懐から金の鎖を取り出した。

キラリと光るその鎖を見た途端、マルギットは顔色を変える。

「なんで……なんでそんなもの！　馬鹿じゃないの⁉」

思いがけない俊敏さで、マルギットはセシリアの手から金鎖を奪った。

奪われた金鎖は、そのままの勢いで崖下の海へと落ちていく。

「話の進みが早くて助かります」

「居場所がバレるじゃない！　その金鎖は、あの鈴と同じよ。魔道士なら、誰でも位置が特定できるわ」

マルギットは「私でもね」とつけ足した。自身の魔力の程度に、自覚はあるらしい。

「はい。しかし、魔道士が金鎖を感知できるのは、おおよそ一里以内。王都ですと、王宮から中層部までの距離です」

「だったらなんなのよ。そんなものを今の今まで持っていたなんて！　信じられない！」

「必要でした。相手が力の及ぶ範囲で私を探していれば、金鎖は熱くなります。追手に気づかれたかどうかを、判断することができました」

「でも、そこにはいるかもしれないんでしょう？　金鎖の位置を特定できる魔道士が」

そこ、と言いながら、マルギットは珊瑚港を指さした。

「その可能性は高いです。周辺の捜索が行われれば、あの金鎖も、すぐに誰かが見つけてくれます。――海の中で」

マルギットは、セシリアの策を理解したらしい。

しかし、眉間のシワは深いままだ。

「死んだと思わせる作戦？　子供だましだわ」

「しかし攪乱《かくらん》はできるでしょう。ここで我らが死んだと見せかけた——と相手が看破すれば、目的は珊瑚港にあると判断し、そちらの捜索を厚くするはずです。その隙に、我々はあちらから……湾を横断します」

セシリアは、腕を左手の漁村に向けた。

この位置からは、かすんで見えるほど小さい。

付近に浮かぶのは、珊瑚港に出入りする船よりも、さらに小ぶりだ。

「ただの漁村じゃない。小船しか見えないわ。……大丈夫なの？」

「湾内の移動ですから、問題ないでしょう。朝のうちに、湾の向こうに至る船が出るそうです。先ほど、聞いて参りました。この近くに洞《ほら》を見つけてありますから、そちらで夜明けを待つつもりです」

不安げなマルギットに「さ、行きましょう」とうながす。

「私、船に乗ったことなんてない。大きな船でなくちゃ怖いわ」

「大きくとも、沈む時は沈みますよ。ラグダ王国と縁談を進めておられたのなら、船に乗るご覚悟くらいなさっていたのでは？」

「嫁ぐつもりなんてなかったもの……道はどっち？」

ため息をつきたくなるのを、セシリアはこらえた。

その縁談に振り回された身だ。できれば、耳に入れたくない一言である。

マルギットは来た道を引き返しはじめた。

「いえ、来た道を戻らず……殿下、お待ちを。私が先に参ります。朝露で足元が――」

「きゃあ！」

林に入って、ずんずん進んでいたマルギットが、懸念どおりに足をすべらせるまでに時間はかからなかった。

細い悲鳴と共に、マルギットは坂を転がり落ちていく。

「マルギット様！」

手を伸ばした。追った。だが、届かない。

岩場まで落ちたマルギットに走り寄り、まず脈を確認した。――生きている。

「もう嫌よ！　こんなの！」

がばっと身体を起こしたマルギットは、目に涙をためている。

手ばかりか、頬にまで傷がついていた。その少しやつれた頬の上を、涙がつたう。

「マルギット様。ご無事ですか？」

「見てわかんないの？　傷だらけじゃない！　もう嫌よ、こんなの嫌！」

毛皮を被っているので、見ただけではわからない。しかし、これだけしっかり喋る余裕があるのならば、重い怪我は負っていないようだ。

「よかった。お怪我はないようですね」

「よくないわよ！　よくないわ！　全然！」

また、マルギットはぽろぽろと涙をこぼす。

美しい王女は、まだ顔が幼い。泣き顔など、まるきり子供にしか見えなかった。

「どこか、お怪我が？」

「そうじゃない！　もう嫌なの。帰りたい。こんなの、もう嫌……ベッドでゆっくり寝たい。お風呂に入って、お菓子を食べて、お茶を飲んで……王宮に帰りたい……！」

それは、謀反人として斬首されても構わない、と言っているのと同じだ。

気持ちはわかる。痛いほどわかる。気の毒にも思う。

セシリアとて、今すぐ帰れるものならば帰って休みたい。白鷺城で、家族と食事をして、アルヴィンと稽古《けいこ》をして、書庫にこもって。あの日常を取り戻したい。

だが――無理なのだ。

その日常は、このままでは手に入らない。

マルギットを励まし、奮い立たせねばならない――のだが、言葉は出なかった。

（なんとお声がけしていいか、全然わからない……）

さめざめと泣くマルギットを前に、セシリアは途方に暮れた。

自分は、王女の友人でもなければ、正式な護衛でもない。

彼女はきっと、この困難さえ乗りきれば、セシリアの存在を忘れるだろう。

軽いのだ。どこまでも、軽い。

そんな相手の励ましなど、心に届くはずがない。

セシリアにとっても、マルギットの存在は軽かった。

王女と王子の、どちらが王太子になっても構わないと思ってきた。今も同じだ。

この薄い関係が、互いを疲弊させている。

（このままでは、瓦解《がかい》する。マルギット様が暴走しても、私には支えきれない。タリサ様がそうであったように……繰り返しになってしまう。ラグダ王国にたどりついても、なにも得られず終わるわ）

タリサ・ヴァルクという人は、マルギットに忠実だった。

忠実なあまり、ヒルダの忠告を聞き、マルギットを国王の魔の手から守ろうとした。

きっと翻意《ほんい》をうながしたはずだ。その野心は身を滅ぼします、とでも。――マルギットは聞く耳を持たず、ヒルダに通じた裏切り者として、タリサを疎んじるようになった。

結果として危機は防げず、忠実なる護衛騎士は命を落とした。

（繰り返してはいけない）

タリサ・ヴァルクのように、王女を守らねばならない――と思ってきた。

だが、それでは同じ轍《てつ》を踏むことになる。

そんなことをタリサが望むだろうか？　いや、望みはしないはずだ。

セシリアは、その軀を越え、前へと進まねばならない。

「マルギット様」

「……なによ」

悲しみに耽《ふけ》るマルギットは、海を見たまま動かない。

「ラグダ王国には、宮廷魔道士がいるそうです。ご存じですか？」

「知らない。どうでもいい——え？　待って。なんですって？　宮廷魔道士？　魔道士が他国にいるわけがないいじゃない」

「宮廷魔道士は、竜の被害から民を守り、大臣並みの厚遇で召し抱えられているそうです。ラグダ王国以外でも、宮廷魔道士は次々と誕生しているとか」

マルギットは、険しい表情でこちらを見上げた。

「あり得ない。魔道士はグレゴール一世の裔《すえ》よ？　王家にしか仕えないわ」

そう断じた途端、ぷい、とマルギットは顔を背ける。

いつもなら、ここで諦める会話だ。しかしセシリアは踏みとどまった。

「お願いがございます。マルギット様が女王になった暁《あかつき》には、私を宮廷騎士団長に任じてください」

「……よくそんなことが言えるわね。こんな時に！」

「こんな時だからこそです。それを心の支えに、お仕えいたします」

この王女に忠誠を尽くしても、無駄死にするだけだ。

野心には、野心を。新たな関係を構築する必要がある。

「まだるっこしいわね。……さっきの宮廷魔道士の話はなんだったの？　我が国にも宮廷魔道士団を創りたいって言えばいいじゃない」

「え……」

セシリアは、目をぱちくりとさせている間に、マルギットはもう頬の涙も拭っていた。

「それでいい？　私は女王になる。貴女は宮廷魔道士団の長になるの」

「は、はい。では、それで」

マルギットが「頼りないわね」と明るく笑う。

その空色の瞳には輝きが戻っていた。

「話はそれだけ？」

「いえ、本題はここからです。――我々を、一つの軍だと思ってください」

「軍？……まぁ、そうね。いいわ」

「二人しかいませんが、幸い、一人ではありません。殿下は、総帥。私は参謀。それで、いかがです？」

「貴女には、斥候《せっこう》も兼ねてもらっているけど」

斥候どころか、輜重《しちょう》も、兵卒も、すべてを担っている――とセシリアは言わなかった。言ったところで、感謝の言葉があるわけでもない。無駄に気力を消耗するだけだ。

「決まりは、一つ。『互いを敬うこと』」

「なによ、それ」

「軍規です。敬いをもてば、以下のようになります。『嘘をつかぬこと』。『貶《おとし》めぬこと』。『目的達成への努力を惜しまぬこと』。――いかがです？　お約束を破られた際は、見限ります。マルギット様もそのようになさってください」

「……そうさせてもらうわ」

マルギットは、やや不機嫌な調子で、しかし軍規を認めた。

「嘘はご法度《はっと》です。情報は共有し、隠し事はせぬこと。どんなことでも、参謀に諮《はか》っていただきます」

「構わない。諮る相手は、貴女しかいないんだし」

「約束を守っていただける限り――私は忠実な騎――魔道士としてお仕えします」

胸に手を当て、セシリアは頭を下げる。

マルギットは「剣を貸して」と手を出してきた。

宮廷騎士にする叙任を、この場でする気らしい。

「あぁ、いえ、そのような大仰なものでは――」

「いいから、よこしなさいな。――タリサにはしなかった。私が女王になったら、叙任するつもりだったのよ。王佐の騎士……いえ、王佐の魔道士にね」

タリサの名を出されては、逆らえない。セシリアは黙って剣を差し出した。

しゃらりと涼しい音を立て、剣が抜かれる。

その剣身が、両肩に触れた。

「セシリア・ガラシェ。汝《なんじ》を我が魔道士として迎え、いかなる時も敬意をもって接すると誓う。――違約をもって道を分かつ時まで」

これで、セシリアは正式な魔道士として認められた。

もう偽物ではない。

混成種初の、魔道士となったのだ。

いや、まだだ。マルギットが黒鳶城の王座に座るまで、この地位は正式なものではない。

「謹《つつし》んでお受けします、我が君」

セシリアは剣を捧げ持つ。その手が小さく震えた。

（これでもう、逃げ場はなくなった。……マルギット様と、運命を共にするしかない）

マルギットは、決して善良な心の持ち主ではない。

かといって、その性質がすべて悪ではない、と思っている。

聖王妃の慈善事業を、彼女は正しく継いできた。民にも愛されている。孤児院の子供たちの様子や、トラヴィア公領で助けてくれた農夫一家を見ても明らかだ。

宮廷内で孤立していようと、父に疎まれていようと、女王たらんとする意志は失わなかったのだ。聖王妃の娘として、母の名に恥じぬ行いをすべきという矜持《きょうじ》もある。

セシリアは、この王女を信じてみようと思った。

「夢が叶うわね」

「え？」

「王佐の騎士か、宮廷騎士団の長になるのが夢だったんでしょう？　タリサから聞いたわ。なれるじゃない、これで。騎士団じゃなくて、魔道士団だけど」

「そんな話を、タリサ様がなさっていたのですか？」

「するわよ。私の護衛騎士だったんだから、当然じゃない」

二人は、洞窟に移動するまで、いくつか会話をした。

鍛刃院の入学式のあとで、学友とはじめて話した時のように。

マルギットの話のほとんどは、母親との思い出で占められていた。

いかに母親が偉大で、勇気があり、優しかったか。母のようになりたいの、とも。

なれますよ、とセシリアが言うと、マルギットはとても柔らかく笑みを浮かべた。少しだけ、頬を染めて。

十八歳の王女と、十七歳の魔道士が、雑談をしたはじめての時間であった。


その日は、漁村で手に入れた食料を分けあい、早めにマルギットを休ませた。

洞窟の内部には、磯のにおいと波の音がこもっている。

セシリアの緑色の瞳には、ちらちらと小さな火が揺れていた。

夜明けも近い。いよいよ、湾を横断し、ラグダ王国へと渡る時が迫っている。

一か八かの賭けでもあった。緊張のせいで、思考は空回りし続けていた。

その時――咆哮《ほうこう》が、聞こえる。

ゴォウ　ゴゥ
ビクリと身体が震える。

セシリアは、その咆哮を知っていた。

（竜だ）

過去に二度、聞いている。

七歳の頃と、十歳の頃。白鷺城の中で聞いた。暗い森の向こうに響く、空まで揺るがす、その、音。

「マルギット様」

とん、と肩を叩くと、マルギットはガバッと身体を起こした。

「な、なに……？」

「竜です」

「……竜？」

セシリアはマルギットに囁き声で伝え、その場を動かないように手振りで示した。

ゴォォウ
咆哮が、もう一度。

マルギットは、やっと事態を理解したようだ。

この世の終わりが来たかのように、顔色を失った。

「結界を張ってありますから、ご安心を。竜であろうと破れはしません」

「こ、ここが、竜の巣だったらどうするのよ！」

囁き声のまま、マルギットは叫ぶ。竜を御する力があっても、竜は恐ろしいらしい。

セシリアは、首を横に振る。

「竜の寝床は、岩肌が黒鱗岩に変じます。ここは竜の寝床ではありません」

社領で、竜の寝床を二度見ている。岩肌は黒く艶《つや》やかに輝き、月の光さえも弾くものだ。

この洞窟には、なんの輝きもない。竜の巣ではないと断言できる。

それに、これほど漁村の近くに竜の巣があれば、とうに司祭率いる社領騎士団が竜を天に送っていただろう。ここはガラシェ社領の領内だ。

「それでも、竜が出たら……竜を追って社領騎士団が来る。見つかってしまうわ」

マルギットが、セシリアの腕をつかむ。

その、指の力の強さが恐怖を物語っていた。

（あぁ、なんで、よりによってこんな時に竜なんて……！）

セシリアは、強く竜に憧れてきた。一目でいい。その姿をこの目に焼きつけたい。その出会いが、人生を変えると信じている。

だが、なにも今でなくともよいのではないだろうか。

（せめて聖騎士の――アルヴィンのいる時だったら――）

――セシリア。

ふいに、名を呼ばれた気がした。

（まさか）

目が、声のした結界の向こうに吸い寄せられた。

「セシリア」

もう、夜は明けようとしている。

薄明のほのかな明かりが、その紺色のチュニックを照らしていた。

――アルヴィンだ。

艶やかな、闇よりも黒い巻き髪。尖った鷲鼻《わしばな》。長い睫毛《まつげ》に縁どられた、深紅の瞳。

誰より慕わしい、今、誰よりも会いたい人の姿がそこにある。

セシリアは、結界のすぐ近くまで走り寄った。

「……どうして……」

なぜ、ここにアルヴィンがいるのかが、まったく理解できない。

決して、短い旅ではなかった。祝祭の日から、もう十日経《た》っている。万里を走ったとまでは言わないが、王都から二百里近くは離れているはずだ。

金鎖を落とした作戦が、裏目に出たのだろうか。

それとも、竜を追った社領騎士団と行動を共にしているのか。

冷や汗が、背をつたう。

アルヴィンは、セシリアの味方だ。それだけは揺らがない。

けれど、マルギットの味方とは限らなかった。

「セシリア。助けが要るなら、合図して」

彼は、特別な力を持っているらしい――と薄々気づいてはいた。

竜の血を浴びて以降、アルヴィンはセシリアの居場所を、ほぼ正確に把握しているように見えた。確信に至らなかったのは、鍛刃院の中で、セシリアの行動はほぼ限られていたからだ。寮、講堂、闘技場。馬場。一番多いのは書庫かもしれない。王宮内でも同じだ。

それが、今になればいかに驚異的だったかがわかる。マルギットのいる場所を、タリサもセシリアも外し続けていたのだから。

「合図をくれたら、すぐに助ける。……必ず、守ってみせるから」

必ず守る、とアルヴィンが言うのは、決して虚言ではない。

裁判の場で空しい弁護をし、処刑後の冥福《めいふく》を祈るような援助ではないだろう。

命がけでセシリアを守ってくれる。――謀反人のセシリアを。

(だめよ、それじゃあ)

セシリアは、見えぬと承知の上で、首を横に振った。

一緒に逃げれば、共倒れになる。逃亡者として、死ぬまで身を隠し続けるような人生を、アルヴィンに歩ませるわけにはいかない。

――伝わったのだろうか。

アルヴィンは、少しの間うつむき、それから顔を上げた。

「わかった。……俺たちには、互いを守る約束がある。だから……今は退《ひ》くよ」

少し辺りが明るくなって、アルヴィンの黒い巻き毛の艶を照らした。その紅《あか》い瞳も。

セシリアは、結界のギリギリまで近づいた。腕を伸ばせば、指先が触れるほどの距離に。

「うん。約束どおりよ」

相手には聞こえないとわかっていたが、セシリアはアルヴィンに向かって返事をした。

誓約の丘の老木の下でした約束。――互いに、互いを守る。

宮廷騎士団に入ることを決めた時、話しあった。王の実子が、男女一人ずつである以上、跡目争いになれば、別の陣営に与《くみ》する事態も起こり得る。

その時は、共倒れを避けるのが最善という結論に達した。今日の賊《ぞく》が明日の王になるかもしれない。一方が立場を保てば、もう一方を救い得る。そういう約束だ。

アルヴィンは、その約束に従い、セシリアの選択を信じてくれたのだろう。チュニックの懐から財布を取り出すと、足元に置いた。

深紅の瞳が、こちらを見ている。

セシリアの瞳を――いや、違う。

見つめているのは、セシリアの首元だ。

（あ……もしかして……）

セシリアは、手で首元を押さえた。

そこにあるのは、アルヴィンがくれたネックレスだ。

深紅の、彼の瞳と同じ色の。

一歩、横に移動する。――アルヴィンの目が、それを追った。

（アルヴィンには、この紅玉が見えているんだわ。これも……聖騎士の力なの？）

魔道具も使わずに人の位置を特定するなど、魔術じみている。

竜の血を浴びた聖騎士は人を超える力を持つというが、まさにそのとおりだ、とセシリアは思う。

「……どうか、無事で」

一歩、アルヴィンが結界から遠ざかった。

名残惜し気に眉を寄せ、自分の左手の甲に口づけをする。いつも、セシリアの頬に触れる場所を。

「アルヴィン……」

一瞬、アルヴィンの手の甲を、頬に感じたような気がした。

アルヴィンが、背を向けた。――行ってしまう。

待って。行かないで。傍《そば》にいて。――けれど、言えない。

（ダメよ。ここで頼ったら……いざという時に、アルヴィンを守れなくなる）

いざという時は、必ず来る。

そう遠くない未来に、セシリアの選択が大きな意味を持つ日は来るのだから。

それでも身体は正直で、遠ざかる背を見つめる目には涙が滲《にじ》む。

ぼんやりとした影は、すぐに消えてしまった。

セシリアは、すぐに涙を袖《そで》で拭う。

「な、なんなの、あの男……どうしてここがわかったの？」

どうしてここが？　という驚きは、セシリアも感じていたので理解できる。

ただ、その表情には、明らかな嫌悪がある。だから、紅玉の話をするのはやめておいた。

「彼は聖騎士ですから。特別な力があるのだと思います。……多分」

「だから嫌なのよ、ギヨム種は。……気持ちが悪い」

「彼は、私の家族です」

セシリアは、むっと口を引き結ぶ。

「……悪かったわ」

まったく予想していなかったことに、マルギットは素直に謝罪した。

お陰で、セシリアも「ご理解に感謝します」と矛《ほこ》を収めることができた。

仲間割れの愚を避けたのか、したばかりの約束を気にしたのかはわからない。ひとまず、話はこじれずに済んだ。

結界を一度解き、アルヴィンが置いていった革の財布を手に取る。ずっしりと重い。手持ちの銅貨は尽きかけていたので、ありがたい軍資金だ。

「――あ、いけない。……竜が近くに……！」

今、間近に竜の咆哮を聞いたばかりだ。

ハッと思い出し、セシリアはアルヴィンの後を追おうとした。

それを「放っておきなさいよ」とマルギットが止める。

「心配をするなら、私の心配をなさいな！」

たしかに聖騎士は、竜と戦い得る唯一の存在だ。

心配は不要だ、と思い直し、サッとセシリアは結界を張り直す。

「……マルギット様こそ、竜を御する一族ではございませんか」

呆れ顔でセシリアが言えば、マルギットは「そうだったわ」と大真面目な顔で同意した。

「それでも、怖いものは怖いわよ。竜は狂暴なの。獰猛《どうもう》で醜《みにく》い獣《けもの》よ」

ずいぶんな言い様だ。これまで竜に、都やら、街道やらを建てさせ、外敵を蹴散らさせてきた一族とも思えない。

「美しい……と思います。私は」

「馬鹿馬鹿しい。美しさなんて無意味よ。竜を御すために、我々がどれだけの犠牲を――」

言いかけて、マルギットは言葉を止めた。

なんとはなしに、セシリアも察する。きっと、スィレン種の間では共有された、しかし外部には秘している内容なのだろう。

セシリアは、マルギットの言葉の先を追及しなかった。

「よく、それで竜御の儀を受けようと思われましたね」

「しょうがないじゃない。命くらいかけなくちゃ、王太子の座は手に入らないからよ。……あの女が邪魔をしていたせいでね。でも、最後に勝つのは私よ」

マルギットはそう言うと、遠いものを見る目で洞窟の外を見た。

「勝つためには、まず海を渡りませんと」

「そうね。まずは、そこからだわ」

夜明けが、近い。

波の音に、鳥の声が交じる。

緑の瞳と空色の瞳の向こうには、静かな海が広がっていた。

第四幕　竜を御す

神暦九九六年一月十二日。

新年の祝賀を終えたばかりのラグダ王国に、二人の逃亡者は到着した。

祝祭の惨劇から、四十日が経《た》っている。

王都を出て、王領からトラヴィア公領に入り、ガラシェ社領の漁村から春陽湾《はるひ》に船出するまで十六日。幸運に恵まれ、旅はごく短く済んだ。しかし、そこからが長かった。

当初はラグダ王国の北隣にある、同じく商人の末裔《まつえい》の国・ナリエル王国に至り、小船で小刻みに湾岸を南下する作戦だったが、計画は早々に頓挫《とんざ》した。

海に出る度に、マルギットが寝込むのだ。命の危機を感じさせるほどの憔悴《しょうすい》ぶりである。やむを得ず馬車での移動に切り替えたが、これも難関だった。輸送のほとんどを春陽湾の海運に頼る真珠半島の道は、ことごとく悪路であった。船酔いよりましとはいえ、馬車にも酔うマルギットは、半日の移動が限界だ。宿代もかさむ。アルヴィンから軍資金をもらっていなければ、もっと窮していたに違いない。

長い旅路の果てに、二人はカミロ五世に保護された。

住まいとして提供されたのは、王宮の片隅《すみ》にある小宮殿だった。

カミロ五世の父王が、愛妾《あいしょう》と過ごすために建てたもので、翡翠《ひすい》の園と呼ばれているそうだ。建物同士は渡り廊下で繋《つな》がっていて、中庭には小ぶりな噴水がある。白い外壁に、翡翠色のまろやかな屋根。壁に配された蔦《つた》模様の藍《あい》のタイルなども、夢のように美しい。

そんな美しい場所にいながら、セシリアは強い不安に襲われていた。

（おかしいわ……）

セシリアは噴水のある庭を、ウロウロと歩いていた。

翡翠色の屋根が、冬とも思えぬ陽射《ひ》しを強く弾いている。

（十日も放っておくなんて。……カミロ王は、なにをお考えなのか……）

衣類は、保護された日から一新されている。ゆったりとした白いガウンを腰でゆるく縛り、色鮮やかなストールをあわせるのが半島地域の装束だ。セシリアは、魔道士らしいものを身に着けたくて、赤いストールばかりを選んでいる。

男女共に、ガウンの下は裾《すそ》を絞ったズボンを合わせる。ひらひらとしてはいるが、軽い生地は、足さばきが楽なのが利点だ。

清潔で美しい衣類と、豊かな食事。豪奢《ごうしゃ》な住居は与えられた。しかし、セシリアの心には焦りがある。

祝祭の日の国王暗殺未遂については、着いて早々に冤罪《えんざい》であると説明している。だが、彼らが信じるかどうかは、また別の話だ。

最悪の場合、二人は反逆者としてルトゥエル王国に送り返されるだろう。

ルトゥエル王国は、大ガリアテ島最大の強国。ラグダ王国に太刀《たち》打ちできる相手ではない。諍《いさか》いを避けるために選ばれたとしても、不思議のない道だ。

最悪の事態を回避するには、縁談の件を謝罪した上で、保護の利を示す必要がある。可能な限り、早く。

（せめて、縁談の件の謝罪だけでもさせていただきたいのに……）

ふと、名を呼ばれた気がした。

ハッと顔を上げれば、キラキラと陽光を弾く噴水越しに、マルギットがいる。

瑠璃《るり》色のストールは、空色の瞳をいっそう淡く見せ、逃亡生活でやつれた顔を青白く見せていた。

「マルギット様。お呼びでしたか？……すみません、ぼんやりしていて」

いつもは返事が遅いとひどく不機嫌になる人だが、今日はその覇気《はき》がないようだ。

「ダビド様は、どうして連絡をくださらないのかしら」

ぽつり、とマルギットが呟《つぶや》く。

マルギットの小さな手が、翡翠の指輪を――ダビドから受け取った指輪を撫《な》でている。

「きっと、お疲れのマルギット様を気づかってくださっているのでしょう」

「それでも、駆けつけてくださると思っていたわ。……あんなに、私を美しいと称えてくださったのに」

マルギットは、ダビドの薄情さをなじっている。

それはセシリアも日々感じていた。同じ王宮内にいるというのに手紙の一つも寄越さないのは、さすがに薄情というものだ。

「そうですね。なにか、お考えがおありなのかもしれません」

「まさか……心変わりをなさったの？　別な姫君との縁談でも――」

「まだ、なにもわかっていません。想像だけで心を乱さぬ方がいいでしょう」

我ながら、気の利かない慰めだ、と思う。

こうした会話は、世慣れた年配の侍女にでも任せたいところだが、今のマルギットにはセシリア以外に話し相手もいない。カミロ王が派遣した侍女もいるにはいるが、年若く、経験も浅い。雑談のできる関係でもないようだ。

「私に……ダビド様は、私に恋をしているのだと思ってた」

用というほどのことはなかったようだ。マルギットは「私の目にもそのように」とセシリアが言い終えるのを待たず、寝室に戻っていく。

その背は、ひどく小さく見えた。


おおよそルトゥエル王国の状況がわかったのは、さらに十日もあとになってからだった。ラグダ到着から、半月以上が経っている。

その日の夕頃に、前触れもなく訪ねてきたのは、ゆったりした黒いローブをまとった魔道士だった。

なぜ、魔道士とわかったかといえば、

「ラグダ王国宮廷魔道士の、レオン・フォンでございます」

と彼自身が名乗ったからだ。

（本当にいたのね、宮廷魔道士って。……驚いた）

鮮やかな若草色の瞳に、小麦色の髪。爽《さわ》やかな色彩の少年である。見たところセシリアよりもやや年若だ。ルキロス王子と、同じくらいの年齢だろう。

外見上の特徴と、ルトゥエル王国の法を逃れたという話を踏まえれば、スィレン・ギヨム種だと判断して間違いなさそうだ。法を犯しているとすれば、さすがにマルギットの前には出さないだろう。

稀種《きしゅ》がいるのは、この世にルトゥエル王国だけだと思い込んでいた。話には聞いていても、目《ま》の当たりにした衝撃は大きい。

翡翠の園の客間で、マルギットは膝《ひざ》ほどの高さの円座《えんざ》に腰かけている。

湾岸地域では長椅子《いす》は用いず、大きな円座の上で膝を崩して座るものだという。

「宮廷魔道士ですって？」

ゆったりと円座に座っていたマルギットは、レオンに対して眉を吊り上げた。

「はい。ガスパル王太子の名代として、うかがいました」

「そう、王太子様の……」

魔道士の存在に顔色を変えたものの、マルギットはそう呟いたきり黙ってしまった。

カミロ五世の子息は、三人。

第一王子で王太子のガスパルを筆頭に、第二王子のエドウィル、第三王子のダビド。

この中で、最もマルギットに近しい存在といえば、婚約の内定まで進んだダビド王子に他ならない。

だが、今日までダビド王子からの連絡はなく、訪ねてきたのは王太子の代理。

マルギットは、失望したのだろう。他国に魔道士がいるという衝撃も、脇におけるほどに深く。

この冷遇は、マルギットの望みと大きく食い違っている。

昨夜などはダビドの薄情さをなじったついでに、贈られた翡翠の指輪を噴水に投げ込む騒ぎまで起こしている。セシリアは、指輪を拾ってずぶ濡れになった。

（ダビド様も、罪なお方だわ。ほんの一言くだされば、マルギット様も安心なさるのに）

嘘《うそ》ではじまった婚約。ウイルズ王暗殺未遂の嫌疑。こちらは正面きって批難できる立場ではないが、それでもダビドの情の薄さを恨めしく思ってしまう。

セシリアは、黙り込んだマルギットに代わって、丁寧にレオンへの礼を示した。

「私は、マルギット殿下の護衛で、セシリア・ガラシェと申します。この度は、大変なご厚意をいただき、心より感謝申し上げます。カミロ陛下には、直接お礼も申し上げられず、心苦しく思っておりました。どうぞ、カミロ陛下にも、王太子殿下にも、よろしくお伝えくださいませ」

「その件は、どうぞご寛恕《かんじょ》くださいませ。現在、ルトゥエル王国で起きた混乱は、今や島中に広がり、我が国も例外ではございません。カミロ陛下は、群臣に翡翠の園への接近を禁じております。——婚約者のダビド殿下含めてでございます」

レオンは、両手を胸の前であわせ、ぺこりと頭を下げた。

（まだダビド様との婚約は生きているのね。それに、ダビド様がマルギット様を避けているわけでもなさそう）

事情がわかれば、多少気持ちは楽になった。

マルギットへの冷遇は、ダビドの意思ではない——と今は信じるしかないだろう。

「ご助力に、心から感謝しております。それで……勝手なお願いになりますが、本国の様子を教えていただけませんでしょうか？」

「はい。もちろんです。こちらで把握《はあく》している限りのことになりますが——」

レオンは、祝祭の日から今日までの出来事を、かい摘《つま》んで教えてくれた。

祝祭の日、ウイルズ三世はマルギットに毒を盛られた——というのは、動かぬところであるらしい。

「ダビド王子も、祝祭の暗殺未遂事件への関与を疑われておりまして——それゆえに両国は現在、緊張状態にあります」

予想の範囲の内容だ。しかし、報告はそれだけでは終わらなかった。

ルトゥエル王国内では、暗殺事件の首謀者が他にいる——との結論になったらしい。

「……え？　首謀者が、他に？」

思わず、セシリアは聞き返していた。

マルギットもまったく心当たりはないらしく、二人は顔を見あわせ首を傾《かし》げる。

「発表された内容だけを申しますと……実行犯は、マルギット殿下の護衛であったタリサ・ヴァルク、ということになっております」

これも予想の範囲内だが、深く心を抉《えぐ》られる。

鋭い痛みのあまり、セシリアは胸を押さえていた。

「首謀者は、マルギット殿下の他、トラヴィア公であると発表されました。共謀者の中には、ダビド殿下の名も挙がっております」

「え？　トラヴィア公が、首謀者……？」

凍《こご》えた手で、心の臓をつかまれたような衝撃だった。

思いがけない名に触れ、セシリアは胸を押さえていた手に力をこめた。

「はい。王弟のトラヴィア公です。年明けに裁判が行われ、翌日に斬首されております」

サッと血の気が引く。

斬首ということは、当然、死んだということだ。

（信じられない……そんな……）

違う。トラヴィア公は、国王暗殺など企《たくら》んではいない。——いないはずだ。そもそもマルギットと同じ陣営にも与《くみ》していなかった。しかし、セシリアはトラヴィア公のことなどなに一つ知らない。強い否定をする材料は持っていなかった。

（どうして？　どうしてトラヴィア公が……？）

セシリアには、理解できない。マルギットも、顔色を変えていた。

「トラヴィア公が……」

これは王族同士の殺しあいだ。人が言うように、真実などコロコロと変わるのだろう。

驚くべきことではない。だが、あの一度会ったきりの、父親かもしれなかった貴人は、もうこの世にはいない――という喪失感が、動揺を呼ぶ。

祝祭の日の颶風《ぐふう》は、セシリアの縁者を二人も飲み込んでしまったのだ。

「申し上げにくいことを重ねてしまいますが……セシリア様も、暗殺に用いられた毒薬を調合し、マルギット殿下の逃亡を助けたとして、反逆罪に問われております」

あのままルトゥエル王国に留まっていれば、セシリアも反逆者として処刑されていたのだろう。――ルキロスの弁護も空《むな》しく。

養父や養母の顔が、頭に浮かぶ。

セシリアが反逆者になったと聞かされ、どれだけ驚き、傷ついただろう。

「それで……私たちがここにいることを、黒鳶《くろとび》城は把握しているの？」

セシリアが考えこんでいる間に、マルギットがレオンに問うていた。

「恐らくは。いずれなにかしらの交渉に発展するでしょう。我が国においては、議会が何度も招集され、盛んに議論されております。しばらく、マルギット様にはご不便をおかけいたしますが、ご容赦《ようしゃ》くださいませ」

ラグダ王国には、三つの選択肢がある。

マルギットをウイルズ王に差し出すか、マルギットを王子の妻として迎えるか――あるいは、マルギットを女王にするために兵を貸すか。

ルトゥエル王国と、ラグダ王国では国力に差がありすぎる。兵数だけでも二十倍の開きだ。ラグダ王国は大陸との交易で栄えてはいるが、西の半島は農耕に適した土地ではなく、食料の多くは輸入に頼っている。港を封鎖されればたちまち干上がるだろう。議論は慎重になって当然だ。

かといって、マルギットは奇貨《きか》である。いかなる利を、どれほどもたらすか、商人の国の人々は盛んに話しあっているに違いない。

「近々、陛下との会談の機会を設けますので、今しばらくお待ちください」

レオンは、そう最後に伝え、翡翠の園を辞去した。

魔道士が去ったあとも、しばらくマルギットは中庭を見つめたまま動かなかった。肘掛《ひじか》けに置いた手が、白くなるほど握りしめられている。

「あの女の陰謀よ。……やっぱり母上だけじゃなく、私のことも殺す気だったんだわ！」

低い声で、うなるようにマルギットは言った。

あの女が母を殺した――との説は、逃亡中に何度か聞かされている。

当時、ドロテアの侍女であったヒルダが、国王の愛を得るためにドロテアを殺した、とマルギットは主張し続けている。

「しかし、トラヴィア公はヒルダ様と親しかったはずです。そのトラヴィア公が処刑されている以上、あれがヒルダ様の陰謀だとは、とても思えません」

彼らが親しかったことは間違いない。——必要以上に。

過去のことはともかく、祝祭の惨劇がヒルダの陰謀だというマルギットの主張は、どうしても飲み込めなかった。

元凶は、ウイルズ王だ。セシリアは、そう信じている。

「どうせ都合が悪くなったから、切り捨てたのよ。黒幕はあの女に決まってる！」

埒《らち》があかない。一度怒りが爆発すると、理屈が通じなくなるのはいつものことだ。こういう時は、距離を置いた方がいい。同じ話の繰り返しになる。

セシリアは「では」と一礼して、客間を出た。

空が、青く、広い。

ほんの一瞬だけ関わった、父親だったかもしれない人のことを思う。

乾いた砂のようであった感情は、名をつけるならば嫌悪に近い。けれど、今はただ悲しさだけがある。

——どうして私を捨てたの？　どうして母を捨てたの？

その問いへの答えは、永遠に失われたのだ。

セシリアは中庭に立ち、東に向かって目を閉じ、しばし黙禱《もくとう》を捧げた。

（マルギット様に女王になっていただくしか、名誉を回復する道はない……）

マルギットの冤罪さえ晴れれば、自分の罪も、タリサの罪も消えるはずだ。きっと、トラヴィア公の罪も。

セシリアは、戦わねばならない。

憎しみは、ひたすらにウイルズ王へと向かう。

セシリアは瞼《まぶた》を上げ、黒の都がある東の空をキッとにらみつけたのだった。


カミロ五世との面会が叶ったのは、さらに十日後である。

王からの招きに応じ、翡翠の園を出た。保護されてから一カ月ぶりの外出だ。

瑞玉宮《ずいぎょく》、と名のついた王宮は、絢爛《けんらん》豪華な建物であった。それでいて造りは開放的である。随所《ずいしょ》に曲線が用いられ、柱さえも装飾的だ。

カーテンや円座には、大陸産と思われる濃淡の紫が用いられ、床のモザイクタイルは海の色をしており、ところどころ金と銀とが交じる。どこか幻想的な趣《おもむき》があった。

堅苦しい会談を嫌ったのか、マルギットが招かれたのは、玉座の間と続きになった、中庭と繋がる広間だった。

「おぉ、セシリア殿！　ご無事でなによりです！」

出迎えたのは、ニコロだった。孤児院で、王子の代理人をしていた文官だ。

お互いに顔をくしゃくしゃにして、笑顔で握手を交わす。

「ニコロ様！　案じておりました」

「お訪ねもできず申し訳ない。ご不便はございませんか？――あぁ、これはマルギット殿下。ご機嫌麗《うるわ》しゅう。ご健勝で、まことに幸いでございます」

ニコロの挨拶《あいさつ》に、マルギットは薄い反応をしただけで、勧められた円座に腰を下ろしていた。最近はずっとこの調子で、覇気がない。

「あの後、すぐに帰国できたのですか？」

「幸い、ダビド様と共に王都を出ておりましたので、難なく帰国できました。幸運です。今、ダビド様は兄君のエドウィル王子の指揮下で、湾岸の警備にあたっておられます」

「そうでしたか。そうですよね、こんな時ですもの。大事なお役目です」

ダビドは、なにもマルギットを無視したわけではなかったらしい。セシリアは、ちらりとマルギットを見た。

安堵《あんど》しているはずだ。小さなため息を漏《も》らしたのがわかる。

その微《かす》かな音に、さらさらと衣ずれの音が重なった。

「ラグダ国王、カミロ五世陛下のおでましです」

先ぶれの声が終わる前に、豪奢な王冠を被った貴人が、サッと部屋に入ってきた。

カミロ五世は、ヤギのような髭《ひげ》の、体格のよい壮年の男性だった。日に焼けた肌には艶《つや》もあり、褐色《かっしょく》に近い金の髪は、まだ鮮やかさを保っている。ダビドとは、目元が似ているだろうか。

「遠路、ご苦労でしたな」

一際豪華な革の円座に、カミロ五世は腰を下ろした。少しかすれた、特徴のある声には若さがある。

「ご恩に感謝いたします、カミロ陛下」

マルギットは、ゆったりと会釈をした。

「さて、マルギット殿下。単刀直入にうかがおう。我が国に、どれだけの利をお約束いただけますか？」

ずいぶんと、はっきりものを言う人だ。

セシリアは内心慌《あわ》てたが、マルギットは動じなかった。

「……と申しますと？」

「此度《こたび》の件で、我が国は明確に損をしました。愚息が黒の都にのこのこと出向いたせいで、暗殺未遂への関与を疑われている。こうして殿下を王宮にお招きした以上、否定も難しい。だが、大ガリアテ島の歴史上、貴国を敵に回して、その後十年続いた国はないのです」

セシリアは、ちらりとマルギットを見た。

「ご安心を。黒鳶城には、今、貴国と事を構える余裕はないでしょう」

マルギットは、穏やかに笑んでいる。幸いにして、大国の王女らしい余裕のある態度を取り戻していた。

「反逆者二名を引き渡せ、との通告は、ルトゥエル王国から幾度か届いております。内容は回を重ねる度に過激になり、先日届いたものは、二人の首を寄越せ、とまで」

カミロ王は、渋い顔のままだ。

「私がルトゥエル王国の女王に即位すれば、罪は一夜にして消えましょう」

マルギットの言に、ははは、とカミロ王は乾いた笑いを漏らした。

だが、すぐに笑いを収める。

「条件のよすぎる縁談に飛びついた愚息も悪いが……この件に関して、我が国におけるマルギット殿下への信頼は、決して厚いとは言い難い。信なくして義なし。恐れながら、今のマルギット殿下を庇う理由が、我らには薄いのです」

「私の浅慮でございます。正式に加冠の儀を迎えました暁《あかつき》には、改めて条件をご相談させていただくつもりでおりました。──違約のお詫《わ》びは、相応にと」

くい、とカミロ王は長い眉を持ち上げた。

「ほぉ、たとえば？」

この時、ちらりとカミロ王の視線が、セシリアに向かった。

（冗談でしょう？）

カミロ王は、明らかに、詫びの一環としてセシリアの存在を意識した。

マルギットも、その空気を感じ取ったらしい。

こちらを見る空色の瞳に、ヒヤリとする。

「陛下。この者は、私が叙任した魔道士です。いずれ我が国の宮廷魔道士団の束ねとなる者。命と引き換えにせよと言われても、手放すことはございません」

にこり、と笑みを浮かべつつ、マルギットは軽く首を傾げた。

「あぁ、これは失礼」

強い拒絶だと、カミロ王も理解したらしい。すぐに謝罪した。

マルギットは、互いへの敬意を持つという約束を、思いがけない律儀さで実行しているようだ。セシリアは胸を撫で下ろす。

「もちろん、こちらの気持ちを示すには、征竜騎士団の派遣――以外はないものと思っておりました」

笑顔をたたえたまま、マルギットはそう言った。

この返答に、カミロ王は、うんうん、とうなずきながらヤギ髭を撫でる。

「話が早い。――殿下を保護する条件は、一つです。我が国の悪竜を葬《ほうむ》っていただきたい。しかるのちは、第三王子との結婚を許可しましょう。夫にでも、婿《むこ》にでも、お好きになさるといい。まずは加冠の儀が先ですかな」

こちらは、竜を御す王のしろしめす国の王女である。要求が、竜に関する内容であろうことは想定の範囲内だ。しかし――

（今のマルギット様には、難しい）

竜を送るには、司祭率いる社領騎士団の協力が必要不可欠だ。

しかし、最もこの国から近いテンターク家も、次に近いガラシェ家も、娘を人質に取られた経緯がある。マルギットに対し友好的だとは思えない。

ところが——

「わかりました」

この美しく若い王女は、鷹揚《おうよう》にうなずいたのである。

頭痛を感じ、セシリアは額を押さえた。

(もう、この人は……なんて勝手なの！　なんでも諮《はか》るって約束したのに！)

しかし、セシリアにもわかる。

この場で、他の回答は許されなかった。

「さすがはルトゥエル王国の王女殿下だ。殿下の保護に異を唱える者も消えましょう」

カミロ王は、愉快そうに笑っていた。

マルギットも、同じようにニコニコと。

理解しがたい余裕である。

(無理よ……！　そんなの！)

短い会談が終わるまで、セシリアは天を仰いで嘆くのを、耐えねばならなかった。

翡翠の園に戻ってから、やっとセシリアの嘆きは解放された。

「もう……こうなったら平謝りするしかありません。社領に頭を下げに下げて、社領騎士団の応援を待ちましょう！」

「貴女《あなた》がいるじゃない」

　客間の淡い紫の円座に腰かけ、マルギットは事もなげに言った。

「……私は、聖騎士ではありません。無理です」

　この話題は、胸がチクチクと痛む。

　そうだったら、どんなによかっただろう。

　幼い頃、ずっと信じていた。アルヴィンと共に、聖騎士になるのだ、と。ルトゥエル王国の刃《やいば》。騎士の誉《ほま》れ。最強の聖職者。天に代わって竜を送る戦士。

　自分がそうはなれないと知った時の絶望は、今も生々しく覚えている。

（せめて、あの黒塗りの秘密に触れていれば……違っていたかもしれない）

　鍛刃院の書庫にある血統学の本には、特性の記述が一部黒塗りになって隠されていた。秘密がある。きっと、スィレン種が竜に勝ち得る可能性が書かれている――のではないかとセシリアは推測していた。

　結局読めずじまいだったが、今となっては猛烈に悔やまれる。

「上手くいけば、堂々と兵と婿を得られるわ」

「婿にするのなら、別なお方を選ばれてはいかがです？」

「私は、彼がいいの。彼じゃなくちゃ嫌よ。とにかく、やるしかないわ。私の人生に必要なことだから」

必要なのは、理解できる。

ここでマルギットが竜を御せば、ウイルズ王以外の、唯一の存在になり得るのだ。マルギットの名は、ルトゥエル王国のみならず、大ガリアテ島において重いものになるだろう。

「できません。倒せるものなら倒したいですよ、それはもう、心から。できるなら、この命をかけてもいい。けれど、竜の血を浴びた聖騎士でもなければ、竜とは戦えないんです」

「それはギヨム種しかいない、社領での話でしょう？　ここには、私がいるのよ。グレゴール一世直系の子孫が」

「それは……まぁ、そうですが」

たしかに、マルギットは竜を御す一族だ。

だが、だからといって、簡単に竜退治などできるとは思えない。

「私が非公式に進めていた竜御《りゅうぎょ》の儀では、随伴《ずいはん》の騎士をタリサにさせる予定だったわ。テンターク家は可能だと言っていたもの」

「え……タリサ様に……可能だと？」

「そうよ。タリサにできて、貴女にできないわけがないでしょう？　できるのよ。王族と、魔道士――黒鱗鋼《こくりんこう》の剣を扱える、騎士並みの力を持つ魔道士がいれば」

できる、という言葉が、セシリアの胸をざわめかせた。

「でき……るのですか？」

「できるわ。娘を人質に取られた人たちが、そんな嘘なんてつくと思う？」

どきどきと、胸が高鳴りだす。

まるで、恋でもしているように。

はじめて白鷺城《しらさぎ》で竜の絵を目にし、魅入られた日から。

竜送りに向かう、司祭率いる社領騎士団の勇姿に憧《あこが》れた日から。

ずっと続いていた思いが、堰《せき》を切ったように溢《あふ》れ出した。

（竜を倒したい）

混成種は、なり損ないの騎士ではない。

混成種は、偽物の魔道士ではない。

鍛えればギヨム種と並び、学べばスィレン種をしのぐ。そうした存在に、セシリアはなりたい。──かつてのタリサ・ヴァルクのように。

自分の名を、強さを、大ガリアテ島中に轟《とどろ》かせたい。

──何者にもなれぬまま死んでたまるか。

いつも、心が飢《う》えている。

強烈な衝動が、セシリアを襲った。

これこそ、長く待ち望んできた、人生の変わる瞬間だ。

「──やります。私、竜を倒したい」

「竜殺しの女王と魔道士なんて、物語みたいじゃない？　民は物語に飢えている。ここでやらない手はないわ」

マルギットが差し出した手を、セシリアはぎゅっと握る。

二人の心が揃《そろ》ったのを見計らったかのように、来客の報《しら》せがあった。

訪ねてきたのは、王太子ガスパルと、魔道士レオンだ。

「この度、征竜作戦を父より任されました、王太子のガスパルです。殿下に協力をご快諾いただいたとうかがい、ご挨拶にうかがいました」

ガスパルは、背の高い青年だ。ダビドも背が高いが、輪をかけて長身である。ダビドと近しい色彩は持っているが、その印象は堅実そうで、ダビドの華やかさとは別種だ。

「まぁ、それはご丁寧に。さ、どうぞお入りになって」

マルギットは、笑顔で二人を招いた。

次々と客間に酒と料理が運ばれてくる。親睦《しんぼく》を深めるための宴《うたげ》のようだ。

「竜退治に必要なものは、こちらですべて揃えさせていただきますので、なんなりとおっしゃってください。我が国は、悪竜によって、年に金貨五千枚に近い損失を受けております。人的被害も大きい。なんとしても、この機に悪竜を滅ぼしたいのです。次にルトゥエル王国の征竜騎士団が来るのは六年後。……座しては待てません」

ガスパルは竜討伐に積極的で、円座に腰を下ろすや否《いな》や、状況の説明をはじめた。

現在、ラグダ王国内には五頭の悪竜がいるそうだ。その最大のものは三年前に現れたという西部の山に巣くう個体であるという。

そこまで話が進んだところで、やっと乾杯ができた。

すでに軍の編成も終えているそうだ。昨日今日で済む規模の作業ではない。カミロ王は、最初からマルギットに竜討伐をさせる気でいたのだろう。

少し話題とグラスが進んだあとで、マルギットは、

「ところで——そちらの魔道士は、どのような経緯でこちらに？」

とガスパルに尋《たず》ねた。

マルギットは、先ほどからちらちらとレオンを見ていた。他国にいる魔道士の存在が、気になってしかたない様子だった。

「この者は、三年前に我が国へ参りました。父——カミロ陛下が、然《しか》る筋から招いた、とだけ聞いております」

「然る筋？」

「私も、確とは存じません。ヴェントール社領の出身と聞いております。ルトゥエル王国には、スィレン・ギヨム種には戸籍がないとか。それゆえ、正確にどこから来た何者なのかはわからぬのです」

「そう。混成種……なの」

マルギットは曇《くも》らせた表情で、レオンを見た。レオンは「はい」と返事をする。

「いかにも。貴国の法に背いてはおりません」

「ヴェントール社領から……買ったのですか？」

「まさか」

ははは、と明るくガスパルは笑って否定した。

「買った者がいるのなら、売った者がいるはずです」

「殿下。これは売買ではございませんよ。彼らの能を認め、我らが招いたのです」

もう一度、はっきりとガスパルはマルギットの疑いを否定した。

「あり得ませんわ。すべての魔道士は、我が国の王家にのみ仕えるものです」

「貴国では、混成種の戸籍がないばかりか、魔道士という呼称もスィレン種にしか許されぬとうかがいました。ならば彼らには自由があるはずではありませんか。彼らは今、我が国の宮廷魔道士として活躍してくれています。どうぞご安心を」

ガスパルの目線に気づいたレオンが、穏やかに同意を示す。

さっとマルギットの目が、そのレオンに向かった。

「貴方《あなた》……本当にスィレン・ギヨム種なの？」

「はい。そのように聞いております」

「信じられないわ。本物なの？」

本物か、と当人に問うのは、残酷《ざんこく》ではないかとセシリアは思う。

ここで本物だ、とレオンが答えたところで、マルギットは認めないだろう。混成種の魔道士は、スィレン種の世において偽物でしかないのだから。

セシリアは「マルギット様」と小声で窘《たしな》める。

マルギットは不本意そうに「魔術は使えるの？」と質問を変えた。

「……多少、ではございますが。今は悪竜の被害を食い止めるため、広域の結界構築を担《にな》っております」

この少年の言が本当ならば、スィレン種の顕性《けんせい》係数が七以上であることは、疑いがない。顕性係数が六であった場合、使えるのは初歩的な魔術に限られる。広域結界の構築は、決して初歩的ではないからだ。

「ヴェントール社領の、どこから来たの？　養い親の名は？　それに……魔術をどこで、誰に習ったの？」

矢継ぎ早にマルギットが問いを重ねる。

レオンは、目線でガスパルに許可を取ってから、

「ヴェントール社領……あるいは、ヴァルク社領かもしれません。雪が多いので、北のはずです。物心ついた頃から、寮のある学校で魔道の教育を受けておりました。生徒は、全員スィレン・ギヨム種の孤児です。それから、我々に養い親はおりません。姓は、ラグダ王国から招かれた際に、院長からいただきました。外の世界では必要だから、と」

と穏やかに答えた。

にわかには、信じがたい話である。

混成種の教育機関は、ウリマ公領にある鍛刃院《たんじんいん》が唯一のはずだ。

それも騎士の教育の片手間に行われるだけで、質は決して高くない。

（ルトゥエル王国のどこかに、魔道士を育てる教育機関が存在している……？　国営の鍛刃院にも、魔道の指導ができる教官は少ないっていうのに？）

どの程度の水準で教育が行われているのか、誰が魔術を教えているのか、その学び舎を卒業したあと、彼らはどこへ行くのか。強い興味がとめどなく湧く。

「生まれは、どこなの？」

さらに重ねたマルギットの問いに、レオンは少しだけ困ったように眉を寄せた。

「幼い頃——七歳より以前の記憶が、まったくありません。ですから、自分がどこで生まれたのかを、知らぬのです。私と一緒にこの国に来たキアラも、同じようにお答えするでしょう。彼女は八歳の頃まで覚えていないと言っていました。新緑院《しんりょくいん》という名の孤児院で、その門の前に立ったその日の記憶が、最も古いものです」

ここでセシリアは、ハッと息を呑《の》んだ。

（記憶が……ない？）

円座から、思わず腰を浮かせていた。

「私——私も、同じです」

レオンの、若草色の瞳がこちらを向いて、驚きを示す。

「セシリア様も……ですか？」

「はい。養家に到着する以前の記憶が、まったくありません。五歳の頃です」

なにも知らない。なにも覚えていない。

白鷺城の大広間で、竜の絵を見上げているのが最も古い記憶だ。

養家に入って生活が変わったのを機に、それ以前の記憶をなくした——とこれまでは理解してきた。新たな環境へ順応するための、子供なりの知恵だろう、と。

（五歳ならともかく、七歳、八歳という年齢で、それ以前の記憶をすっかりなくすなんてあり得る？　私は七歳の頃の竜送りなら、はっきり覚えているわ）

三人ものスィレン・ギヨム種が、幼い頃の記憶がまったくない、と言っている。

偶然の一言では済まないだろう。

あまりにも、条件が特殊過ぎる。気味の悪さを覚えるほどに。

「セシリア様。あの、他の、ルトゥエル王国の魔道士の皆様も同じなのでしょうか？」

「……わかりません。本国に帰りましたら、聞いて回ります」

「あぁ、しかし養家の方々へのご遠慮もありましょう。どうか、ご無理のないように」

レオンとの会話は、そこで終わった。

ガスパルから、社領の竜送りについての質問を受けたからだ。

マルギットも「帰ったら、調べさせるわ」と言って、次の話題に移っていった。

自分たちの過去については、この場で答えの出る話でもない。

感じた気味の悪さは、いったん腹に収める他なかった。

ルトゥエル王国の中央部では、竜を殺すことを、竜退治、もしくは征竜と呼ぶ。

社領では、竜送り、と呼んできた。

竜は天の神々の使いで、天に返すのが竜送りだ。

竜を送るのは聖職者たる騎士の役目で、その頂点に立つのが司祭を含む聖騎士である。

セシリアは、宴の席でガスパルにした竜送りの説明を、翌日になって翡翠の園でもう一度行っている。

翡翠の園の客間には、ガスパル王太子とレオンの他、軍人が三名集まっていた。

当日になって急遽《きゅうきょ》名のついた、征竜魔道士団の第一回会議である。

「第一の手順は、竜の居場所の特定。――竜が動いている間は手が打てませんので、待つ必要がありますが、今回の竜は動きを止めていますので省いていいでしょう。第二に周辺住民の避難。第三が広域結界の構築で、第四が結界内部での竜送り。行うのはその四つです。第二の手順までは、社領騎士団が担うもの。これをガスパル様はじめ、軍の皆様にお願いします」

セシリアが大まかな説明をすると、軍人の一人が手を挙げた。

「それでは、我々は戦闘にまったく関わらない、という理解でよろしいでしょうか？」

「はい。戦闘自体は、結界内のみで行います。竜送りにおいて、社領騎士団の最大の仕事は、一人の犠牲者も出さないことです」

軍人は「了解しました。ありがとうございます」と会釈をした。

「三つ目の広域結界は、魔道士の仕事です。これは、貴国の宮廷魔道士のお二人にお願いします。あとは――」

セシリアは、マルギットの方を見る。

あとは、聖騎士の役目だ。

これを今回は、二人で行わねばならない。

「私が竜を御し、貴女が仕留める。それで終わるわ」

マルギットは、笑顔で言った。

（あんなに竜を怖がっていらしたのに。……虚勢がお上手だこと）

しかし、虚勢であっても、今はその態度がありがたい。

ここで怯《おび》えられては、誰も竜退治など強《し》いはしないだろう。マルギットの外見は、ごく美しく、愛らしい若い娘だ。それを支えるセシリアも、十七歳の少女でしかない。

会議が終わり、ガスパルらが帰っていく。

最後に、レオンが残った。

どうしました？　とセシリアが問うと、

「セシリア様とご一緒させていただくこと、光栄に思います。結界はお任せください！」

と頰《ほお》を赤くし、ぺこりと頭を下げ、逃げるように去っていった。

「……よして。英雄の醜聞《しゅうぶん》が許されるのは男だけよ」

一部始終を見ていたマルギットが、眉をひそめる。

「人聞きの悪い。……しかたないんです。強い者に惹《ひ》かれるのは、ギヨム種の性《さが》ですから。

私、強いんですよ」

「知ってるわ。タリサも、そんな感じだったもの。……貴女の持ってる、その紅玉を見せたら早いんじゃないの？　ギヨム種が、婚約する相手に渡すものなんでしょう？」

マルギットが、鎖骨のあたりに手をやりながら言った。

宮廷騎士団の制服のチュニックと違って、半島のガウンは胸元が開いている。セシリアのネックレスは、今は外からも見える。

「……存じませんでした」

「タリサがそう言っていたわ。大切なものだから、本人が死んでも、城の地下に安置されるって」

きっと、あの紅玉の指輪のことだ。

セシリアは、まだタリサの軀《むくろ》の指から抜いた指輪を預かっている。

マルギットは、この話題への興味を失ったらしく「醜聞は控えて」ともう一度釘を刺し、寝室に帰っていった。

セシリアは「そんな余裕ないわよ」と小声で抗議しつつ、タリサの指輪を懐《ふところ》から出した。

(これ、婚約の証《あかし》だったのね)

今、セシリアの首にかかる紅玉は、昨年の夏にアルヴィンから受け取ったものだ。

あの時は、試合に完敗した悔しさで頭がいっぱいで、喜んだ記憶も、喜びを示した記憶もない。今になって思えば、もう少し感動すべきだったように思う。

（それならそうと、言ってくれたらよかったのに。アルヴィンって、そういうのをすぐ曖《あい》昧《まい》にするのよね。結婚しようって、はっきり言ったことだってないし）

大きな紅玉の指輪を、陽に透かして眺める。

この指輪は、タリサが婚約者から受け取ったもの――らしい。

いつか、ヴァルク家の人に遺品として渡すつもりでいたが、歓迎されないかもしれない、とも思った。当時者だけが知る、複雑さもあるだろう。

なんにせよ、渡すのは反逆者の遺品としてではなく、王女に仕えた忠実な騎士の遺品としてだ。

――竜を倒さねば、前には進めない。

たどりつけなかった黒塗りの秘密に未練はあるが、今や鍛刃院は遠い。

今はスィレン種の眠れる力より、騎士の世で培《つちか》ってきた力を発揮すべき時だ。

養父は、セシリアに黒鱗鋼の剣を贈るつもりだった、とアルヴィンから聞いた。日々磨いてきた剣術だ。騎士にも後《おく》れを取らない自信はある。

（できる。私には――竜を倒せる）

セシリアは決意も新たに、中庭へ出て剣の素振りをはじめたのだった。

そして――数日後。

作戦は手順どおり進み、セシリアの目の前で結界は閉ざされた。

広域結界は、絶《ぜつ》系の結界の範囲を拡張させる技術だ。竜の巨体と炎から、森や人を守るためには必須で、社領の魔道士に求められる最大の能力である。

ラグダ王国の宮廷魔道士の二人は、指示をするより先に銀の槍《やり》を用意していた。ルトゥエル王国に伝わる技術と同じものだ。彼らの言う北方の教育機関で習ったらしい。

作戦は、夜明けと共にはじまった。レオンとキアラは、直径三里の円の周りに銀の槍を刺して回り、昼過ぎに作業を終えた。

頬を染めたレオンによって結界が閉ざされ、セシリアはふぅ、と深く息を吐く。

「もう、誰もいませんよ」

今日は、セシリアもマルギットも、魔道士のローブを借りている。ルトゥエル王国の宮廷騎士団の制服といえば赤のチュニックだが、こちらでは黒いローブが制服なのだという。黒の都、黒鳶城からの連想で選ばれたそうだ。

社領では、黒は聖騎士の色だ。社領騎士団の魔道士たちは、他の騎士たちと同じように灰褐色《はいかっしょく》のローブを着ている。上級聖職者の色をまとうと、背筋が伸びる思いがした。

「……わかってるわ」

声は、下の方から聞こえた。

先ほどまで余裕の笑みを浮かべていたマルギットが、今はしゃがみ込んで小さくなっている。怖いのだろう。

「大丈夫……ですよね？　マルギット様は、絶対に竜を御せると信じていますよ」

上ずった声が出る。怖いのは、こちらも同じだ。

「あ、当たり前じゃない」

答えるマルギットの声は、震えていた。ますます不安が募る。

「い、今更ですが、なにか特別な道具が要ったりはしないのですか？　グレゴール一世陛下の彫像では、手になにか持っておられましたよ。杖……そう、杖でした。王杖です。あれは、大事なものなのではありませんか？」

セシリアは、ルキロスに黒鳶城を案内された時に見た、彫像を思い出していた。恐怖のせいか、過去の記憶がやけに鮮明だ。

「要らないわ。あれは……あの王杖は、別の時に使うの」

「左様ですか。ところで……逃げるなら、まだ間にあいますが、どうなさいます？」

「逃げるくらいなら、ここで死ぬわ。いえ……死んだら、母の名前が汚れる。やり遂げるしかない。斬首も嫌。他国の第三王子の妻で終わるのも嫌。……これ以上、役に立つの立たぬのと品定めされるのだって嫌。あの女は、私に懸賞金をかけてるのよ。まるで狩りの獣《けもの》みたいに。……許せない」

独り言にも近い声量で、マルギットは言った。

「お願いしますよ。私の未来もかかってますから」

「……貴女って、野心家なのね。黙って社領にいたら、苦労しなかったでしょうに。命がけで竜退治って、どうかしてるわ」

野心の塊のようなマルギットに、野心家と評されるのは不本意だ。だが、否定はしなかった。

「なり損ないの騎士の子のまま、人生を終わりたくないんです。偽物の魔道士でもありません。私は、魔道士団を創って、混成種の未来を切り開くんです」

ギヨム種の世界においては、純血でないというだけで、得られないものは多い。そしてそれはスィレン種の世でも同じだ。

いつも心に飢えがある。

それは、あるいは野心と呼ぶべきものなのかもしれない。

「……わかる気がするわ、その気持ち」

純血のスィレン種に、混成種の飢えなどわかるとも思えなかったが、特に感想は口にしなかった。ここで機嫌を損ねられても困る。今、マルギットに背を向けられた場合、待っているのは消し炭になる未来だけだ。

多少やる気になったのか、やっとマルギットは立ち上がった。

その途端である。

――グォウ
その咆哮《ほうこう》は、思いがけず近くで聞こえた。

「……ッ！」

手が、とっさに剣へと伸びる。

マルギットが言うには、竜は正面から見つめあえば御せる——そうだ。

横から来たらどうするのです？　と尋ねたところ、必ず正面から来るわ、と言っていた。

セシリアには、その理屈がわからない。

マルギットの手順は、正面から来た竜を御し、止める。

続くセシリアの手順は、動きの止まった竜の首を斬る。それだけだ。

「マルギット様……竜が来ます」

バキバキッと乾いた音が近づいてくる。

（え？）

横にいるマルギットの方を見たセシリアは——我が目を疑った。

そこにいたはずのマルギットが、いない。——いや、後ろを見れば黒いローブがひらひらと舞っているので、走っている。——逃げていた。

「ちょ……ちょっと待っ……お待ちを！」

逃げたい。怖い。当然だとは思う。

しかし、せめて一緒に逃げるべきではないのか。

「無理！　無理よ！　死にたくない！」

マルギットの声の最後は、ゴオオオオッと大きな音に飲み込まれた。

強烈な光と、熱とが背の方に起こる。

「ひッ！」

「きゃああ！」

パチパチッとなにかの爆《は》ぜる音が間近で聞こえ、強い熱を感じる。

「きゃあああ！　火！　火！　燃えてる！」

セシリアは、後ろを見て絶叫した。

黒いローブが、燃えている。

無我夢中で留め具を外し、ローブを捨てた。

「か、髪！　貴女！　か、髪！　燃えてる！」

前を走るマルギットの声で、ハッと気づく。

後ろに垂らした三つ編みが、たしかに燃えていた。

「きゃああ！　か、髪が！」

叫びながら短剣を抜き、三つ編みを根本から切り落とした。

切られたばかりの髪が、はらりと顔にかかる。

だが幸いにして、竜の炎は身体《からだ》を焼くには至らなかった。

「殺される！　嫌よ！　死にたくない！」

走って逃げたはいいが、マルギットは大きな倒木を乗り越えられず、足を止めた。呼吸は乱れ、胸のあたりから、ヒューヒューと音がする。

「しょ、諸国は、我が国の出し惜しみを憎んでいます！　もし今、マルギット様が竜を狩れば、大ガリアテ島中がマルギット様を称賛するでしょう！　人はきっと、聖女王と――」

バキバキバキッ――先ほどより、枝の折れる音が大きい。近づく速度が、上がっている。

「聖女王……」

「そうです！　聖女王です！」

その響きは、よほどマルギットの心を揺さぶったらしい。

やっと、竜と向きあう覚悟ができたようだ。

そうしてもらわねば、こちらは焼け死ぬしかない。次に引火した時、切り捨てるものはないのだから。

（竜が――来る）

高揚が、身体を包む。

オオオオォ――

どんな獣とも似ていない咆哮と共に、竜が姿を現した。

牛十頭。たしかに、それだけの質量を感じた。

竜だ。本物の竜が、そこにいる。

タペストリーに描かれた、そのままの姿だ
鋭い鉤爪《かぎづめ》が、触れた地を抉《えぐ》る。二つに裂けた舌。黒く艶やかな鱗《うろこ》。

（なんて美しい……）

セシリアは、その圧倒的な美しさを、幻のようだと思った。

鋭い牙。大きな顎《あご》。真っ赤で大きな目。背の刺《とげ》に、立派な翼と尾。頭のどこかは冷静で、あぁ、この形なら空を飛べるだろう、と感動をもって理解した。

首を大きく振り、竜は——少し青みがかった黒い鱗に覆《おお》われた巨体で棹《さお》立ちになり、天に向かって吠えた。

そうして——

(来た——正面から)

そこに美しく貴《とうと》い王女がいて、竜がいる。

竜は、王女を見つめていた。マルギットが言っていたとおりだ。

マルギットは、竜に向かって手を伸ばした。黒鳶城のグレゴール一世の銅像のように。

——竜の動きが、止まる。

手順は、あと一つ。

セシリアは聖騎士の竜送りがいかにして行われるかを知らない。

生き物である以上、首を落とせば倒せる、と判断したにすぎない。鱗の柔らかい部分は書物で読んで知っていた。

だが、それだけだ。知識として知っているからといって、できるとは限らない。

無茶だ。無謀だ。

それでも、やらねばならなかった。

(負けられない……負けてたまるか!)

騎士に、負けたくない。聖騎士に、負けたくない。

自分の悲運にも。なにものでもない自分にも。すべてに、負けたくない。

人生のすべてを、ここで変えてみせる。

セシリアは、竜の横に回り込み、剣を構えて突進した。

自分の体重では、竜の首の切断は困難だ。だから、刺すしかない。

黒鱗鋼の剣の切っ先が、竜の喉元《のど》に触れ——埋まる。硬い鱗の感触。みっしりとした肉と繊維の抵抗。刺した。刺さった。——その瞬間だ。

『助けて』

その、声は、はっきりと耳に届いた。

助けて。

命ある者の、声が。竜の身体から、聞こえた。

全身が総毛立つとは、このことだ。

ここでセシリアは、冷静な判断力を失った。

「きゃあああああッ！」

恐怖のあまり、深々と刺さった剣を抜いていた。

その後、自分がどう振る舞ったのかわからない。

命ある者の急所を刺してしまった以上、一刻も早く息の根を止めてやるのが最善だ。

鶏《にわとり》を絞めるにも、豚《ぶた》を殺すにも、きっと——人を殺すにも。

殺さねば。

恐らく、めった刺しにしたはずだ。

鋼が通るのは、喉元の色の薄い部分だけだと書物で学んでいる。どれだけ混乱していても、そこを狙ったとは思う。

びしゃり、と剣を抜く度、赤い血が飛ぶ。

最後の一突きは、足を踏み出しただけで終わった。

竜の身体が灰になって崩れ、形を失って消えていく。

気づくとセシリアは、剣を握りしめたまま、立ち尽くしていた。

「——剣を置きなさい！」

ハッとして顔を上げると、そこにマルギットがいる。

がらん、と剣が地面に落ちた。

「あ……私……」

「しっかりなさいな！　こんなところ、ガスパル殿下に見られたら、なにを言われるかわかったものじゃないわ！　堂々としていなさい！」

「声が……竜が、声を……」

震える手に、返り血はついていない。

身体中にかかった血も、もう消えている。

竜は灰になった——天に返ったのだ。

「竜が喋《しゃべ》るわけないでしょう？　幻聴よ、そんなの！　わかってるの？　私たちは、竜を倒したのよ！　貴女がそんなんじゃ、武勇伝にならないじゃないの！」

　竜を殺した。

　この手で、殺した。

　セシリアは、言葉を発する生き物を殺した。人を殺したのと変わらない。

　その罪を、受け止めきれなかった。

　結界を解除した途端、人は二人を英雄として扱った。歓声と、賛辞、感謝。

　その熱狂の中、セシリアはひたすら恐怖に耐えていた。身も凍るような恐怖に。

　マルギットは「竜の血を浴びたせいで弱っているの」と説明した。そのため、セシリアは負傷者と認識され、壊れ物のごとく翡翠の園まで運ばれたのだった。


　竜を葬った当日と、翌日も続いた祝賀の宴に、セシリアは出席していない。

　数日、翡翠の園の東棟にある部屋にこもっていた。

　セシリアの不調は、竜の血を浴びた後遺症だと言ったマルギットの説明を、人は信じた。見舞いの品や手紙が、毎日のように届く。

　久しぶりに部屋から出た時、マルギットは婚儀の衣装選びに夢中だった。侍女の数が倍に増え、卓には花が飾られるようになっていた。マルギットは冠を被っていたので、知らぬ間に加冠の儀は済んだようだ。

　剣の素振りができるようになった頃、マルギットは婚儀の宴で流す曲に悩んでいた。

鶏を絞めるのと、竜を殺すのとはなにが違うのか。人を殺すのと、竜を殺すのとはなにが違うのか。漫然と過ごす時間の中で、セシリアは必死に考え続けた。

悪夢にうなされる日が続き、それでもセシリアは少しずつ回復していった。

そうして、マルギットの婚儀の当日。

竜送りの日から、すでに二カ月が経っている。卓には、桜が飾られるようになっていた。

(いよいよ、この日が来たのね)

晴れの席であるが、セシリアの格好は普段と変わらない。髪は、耳の下あたりでぷつりと揃えただけ。結うのは無理だ。せめて化粧を、とマルギットが言うので、多少の化粧だけはしていた。

ルトゥエルの婚儀の色彩は純白であるが、ラグダ王国においては、赤であるそうだ。赤い輿《こし》に乗ったマルギットは、華やかな赤いローブを身に纏《まと》っていた。

婚儀が行われるのは瑞玉宮の王の間で、翡翠の園を出た輿は、王の間の前で止まった。

花嫁の手を取るのは、花婿のダビド王子だ。国境警備に赴いていた影響か、精悍《せいかん》な印象はいっそう強く感じられた。赤い布を肩にかけ、花が飾られた金冠を被った姿は、絵画を思わせる端整さだ。

手を重ねるマルギットも、花のように美しく、可憐《かれん》である。

二人は、微笑《ほほえ》みの中で再会した。

美しい一対の男女だ。周りにいる侍女たちも、ほぉ、とため息をつく。

（これで……本当によかったの？）

幸せそうに微笑む二人を見ながら、しかしセシリアの心は冷えきっていた。

ダビドの悪癖を、マルギットは知らないままなのか？

マルギットが子は産まないと言った件は、織り込み済みなのか？

いずれマルギットが即位した時、後継者問題で軋轢《あつれき》は生じないのか？

（……でも、止めたところで、聞き入れてくださったとも思えない）

誰がなにを言い、どう行動しようと、今日のこの日は訪れていただろう。

こうと決めたら最後、梃子《てこ》でも動かない人だ。

変えられない出来事ならば、祈るしか道はない。

二人は手を取りあい、王の間に向かう。

豪奢な扉が開いた途端、大きな拍手と歓声に包まれた。

王の間には、多くの来賓《らいひん》が集まっていた。美しく着飾った男女が、明るい笑顔で新郎新婦を迎える。

色とりどりの花びらが撒かれ、華やかな音楽が流れだした。

世界中が、二人の婚姻《こんいん》を祝福しているかのようだ。

「聖王女様、おめでとうございます」

「おめでとうございます。マルギット様。まぁ、なんとお美しい！」

反逆者として父親に殺されかけたマルギットが、こうして多くの人の歓声を浴びている。

それまで冷えていたセシリアの心に、ふっと熱が浮かんだ。祝祭の日以来、経《へ》てきた艱《かん》難辛苦《なんしんく》が脳裏をよぎる。それらを乗り越え、マルギットはここにいるのだ。

急にこみあげてきたものがあり、セシリアは、涙を袖《そで》で押さえた。

若い二人は、幸せそうに微笑みあい、玉座で待つカミロ王のもとへと向かった。

「ここに夫婦となる者は、互いを愛し、慈《いつく》しみ、共に歩むことを誓いますか?」

二人の前に立ったラグダ王国の聖職者の問いかけに、ダビドとマルギットは順に「はい」と答える。聖職者、といっても、この国の聖職者は戦士ではないらしい。肥《ふと》っていて、武術の嗜《たしな》みがあるようには見えなかった。

「天の神々に代わり、この婚姻を祝福するものとする。ガリアテの末裔たちに幸あれ」

聖職者が婚姻を祝福し、認めた。

続いて、カミロ王が寿《ことほ》ぎの言葉を述べる。

これが祝宴の合図となった。中庭の噴水の周りに、食事と酒が次々と運ばれてくる。酒を飲む者、食事をする者、踊る者。きらびやかな空間が、いっそうその度合いを増す。

王と王妃、王子やその妃らの席の前にも、酒食の載った卓が運ばれてきた。

「貴女も、好きに過ごすといいわ。護衛なら、他にもたくさんいるから」

マルギットは、ちらりと花婿を見てからセシリアに囁《ささや》く。

(あぁ、なるほど。私が邪魔なのね)

すぐ後ろに控えられていては、並ぶ二人は会話に集中できない、といったところか。

セシリアは小さく肩をすくめて「ごゆっくり」と伝え、その場を離れた。

壇を下りると、すぐにガスパル王太子が後を追ってきた。

鮮やかな海の色をしたストールは、彼の誠実な印象によくあっている。

「セシリア導師。もう、体調はよろしいのか？」

「ど、導師だなんて、そんな！」

導師とは、上位の魔道士に対する尊称だ。セシリアが知る導師は、全員が白髪頭の老人であった。弟子も持たない自分には、まだ早すぎ、かつ重すぎる名である。

「先日の議会において、満場一致で決定した。我が国初の導師の称号は、セシリア殿にこそ相応《ふさわ》しいと」

さすがに恥ずかしい。セシリアは頬に熱を感じるほどに慌てた。

ルトゥエル王国において、いまだ反逆者の汚名は消えていない。身分は鍛刃院の候補生のままで、卒業の見込みもない。故郷で成人もしていない以上、騎士の末席にも加わっていない。竜を倒しても、セシリアは半端なままだ。

「まだまだ若輩《じゃくはい》者です。そのような称号には、相応しくありません」

「悪竜を退治した偉大なる魔道士が、他の魔道士と同じでは困るのだ。さ、導師、一献《いっこん》。

――竜殺しの魔道士に、乾杯！」

ガスパルがグラスを掲げると、周りが一斉に唱和した。

竜殺しの魔道士。

手渡されたグラスを、断りきれずに干す。ラグダ産の香り豊かなはずのワインだが、味も香りもしなかった。

「導師。ご回復、なによりです」

レオンが、笑顔で近づいてきた。その頬はやはり赤い。

「……導師なんて、よしてください」

「どうぞお許しを。今後、我々はセシリア導師の背を追って、日々研鑽《けんさん》して参ります。どうか、仰ぎ見ることだけはお許しを」

若草色のキラキラとした瞳が、セシリアを見つめる。

いたたまれなくなって、目をそらしていた。

そらした目の先には、多くの視線が集まっている。

「導師。次は我が国においでください」

「千金を積んでも惜しくはありません。是非《ぜひ》、我が国へ」

美しく着飾り、笑顔を浮かべた人たちが、あっという間にセシリアを取り囲む。

金の髪をしたガリアテの末裔たる王族や、髪色の茶色い貴族たちの集団だ。

「明日にも、来ていただきたい。我が国における竜の被害額は――」

「先日、竜によって無辜《むこ》の農夫一家が全滅する悲劇が起こりました。どうか、お助けください、魔道士様」

華やかな彩りと、キラキラと輝く宝石。香水のにおいに、熱の入った言葉。それらに、セシリアは恐怖を覚えた。

――もう一度、竜を殺せと人は言っている。

いや、二度でも、三度でも。

当たり前だ。そこに竜を倒せる者がいるのなら、倒してくれと頼むだろう。相手は堅牢《けんろう》な王都に守られた大国の王ではなく、生身の、それも年若い娘だ。

一歩、セシリアは後ろに下がった。

途端に、視界が遮《さえぎ》られる。

その海の色のストールは先ほども見たばかりだ。――ガスパルである。

「失礼。導師は、悪竜狩りでお疲れです。花嫁のためにと無理をおしてご出席いただいた。どうぞ、今日のところはご容赦を」

背の高いガスパルのおかげで、人の姿は視界から消えた。

安堵を覚え、強張《こわば》っていた肩の力が抜ける。

「助かりました。……見世物にでもなった気分です」

毛色の変わった獣を見るかのような目が、肌にまとわりついてくる。不躾《ぶしつけ》な視線の不快さに、セシリアは眉をきつく寄せた。

「竜殺しの英雄が、うら若く、それも美しい乙女とあっては、人の目も集まる」

「顔など、どうでも……」

言いかけて、セシリアは黙ってしまった。

遠慮のない声は、たしかに聞こえてくる。熊のような大女かと思った、意外と小さい、思いがけず美しい、そんな種類の声だ。彼らにとっては、興味をひく内容らしい。

「人は美しい物語を愛するものだ。美しい物語は、時として読み手を傲慢《ごうまん》にもする」

英雄となった者が見世物になるのは当然だ、とでも言いたいらしい。

生涯、このような目で見られるのかと思うと、気が滅入る。

セシリアの人生は、願っていたとおりに、竜との邂逅《かいこう》によって変わった。だが、その変化は、無邪気に喜べるようなものではない。

「あとはお任せしてもよろしいでしょうか？――少し、疲れてしまって」

「そうした方がよさそうだ。マルギット様からも、無理をさせぬよう頼まれていた」

邪魔だと追い払われたのかと思っていたが、存外、マルギットも彼女なりに気をつかってくれていたらしい。ここは、優しさに甘えたいところだ。

「では……私はこれで失礼いたします」

「送ろう。こちらからが近い」

ガスパルが先に歩き出し、その後ろを追う。

建物の角を曲がったところで、セシリアは足を止めていた。

「あ……」

そこに、見慣れた姿の青年がいたからだ。いや、着ているのは、いつもの紺色のチュニックではない。詰襟《つめえり》の、銀の縁取りがされた黒いものに変わっている。そして、その腰には黒鱗鋼の剣があった。——聖騎士の証だ。

いつも、いつも、その人は突然に現れる。

いるはずのないところにまで、いつも。

「驚かせてすまなかったね、導師。体調のこともあって、知らせるのが遅くなった。——

では、またのちほど」

そう言って、ガスパルが去っていくのを気配だけで感じていた。

「セシリア……」

「……アルヴィン」

どうして、と問う余裕はない。

ぎゅっと強く抱きしめられて、こちらも強く抱きしめ返して。

それ以外のことはなにもできなかった。

もう二度と、会えないのではないかとも思った人が、ここにいる。

最後に、一目会いたいと思った人に、触れている。

ただただ、嬉《うれ》しい。抱きしめあう腕に力がこもった。

「無事だね？」

「……うん。アルヴィンは？」

「俺は平気だよ。セシリア……この髪、どうしたの？」

アルヴィンの手が、セシリアの短い髪に触れる。

竜送りの恐怖が、パッと頭の中に蘇《よみがえ》った。

思い出すだけでも恐ろしい。今生きているのは、偶然にすぎないとつくづく思う。

「竜に炎で焼かれたから、切ったの。死なずに済んだから、幸いよ」

「……怖い思いをしたね。本当に、無事でよかった」

「怖かった……怖かったの……」

こらえていた涙が、ハラハラと頬を濡らす。

「よく頑張った。本当に、君は強いよ。――この剣は？」

「タリサ様からお借りしたの。いずれ、ヴァルク家にお返ししたい。……アルヴィンは、社領に戻ったの？　剣が……」

「うん。こんな時だからね。鍛刃院は退学したんだ」

黒い詰襟のチュニックに、黒鱗鋼の剣。それは正しい聖騎士の姿だ。

アルヴィンは三男で、由子《ゆうし》だ。由子は鍛刃院の卒業と、宮廷騎士団への所属が義務づけられている。それを覆《くつがえ》すからには、王族と七社家の関係に変化が起きたのだろう。

この数カ月、セシリアの身にも多くの変化が起きた。

アルヴィンにとっても、社領にとっても、それは同じであったらしい。

「でも、それならどうしてここに？」

「ちょっとだけ待って。――あぁ、はじまった。行こう、見た方が早い」

身体を離して、アルヴィンがセシリアの手を引く。

わっと歓声が上がり、中庭にいた来賓らが、玉座の間に集まろうとしていた。

二人は、その波の後ろから、人々と同じ方向に目をやった。

――青みがかった、黒い髪。

カミロ王と、マルギットとダビドに挨拶をしている人を、セシリアはよく知っていた。

（ジョン？――アルヴィンだけじゃなく、ジョンまでラグダ王国に？）

祝辞を述べているのは、テンターク家の次男・ジョンだった。アルヴィンと同じ黒のチュニックを着て、黒鱗鋼の剣を差している。

社領の騎士は、その生涯を社領内で過ごす。三男で由子のアルヴィンはともかく、次男のジョンまで他国の祝宴に参加するとは、異例の事態だ。

それも、これは反逆者のはずの王女の祝宴である。

聖騎士の派遣が、ウイルズ王の意思だとは到底思えない。

（王の意思とは別に、七社家が動いてる……ということよね？）

懐かしい顔と再会できた喜びを、未来への不安が勝る。

なにかが起きているのだ。

ルトゥエル王国の揺らぎが、これまで起き得なかった事態を招いている。

（世が、動いている）

ガスパルはジョンの肩を叩き、親し気な様子だ。セシリアをアルヴィンのところへ案内したのも彼だった。七社家は、ラグダ王国のガスパルと繋がりを持っているらしい。

竜殺しの魔道士に続き、七社家の騎士が現れたと知り、来賓の興奮は頂点に達している。値踏みする囁き声など、とうにかき消えていた。

「これ……どういうことなの？」

セシリアは、横にいるアルヴィンを見上げた。

「七社家は、王女も王位の継承者候補の一人とみなしている」

「だって、マルギット様は私たちを人質に取ったのよ？　いいの？」

セシリアは「信じられない」と囁き声で言わずにはいられなかった。

テンターク家も、ガラシェ家も、マルギットに人質を取られた当事者だ。

今でこそセシリアはマルギットと目標を共にしているが、あの暴挙を許してはいない。

セシリアが許していないものを、より厳格な養父が許すはずがない。養父が許さないのなら、他の七社の領主も許さないだろう。騎士の世は、同族を守り、家族を貴ぶ。

「許してはいないよ。でも、ジョンにはその質問をしないでほしい。――カリナは、祝祭の日に殺されてる。それでも、耐えてここにいるんだ」

がん、と頭を殴られたような衝撃に、呼吸が詰まる。

「……カリナが？」

「本当に残念だ。俺が、守るべきだったのに」

「どうして……？　だって、あれは王族の殺しあいでしょう？　カリナは関係ない」

「あの日、騎士が……他にも五人、汎種《はんしゅ》の衛兵に殺されている」

糖酒と果実の匂いが漂っていた、祝祭の夜。

忌《い》まわしい記憶が、蘇ってくる。

あの日、黒鳶城は混乱していた。けれど、セシリアは友人の心配をそこまで深刻にしていなかった。騎士は陰謀には無関係で、候補生は他の宮廷騎士に守られていると信じていたからだ。

「私たちは……なにもしてない。ただ、マルギット様に招かれただけよ」

「殺されたのは、女性だけだ。偶然じゃない。王は聖騎士の相手を避け、与《くみ》しやすい相手を狙ったんだ」

王宮側は金鎖を持っている。弱い者を狙うのは簡単だったろう。

（そんな……）

タリサの凄惨《せいさん》な傷を、セシリアも見ている。兵士に囲まれ、刺されたに違いない。きっとカリナも同じように死んでいったのだろう。

彼女たちは、汎種よりも強い。

しかし、騎士になるための教育を受けていた。

騎士とは、民と森を守る聖職者だ。

汎種を守るのが、騎士の務めだ。汎種に囲まれた時、その刃は鈍くなったのだろう。

あぁ、とセシリアは天を仰いで、襲いくる悲しみに耐えた。優しい友人の笑顔や、他愛ないおしゃべりの記憶が、一気に溢れ出す。

——貴女はいつも、私が知らない世界を見せてくれるわ。

カリナは、そう言って笑っていた。

未知の世界が、その命を瞬《また》く間に奪うことなど、想像もせずに。

「私たちがなにをしたって言うの？　そんなの、ただの殺人じゃない！」

「王の言い分では、騎士が反逆に加担したから、とのことだった。竜御の儀の件が理由らしい」

「反逆？　反逆なんて、するわけない！　人質まで取られていたのよ？」

「あぁ。王の言い分など、騎士は誰一人として納得していない」

セシリアとカリナは人質で、同種を重んじる騎士は、やむを得ずマルギットに従ったにすぎない。それに、竜御の儀自体は、大社に委《ゆだ》ねられてきた歴史がある。挙行されるか否かは流動的だったはずで、準備を反逆と断じるのはあまりに拙速《せっそく》だ。

「反逆を疑うのなら、証拠を示して、法で裁くべきよ。いきなり襲って殺すなんて卑怯《ひきょう》だわ。卑劣よ。私たちが人であることを、王は知らないの？」

その証拠もなしに、襲い、殺す。

人が、人にすることだろうか。

「俺たちは、獣じゃない」

セシリアは、ぎゅっと目をつぶった。

こみ上げる怒りで、頭が真っ白になる。涙は出なかった。ただ、積み重なったウイルズ王への憎しみが、よりはっきりとした輪郭《りんかく》を持つ。

「獣じゃないわ」

セシリアは、変わった毛色の獣ではない。

命を持ち、心を持つ、人だ。いかに稀《まれ》であろうと、それゆえに踏まれる謂《いわ》れはない。

ゆっくりと瞼《まぶた》を上げれば、周囲の人々を恐れる気持ちは消えていた。

「七社家は、ウイルズ王の回答を受け入れなかった。司祭長の権限のもと、王に退位を要求し、今は宮廷騎士も王宮を退去している。今後、いつ交戦状態になるかわからない」

「……でも、相手はスィレン種よ。騎士は彼らの魔術に抗《あらが》えない。勝てないわ」

「それは承知の上だ。でも、こちらも五百年、惰眠《だみん》を貪《むさぼ》っていたわけじゃないからね。手はあるよ」

アルヴィンはそれ以上話を進めなかったが、騎士側に勝算はあるらしい。

五百年の因縁を経ての発言だ。

勝算の内容を確認しようとは思わなかった。尋ねたところで、セシリアは成人前だ。掟《おきて》だ、と一蹴《いっしゅう》されるだろう。

「わかった。……それで、王を退位させるにあたって、後継者がまだ決まってないのね。マルギット様になるか、ルキロス様になるか……」

「まだ七社家全体としては決めかねている。王女か、王子か、これから見極めなくちゃいけない。——要するに、騎士に敬意を払える存在か否かをたしかめに来た。三カ月、ここで様子を見たい」

ルトゥエル王国は、大きく揺らいでいる。

建国以来、王族の後継者争いは珍しくはなかったが、七社家まで巻き込んだ対立は、歴史書の中でも見つけられない事態だ。

ガリアテの上陸から、グレゴール一世の時代までの五百年。先住民の七人の王は、征服者たちに抗い続けた。

グレゴール一世に降ったのちは、その末裔に従ってきた。以来五百年。その歴史が、ウイルズ三世の時代に変化を迎えようとしている。

「……アルヴィン。義父上《ちちうえ》は、なんておっしゃってるの？」

「父上は、たとえ謀反人《むほんにん》と王が呼ぼうとも、必ずセシリアを守ると言っていたよ。皆、セシリアの帰りを待ってる。――内緒だけど、母上は大喜びだった。帰ったら、武勇伝を聞かせてあげて」

アルヴィンは、優しく笑んでいた。セシリアも安堵の微笑みを浮かべる。

頭の中に、美しい白鷺城から見る、ガラシェ領の森の豊かさが蘇った。あの、清らかな風の心地よさも。

強い郷愁《きょうしゅう》が、胸を締めつける。

（会いたい。……家族に、会いたい）

その時、ガスパルがグラスを掲げて、

「大ガリアテ島の古き血が、この婚姻を祝福したこの夜を、ご来賓の皆様もどうぞご記憶ください！　必ずや、歴史に刻まれることとなるでしょう！」

そう呼びかけると、来賓からいっそう大きな歓声と拍手が上がった。

ガスパルの横でグラスを掲げるジョンが、アルヴィンを壇の上で手招きする。

アルヴィンは、セシリアに「できる？」と尋ねた。この歓声の中に入る意思があるか、と確認したようだ。

セシリアは、迷わずうなずいていた。

――戦わねばならない。

人の目を恐れ、いつまでも隠れていられる状況ではなかった。

姉だったかもしれない、憧れの人を殺した王を。

(あの王を、決して許さない)

姉妹のように思った、罪なき友人を殺した王を。

社領を離れ、王宮に繋ぎ止められていた騎士たちを殺した王を。

セシリアは、決して許さない。他の騎士たちと同じように。

胸を張り、一歩を踏み出した。

来賓らが道を開け、二人は並んで壇に上がる。

ジョンはセシリアを見て、悲しそうに眉を寄せた。妹を思い出したのだろうか。

「セシリア。無事でよかった。……髪は惜しいことをしたね」

ジョンは、ぽん、とセシリアの肩を叩いた。間近で見れば、ジョンの顔にはカリナと重なる部分がある。鼻の形や、涼やかな目元。そして柔和な印象に。

「……髪なんていいの。私……カリナを、姉妹みたいに思っていた。大切な、かけがえのない友人だったわ。……ごめんなさい、カリナを守れなくて。あの日アルヴィンが王宮にいなかったのは、私の作戦のせいよ」

「君は悪くない。アルヴィンのせいでもないよ。……カリナも、セシリアを妹みたいに思っていた。感謝してる」

優しく微笑むジョンの目元に、涙が浮いている。

大切な妹を失った悲しみはいかばかりだろう。二人は、仲のよい兄妹《きょうだい》だった。

その悲しみが、嗣子《しし》の彼をこの場に導いたに違いない。

カミロ王が、ポン、とジョンの肩を叩く。

「これは、めでたい。なんたる瑞兆《ずいちょう》。竜殺しの魔道士ばかりか、聖騎士殿まで祝いに駆けつけてくださるとは。まるで戴冠式だ！」

そのカミロ王の言葉に、単純な歓声がぴたりとやんだ。

人々の脳裏に、王冠をいただくマルギットの姿が浮かんだ——のではないだろうか。セシリアの脳裏には、ありありと浮かんだ。

きっと、マルギット本人にも。

マルギットは立ち上がり、再び湧いた歓声に、手を振って応《こた》える。

いずれ、マルギットの英雄譚《たん》がタペストリーに描かれる日が来るだろう。

一枚目は、竜を御すマルギット一世。

そして、これはきっと二枚目だ。ラグダ王国で行われた、マルギット一世の婚儀の宴。集《つど》ってきた、黒髪の聖騎士と、金の髪の魔道士。

これはルトゥエル王国の運命を象徴する夜だ——と熱狂の中で、セシリアは思った。


翡翠の園の東棟に、セシリアの部屋はある。

こぢんまりとしてはいるが、翡翠の園の一部だけあって華やかさを感じる造りだ。

その部屋の隣室に、ジョンとアルヴィンは向こう三カ月滞在することになった。

「マルギット様は、全部、なにもかもヒルダ様の陰謀だとおっしゃるの」

東棟は、マルギットのいる母屋《おもや》からは独立しており、小さな食堂も備えている。三人はそこで揃って朝食を取っていた。

食後の茶を飲みながら、セシリアは祝祭の日以降の経緯を話し、最後にマルギットの思い込みについて説明した。

「……王妃の陰謀？」

ジョンは、怪訝《けげん》そうに眉を寄せる。

「ええ、そうなの。マルギット様によれば、ヒルダ様がウイルズ王を操って起こした陰謀なんですって。頑《かたく》なにそう信じておられるわ」

しかし、セシリアは王妃陰謀説を信じてはいない。

ヒルダは、聖王妃ドロテアの娘を守ろうとしていた。セシリアだけでなく、カリナにまで逃げるよう助言している。その件についても伝えておいた。

「王妃は、七社家との対立を避けようとしていた。時に国王陛下と対立する場面もあったくらいだ。……王が王妃の言いなりだって筋書きは、ちょっと無理があるかな」

ジョンは、横にいるアルヴィンに同意を求める。アルヴィンも、うなずいていた。

ここで、ジョンが祝祭の日の出来事を教えてくれた。

祝祭の日の祈りを行うために、ウイルズ王の家族は、晩餐《ばんさん》のあと祈禱《きとう》堂に向かった。

祈りを終えたマルギットは、すぐに退席。

残った三人が糖酒を飲む直前に毒見の者が死んだため、毒の混入が発覚したそうだ。

(やっぱり、王の判断は強引すぎるわ)

その場でマルギットを反逆者と断定したのも拙速で、トラヴィア公を首謀者としてさっさと斬首したのも、輪をかけて拙速だ。これはウイルズ王が、マルギットを葬るために画策した狂言ではないか——という推測は、セシリアの中に依然としてある。

「その、盛られた毒の出どころは調査されたの？　マルギット様や、トラヴィア公が首謀者だって証拠は出た？」

「いや。まったく調査なんてされてないよ。大社の司祭長が裁判記録を調べて、七社家で内容を共有したのを見たけど、適当なものさ。タリサ・ヴァルクを見かけたから王女が主犯。糖酒がラグダ産だから、ダビド王子が共犯。終始そんな調子だ。トラヴィア公の処刑に関しては、詰まるところ兄弟喧嘩《げんか》なんだと思うよ」

聞くだに腹立たしい話だ。想像していた以上に、強引な裁判であったらしい。

セシリアは、深く眉間《みけん》にシワを寄せた。

「裁判も適当で、事件の調査もされてないなら、マルギット様はまだ反逆者のままよね？それなのに、後継者候補になり得るの？」

「即位さえ決まれば、再審でもして無罪ってことになるさ。暗殺未遂の件には、王都の民も不信感を持ってる。王があまりにも強引だったからね。王女の無罪を信じる者も多いそうだよ。……まぁ、王子が即位したなら、再審は難しいかな。王女がルトゥエル王国に戻る道は消えるね」

当たり前のことのように、ジョンは言った。

ジョンにとって、スィレン種の諍《いさか》いは他人事《ひとごと》なのだろう。七社家に災いが降りかからぬ限りは、関わる気もないのがひしひしと伝わってくる。

「マルギット様だけじゃなく……私も、毒を用意した罪に問われてるって聞いたわ」

「あぁ、それは……うん、そうなんだけど。君は、毒の件だけは罪を免《まぬが》れたよ」

セシリアは、寄ったままになっていた眉を、一度開いた。

「まぁ。じゃあ、それはきちんと検証されたのね？」

「いや、全然。裁判の場で、スィレン種の魔道士が言ったんだ。『混成種に調薬などできるはずがない。調薬は我らにのみ許された貴い技術だ』って」

がくり、とセシリアは肩を落とした。

この件で、まともな検証を期待する方が愚《おろ》かであったようだ。

「毒くらい作れるわ。作ってはいないけど。……どっちにしろ、マルギット様の逃亡をお助けしたんだから、反逆罪には変わらないじゃない」

毒の件で罪を免れても、反逆者の逃亡を助ければ、十分に反逆者だろう。

斬首が覆らない上に、偽物の烙印《らくいん》まで押されてしまった。不名誉この上ない。

「王女の罪がどうなろうと、七社家は裁判の結果自体を受け入れない。反逆者の汚名を着せられた君や、殺された妹たちの罪も、無罪と決まるまで戦い続けるよ。ウイルズ王を玉座から引きずり下ろしてでもね」

ジョンは、柔和な顔を険しくして、ぐっと拳《こぶし》を握った。

反逆者の軀は、灰にされて野に撒かれる。故郷の地に還《かえ》ることとさえ許されないのだ。

悔しさを滲《にじ》ませたジョンの言葉に、セシリアはうなずいた。

「決してこのままにはしない。私は、マルギット様と共に、堂々と王都に戻るわ」

堂々と戻り、マルギットの名誉も、カリナたちや、タリサの名誉も回復してみせる。もちろん、セシリア自身の名誉も。

その後は魔道士団の団長となり、混成種の教育を確固たるものにしたい。――二度と、混成種には調薬は不可能だ、などとは言わせない。

「了解。ともあれ、そういうわけで、僕らは王女の素質を見極めに来たんだ」

「それで、三カ月後に答えを出すのね？」

「うん。後継者の決定自体は、議会が承認する形になるけど、我々の発言は重みを持つと思うよ。どちらがより、次代の王に相応しいか、家の名を背負って見極めるつもりだ」

それまで黙っていたアルヴィンが、胸の前に置いた手の、人差し指を立てた。

「我々が、確認すべきことは一つ。我ら七社家との関係を、王女と王子が今後どのように再構築しようとしているかだ。より少ない悪を選ぶ必要がある」

七社家は、新たな王に相応しい者を見極めるために、マルギットの反逆罪や、七社家に対する暴挙には目をつぶるようだ。とはいえ、決して軽い問題ではないだろう。

「だとしても……不利よね。私たちを人質に取って、竜御の儀を強行しようとしたんだもの」

セシリアは、ため息をつく。

ジョンは「そうとも限らないさ」と肩をすくめた。

「竜送りの効果は大きかったよ。諸国にいる島中の竜を葬るのは、七社家の悲願だ。征竜騎士団の派遣以外で竜を葬った王族は、この五百年で王女がはじめてだからね。王女の評価は、君が思っているより高い」

「でも、ウイルズ王はルキロス様を王位に就けたがっているでしょう？　七社家がマルギット様を擁立《ようりつ》するなら、戦《いくさ》になりかねないわ」

「こちらは戦も辞さないよ。……でも、そうだね。王はよほど息子を王位に就けたいみたいだ。すごい執念だよ。竜御の儀を、議会の承認なしに準備しているらしい」

「え⁉」

つい、大きな声が出た。

それは、まずい。

「どうしたの？」

「ヒ、ヒルダ様は……止めなかったの？」

「あぁ、まだ言ってなかったね。王妃は今、尖塔に幽閉《ゆうへい》されてるんだ。裁判の前後だったと思うよ。王と仲違《たが》いでもしたのかな」

ウイルズ王は、ルキロスに完璧な形で王位を継がせたい。混乱の中ではなおさら強く、後継者の竜を御す力を内外に示そうとするだろう――というのが、マルギットの予想だった。そのとおりに事は進んでいる。

(ヒルダ様が止められないのなら……他の誰にも止められない)

このまま進めば、ルキロスは焼け死ぬ。

セシリアの顔から、血の気が引いた。

「もう……間にあわない？」

ルキロスが竜御の儀に失敗するのが、マルギットが王座に座る最短の道だ。

だが――

（ルキロス様が、死んでしまう）

　間もなく訪れる少年の死に対し、手を拱《こまね》いてはいられなかった。

「……あぁ、セシリアはルキロス王子と親しかったよね。大丈夫だよ、彼も王族だし」

「違うの。そうじゃなくて――マ……マルギット様が……その、おっしゃるのよ。ルキロス様には、竜は御せないって。絶対に無理だと……」

　セシリアは、手を卓の上でわたわたと動かしながら、必死に――核心を避けつつ――説明した。その手を、向かい側に座っていたアルヴィンが握る。

「セシリア」

「あくまで、噂《うわさ》……だけど」

「なにを知ってるの？」

　まっすぐに、アルヴィンの深紅の瞳が、セシリアを見つめた。

「だから……その、その件は、マルギット様に直接確認した方がいいわ。私より、ずっとよくご存じだと思うし……」

　動揺を押し隠そうとすればするほど、目が泳ぐ。

「セシリア。これは大事なことだ。君が思っているよりも、ずっと」

　反対に、問い詰める側のアルヴィンの瞳は動かない。

「でも……」

「すべての聖騎士の命運がかかっている」

「待ってよ。そんな大きな話になるの？」

「なるよ。これまでの五百年が、俺たちの代で変わるかもしれない」

セシリアは観念して、ため息をついた。

（もう、隠しきれない）

ここまで事が進んでは、隠し続けるのは不可能だ。

明かさねば地獄《じごく》。明かしても地獄。ならば、少年の命が助かる道を示したい。

「私も、多分、ルキロス王子は儀に失敗すると思ってる。一番いいのは、儀式自体を止めること。避けられないのなら王子の命を助けたい。その上で、儀式に失敗した王子が、王に殺されたりしないように守ってほしい」

アルヴィンは、セシリアの手を握ったままで、

「どうして、そう思うの？」

と問うた。

「忘却術が効いたの」

「王族に、魔術が？　……あぁ、なるほど。そういうことか」

「二回もかかったから、間違いない。ウイルズ王も、ご本人さえ気づいてないんだと思うわ。でも、マルギット様はなにかをご存じみたい」

二人は少しの間、黙った。

その表情は、極めて深刻だ。

騎士の運命がかかっている、というのも大袈裟《おおげさ》な表現ではないのかもしれない。

ジョンが「これは大事《おおごと》だ」と言い、アルヴィンが「あぁ」とうなずいた。

「教えてくれてありがとう、セシリア。七社家を代表して礼を言うよ。――恩に着るよ、本当に。今回の件の功一等は、間違いなく君だ。君の名を、騎士の世は永劫《えいごう》忘れない」

アルヴィンがセシリアの手を放したあと、ジョンはその手をぎゅっと握った。

さすがに大袈裟ではないか、と思ったが、口にはしなかった。

「今の話を踏まえたら、出す答えが変わってしまうの？」

「変わるよ。七社家は王女の支持に回る。例外なく全員がね」

「……本当に？　でも、マルギット様は、他国の王子と結婚してしまって、後継者問題だってあるわ。そんな簡単に――」

「それは些事だよ。ルトゥエル王国の王に、竜を御せない者が立つことは、決して許されない」

ジョンは、マルギットと話しに行く、と言って、彼らしからぬ慌てた様子で食堂を出ていった。

気が咎《とが》める。しかし、言わねばルキロスは死ぬ。苦渋の決断だった。

「セシリアは責任を感じなくていい。いずれ暴かれることだ。助けられる道が見えただけ、よかったと思うよ。誰も、王子の死なんて望んでない」

アルヴィンが、慰めを口にする。「紅茶、もう一杯淹《い》れようか？」と言うのに「うん」

と答えた。

食堂と続きになっている、あまり大きくはない厨房《ちゅうぼう》にアルヴィンは向かった。

セシリアは食卓に向かったまま、その背に向かって話しかけた。

「ねぇ、竜御の儀って、竜と対面するのよね？……説得はできない？」

「説得って……まさか、竜を？」

アルヴィンは、セシリアの提案を冗談だと判断したらしい。

おかしそうに笑っている。

「だって、竜は話せるでしょう？」

「え……？」

水瓶《がめ》の柄杓《ひしゃく》を手にしていたアルヴィンは、鍋も柄杓も置いてこちらに戻ってきた。

「話せる……よね？」

「話したの……？　竜と」

アルヴィンは、セシリアの横に座って、その鮮やかな緑の瞳をまっすぐに見つめた。

「話したっていうか……声が、聞こえたの。『助けて』って」

あの時の恐怖がまざまざと蘇り、セシリアは目をぎゅっとつぶった。

「セシリア。その話は、二度と口にしないで。いいね？」

アルヴィンの、肩をつかむ力は強い。真剣な表情だ。

セシリアは瞼をパチパチと上下させた。

「え……それは……もちろん、誰にも言ったりしないけど……」

「王女には、伝えた？」

「言ったわ。でも、幻聴だっておっしゃってた」

「それで通そう。知られると厄介《やっかい》だ」

わかった、とセシリアが答えると、アルヴィンは厨房へ帰っていった。

（……どういうことなの？）

ジョンが戻ってきたので、竜の声の話はそれきりになった。マルギットは「現王妃に、重大な裏切りがあった」と表現したそうだ。ヒルダの不貞によって生まれたルキロスには、竜を御す力はない――ということである。

「これで王女擁立は確定だ。我々も、今後は竜送りに加わるよ。これは七社家にとっても好機だ。本国に動きがあるまで、一体でも多く天に送るとしよう」

セシリアには、七社家側の事情はさっぱりわからない。

とにかく、そういうことになったらしい。

七社家の王女擁立は決まり、二人の聖騎士がラグダ王国征竜魔道士団に加わった。

婚儀から、半月が過ぎている。

次の竜送りの目標は烏谷《からすだに》、という交通の要所近くに住まう竜に決まった。

手探りだった初回と違い、作戦の進みは円滑だった。

――会議がはじまる、その日までは。

会議の顔ぶれは、ほとんど同じだ。変化といえば、指揮の補佐にダビドが入り、竜送りにアルヴィンとジョンとが加わったくらいのものだった。

翡翠の園の客間に、前回と同じ顔触れと、聖騎士二人が集まった。

だが、時間になってもダビドだけが来ない。

「こんな時だというのに、困ったヤツだ。……すぐに呼んで参ります」

しびれを切らしたガスパルが、席を立つ。

直後に、中庭から陽気なリュートの音が聞こえてきた。客間は中庭に面しているので、楽器の音はうるさいほどに響く。

男女がけたたましく笑う声も、続いて聞こえてきた。

客間で漏れたため息は、誰のものだったろう。

静かに座っていたマルギットが、スッと円座から立ち上がった。

「マルギット様……?」

セシリアは呼び止めたが、返事もせずに客間を出ていってしまう。

慌てて、その小さな背を追った。

中庭に面した渡り廊下を、マルギットは寝室に向かって進んでいく。

「ついてこないでよ！」

「お待ちください。どうぞ、会議にお戻りを」

「嫌よ！　私は降りるわ！　こんなことしなくても、私は女王になれるの！」

ここでマルギットが竜送りを放棄したとしても、女王位は逃げない。そのとおりだ。

しかし、島中の失望は買うだろう。

悪竜退治は、諸国のルトゥエル王国に対する悪印象を覆す快挙だった。それが、たった一度で終わるのだ。

七社家にとっても同じである。ついに、竜送りに応じる王族が現れたかと期待した途端、役目を放り出されるのだから、失望は避けられない。

「王位に就くことだけが、マルギット様の目標ではなかったはずです。母君の遺志を継ぎ、聖女王として、その名を史書に――」

「そのくらいわかるわよ！　だからって、夫に疎まれてもいいっていうの⁉」

「それは――」

ぐっとセシリアは、言葉に詰まった。

「正しいことをしたって、意味なんてないのよ！」

マルギットは寝室に入り、扉を思い切り閉めた。動作の割に、立った音はか細い。

（どうしたらいいの……まさか、こんなことになるなんて）

縁談の段階から、不安の多い関係ではあったのだ。だが、さすがに砂の城よりも脆《もろ》いとは思わなかった。

この半月の間に、セシリアは恐ろしい噂を度々耳にしている。

ダビドは婚儀の夜に花嫁を孤閨《こけい》に残し、寝所に娼婦《しょうふ》を招いていたそうだ。

まさか、と思った。

――竜殺しの妻など、誰が愛せるか。

――婚儀の夜、俺を見ていた者が一人でもいたか？

そうダビドが喚《わめ》くのを、侍女たちは聞いたそうだ。

「セシリア、戻ろう。竜送りに、王族は必要ない」

声をかけてきたのは、アルヴィンだ。

「でも……」

「スィレン種が頼りにならないのは、今にはじまったことじゃないよ」

セシリアも、ギヨム種が、スィレン種に失望し続けてきた経緯を知らないわけではない。

自分自身が、その失望から生まれた存在であることも。

だが、それと今の状況は話が別だ。

「そんな言い方ってないわ。他のスィレン種の怠慢と一緒にしないで！」

眉をキッと吊り上げ、緑の瞳でアルヴィンを見つめる。

「スィレン種の常套《じょうとう》手段だ。ご不快、ご不快、と身体の弱さを盾にして――」

「違う！　そうじゃないわ。マルギット様の正しさを、一番近くで疎んじる人がいるからよ。だから苦しんでおられる。貴方だって、同じ状況なら傷つくでしょう？」

「俺は――」

「自分の正しさを、一番近くにいる人が疎んじるのよ？　迷いは当然じゃない。誰だって躊躇《ためら》う。誰だって悲しむ」

形よい細い鼻の先が、庭の方を見る。視線の先では、道化が踊り、調子外れな歌を歌っていた。セシリアの言に一考の余地はあったらしく、アルヴィンは「わかった」と言って、うなずいた。

「……たしかに、そうだね。聖騎士の使命をセシリアに疎まれたら……とても悲しい。いくら疎まれても、道は変えられないから」

道は、変えられない。かといって、心も縛れない。

だからこそ、苦しい。

その時──

「馬鹿野郎！」

と中庭で声がした。鈍い音も。

──ガスパルだ。弟のダビドを、殴ったらしい。

きゃあ、と悲鳴を上げたのは、肩を露《あらわ》にした娼婦である。道化と一緒に、慌てて翡翠の園から逃げていった。

「な、なにをするんだ！」

頬を押さえたダビドが、兄に向かって抗議した。

半裸で、やや呂律《ろれつ》が怪しい。酔っているのかもしれない。

「それはこちらの科白《せりふ》だ。お前は一体なにをしている？　恥を知れ！」

「勝手にやってくれ！　私には関係ない！」

「関係ないだと？　国の大事だろう！」

「竜殺しなど誰ができるか！　化け物じゃあるまいし！」

兄弟が殴り合いの喧嘩になり、慌てた軍人たちが止めに入る。

ガスパルが放り投げたなにかが、こちらに転げてくる。――煙管《キセル》だ。

セシリアは、猛烈な後悔に襲われた。

（あの時、お止めすべきだったんだわ。火蕾《からい》を吸うとわかった時に。……もっと、強く、しっかりと……そうしたら、こんなことにはならなかった！）

いくら止めても、止められはしなかっただろう、とは思う。

けれど、やはり後悔はやまない。

「……アルヴィン。先に戻っていて。私、マルギット様にお会いしてくる」

この大声だ。マルギットの耳にも、届いているだろう。

きっと、傷ついている。一人で、泣いているかもしれない。

急いで向かった寝室の前には、侍女たちがいた。マルギットに追い出されたようだ。

年若い侍女たちは、皆揃って涙ぐんでいた。

つきあいは短くとも、誰も主《あるじ》の不幸など望んではいないはずだ。

「マルギット様？」

トントン、と扉をノックしてから開くと、怒鳴られるかと思ったが、反応はなかった。

ベッドに、小さな山がある。

「……父上は、私が疎ましいのよ。殺したくなるくらいにね」

呟く声の弱さに、胸が押しつぶされそうになった。

「マルギット様……」

「私を後継者から外そうとしたのも、反逆者にしたてあげて殺そうとしたのも、父上よ。わかってるわ。……父上は、母上を……聖王妃を憎んでた。知らなかったのよ、ずっと。母上がしてきたことは立派で、私がそのあとを継ぐべきだって信じてた。感謝されたわ、どこへ行っても。薬と食料を泣きながら受け取る人もいた。孤児院の子供たちは、私を見ると笑顔で手を振る。でも、父上だけは……冷たい目で私を見るの」

小さな背中が負う大きな孤独が、見えるような気がする。セシリアは、涙をこらえながら「ご立派です」と優しく伝えた。

「トラヴィア公領で出会った農夫たちも、聖王妃やマルギット様に、心から感謝しておりました。お二人の行いが正しかったからです」

「正しいだけよ。竜退治だって同じ。民は喜ぶけれど、夫は喜ばない。母のようにはなりたくなかったのに……同じ道を歩んでいるわ。――『儚《はかな》い花のような、持参金をぶら下げた王女だから妻にしようと思っただけだ』『二度と、竜狩りなどするな』『お前の功を上回る日は一生来ない』『女の威光の陰《かげ》に生きる男の気持ちを考えたことがあるのか』――」

震える声でマルギットが言ったのは、恐らくダビドが花嫁に投げつけた言葉なのだろう。婚儀の、幸せで然《しか》るべき夜に。

怒りのあまり、セシリアの握りしめた拳はワナワナと震えた。

「ひどい……あんまりです」

「いつかダビド様も、父上と同じように思うのかしら。……目障《ざわ》りな妻を殺して、新しい従順な妻を迎えようって。……でも、ダビド様は孤児院でおっしゃったのよ。この結婚は運命だって……私を、美しいって……」

マルギットの嗚咽《おえつ》が、寂しく寝室に響く。

セシリアの胸は、張り裂けんばかりに痛んだ。

「マルギット様は、こちらでお待ちください。我々の手で、竜を送って参ります」

「……いいえ、行くわ。ここにいたくない。夫のいないところに行きたいの」

のそり、とマルギットは身体を起こした。

髪は乱れ、化粧も崩れているのが痛ましい。

セシリアは、寝室の外にいた侍女に声をかけ、急いで髪と化粧を整えるよう頼んだ。

――マルギットは、会議の場に戻った。

不肖《ふしょう》の弟への制裁は終わったようで、ガスパルも席に戻っていた。

ダビドの姿は、ないままだった。

わずか一刻半あまりの出来事である。だが、会議に出席した者たちに暗雲を感じさせるには十分な時間でもあった。

この結婚は失敗だったのではないか――という声が、翌朝には囁かれるようになる。

今や、ラグダ王国内でも、マルギットの人気は高い。若く、勇ましく、美しい、悲劇を背負った大国の王女。竜殺しの英雄。ルトゥエル王国外の人々にとっては、話にしか聞いたことのない、聖騎士と魔道士とを引き連れている。

愛されないわけがない。畏怖《いふ》されないわけがない。

さらに、ダビドの不品行までが――火蓄の吸煙という悪癖ごと――明らかになった。

一夜にして、マルギットへの同情と、ダビドへの嫌悪が噴き上がる。

会議から十日後に、ダビドは再び湾岸の警備を命じられ、王宮を去った。カミロ王もこの事態を放置するわけにはいかなかったのだろう。頭を冷やせ、とカミロ王は息子を諭したそうである。

諭して反省するような人であれば、そもそも夫婦仲は悪化しなかっただろう――とは誰しもが思ったところだ。

ただ、ダビドが去ったがために、翡翠の園は一時の平穏を得たのであった。


春は終わりに近づいている。

冬でも春めいていた国では、春の終わりはすでに盛夏を思わせる。

春陽湾を隔《へだ》てただけなのに、半島の植物はルトゥエル王国のそれとは大きく違っている。

木々だけでなく、生えた草や、咲き乱れる花の色彩さえ異なっていた。

密に木々が生えた森の中を歩きながら、セシリアは額の汗を拭《ぬぐ》う。

「……暑いですね！」

「そうですね。どうにも、この黒のローブは、暑くて敵《かな》いません」

レオンが「どうぞ」と銀の槍《やり》を手渡す。

セシリアは「ありがとうございます」と礼を言って受け取り、銀の槍を地面にぐさりと刺した。左手で印を結び、するりと右手で槍を撫で上げれば、絶系の結界が晴れやかな青空へと伸びていく。銀の槍は魔力を増幅させるのだ。結界の耐久性も上がる。

「よし、あと少し。──さ、行くわよ」

セシリアが声をかけた相手は、レオンではなく、槍を鞍《くら》に積んだ馬だ。

カミロ王が直々に、この計画のためだけに下賜《かし》した名馬だけあって、毛並みが大層よく、頭には立派な飾りがついている。

ダビドの不品行に、カミロ王は慌てているらしい。

翡翠の園に運ばれてくる食事は豪華になり、届くストールや宝飾品の数が増えた。

(必死にもなるわよね。ここでマルギット様を敵に回したら、民にも、諸国にもそっぽを向かれるもの。……この分なら、兵も快《こころよ》く貸していただけそうだわ)

ラグダ王国から兵を借り、婿を迎え、ルトゥエル王国の女王として帰還する──という夢物語が、いよいよ現実味を帯びてきた。

「セシリア様は、覚えていらっしゃいますか？　以前話した、子供の頃の記憶の件を」

「ええ。もちろん。忘れようがありません」

「あのあと、よくよく考えてみたのですが……忘れたものは、忘れたままの方がいいのかもしれない、とも思うのです。知りたいけれども、知らない方がいいような……セシリア様には、アルヴィン様がいらっしゃいますし」

百歩分移動して、次の槍をレオンが下ろす。手渡された槍を、セシリアは受け取った。同じ混成種でも、体力の水準が同じというわけではない。レオンが重そうに持つ槍を、セシリアは軽々と持ち、ぐさりと地面に刺した。聞けば、普段は槍を深く刺すのに器具を用いているそうだ。

「そうですね。レオン様にも、キアラ様がいらっしゃいますし」

しばらく知らずにいたが、宮廷魔道士の二人は、成人後の婚約が決まっているという。アルヴィンとセシリアの関係と同じである。

「僕らは、ただ係数だけで決められた相手ですから。性格もあわないし……いや、いけませんね、こんなことを言っては」

係数、という言葉が、レオンとの会話で出てきたのははじめてだった。

レオンは「決められた相手を大事にしなくては」と言っていたようだが、耳をすり抜けていく。

（係数……？　レオンがいたのは、顕性係数の計算ができる環境だったの？）

血統学は、ルトゥエル独自の学問である。

稀種の特性を管理するために生まれ、五百年の間スィレン種が独占し、育ててきた。その計算は難解で、複雑だ。スィレン種の中でも、秀才にしか血統学者は務まらないと言われている。

（国が、混成種の教育に関わっているの？　まさか。そんなはずない）

混成種の教育は、騎士の亜種としてしか行われてこなかった。だからこそ、セシリアは、自分の存在の曖昧さに苦しんできたというのに。

銀の槍を刺したきり動きを止めたセシリアに、レオンが「導師様」と声をかける。

「あ、ごめんなさい。ぼんやりしてしまって。さ、あと少しですね。頑張りましょう――ああ、もう見えてきましたね」

魔道士のローブを着た、マルギットとキアラの姿が、遠目に見える。

見晴らしのいい丘には、小さな白い花が一面に咲いていて、黒いローブは目立った。

「あの、もしこのまま竜がいなくなったら――」

囁きほどの小ささで、レオンが言った。

「え？」

はっきりと聞き取れず、セシリアは聞き返す。

「ああ、いえ。なんでもありません。――これで最後の一本ですね」

レオンは、笑顔で銀の槍を手渡した。

——今回、マルギットは結界を張る側に回った。この決定に至るまで、三日かかっている。マルギットと聖騎士二人が中に入る、という当初の作戦を、聖騎士二人が断固として拒否したからだ。

三日間、会議はひたすらにギスギスとし続けた。

仲裁したのはガスパルで、彼の働きがなければ、征竜魔道士団自体が瓦解《がかい》していたかもしれない。

私が入る。いや、断ります。とのやり取りを繰り返し、最終的に、アルヴィンとジョンが結界の中に入ることに決まった。

「お疲れ様」

最後の一本を刺し終えたのと、アルヴィンが視界の端に現れたのは同時だった。

すっとセシリアに並び、にこりと笑む。

アルヴィンは、黒い詰襟のチュニック姿で、矢筒を背負い、弓を持っていた。弓矢は、結界の中に入る際の必需品だ。聖騎士は結界を破る力を持っていないので、外で待機する魔道士に、合図を送る必要がある。鏃《やじり》は、魔術を断ち得る黒鱗鋼でできており、練《れん》系の魔術が巻きついている。鏃は絶系の結界に弾かれることなく刺さり、魔術と魔術のぶつかる音が、結界を解く合図になるのだ。

「アルヴィン。貴方、本当に私の位置がわかるのね。それもすごく正確に」

「わかるよ」

セシリアは、紅玉を手で押さえた。

「これが見えているんでしょう？　なにでできてるの？」

「……あんまり、言いたくない。きっと驚くし。でも、見えてはいるよ」

「わかった。じゃあ、聞かないでおく」

きっと成人した暁には、この紅玉の正体を知ることになるだろう。それまでは、ただ美しく、少し不思議な装飾品だと思っておくことにした。

「そうしてくれるとありがたい」

アルヴィンは、成人した後の話を嫌う。昔からそうだ。

セシリアがすべてを知った時、心を変えてしまうのを恐れている。

「ねぇ、アルヴィン。……後悔していない？」

美しい石榴《ざくろ》石の瞳を、セシリアはじっと見つめた。

「まさか。後悔なんてしてないよ。どうして？」

「いろいろと変わってしまったから」

セシリアは変わり、アルヴィンも変わった。置かれた環境も。

魔道士団の長。混成種の未来のために、セシリアはなんとしてもその座に就きたい。

しかし、宮廷騎士団が消えてしまえば、鍛刃院を退学したアルヴィンは社領に戻るだろう。もともと、鍛刃院も宮廷騎士団も、強《し》いられたものでしかなかったのだから。

アルヴィンは、社領へ。

セシリアは、王都へ。

間もなく成人を迎えるセシリアに、もう自由はない。

遠からず、セシリアの正しさをアルヴィンが厭《いと》い、アルヴィンの正しさをセシリアが厭う日が来るかもしれない。――ウイルズ王とドロテア王妃のように。ダビドとマルギットのように。

「俺の気持ちは変わらないよ。君は、受け取ったことを後悔しているの？」

「全然。むしろ感謝してる。……ありがとう」

アルヴィンが、少しだけ笑って、セシリアも笑った。

「それならよかった。――じゃあ、俺も行くよ。もうジョンは中に入っているから」

竜送りで、結界の中に入る騎士を、魔道士として見送る。

子供の頃から、いつか訪れる未来だと思っていた。

きっと、自分は悔しさに涙するだろうとも想像していた。自分も聖騎士と並びたい。魔道士ではなく、騎士として剣をふるいたい――それがセシリアの願いであったからだ。

だが、今は不思議と悔しさを感じない。

「セシリア。天幕に戻るわよ。日焼けしてしまうわ！」

マルギットが、疲労困憊《こんぱい》の様子ながらも、こちらに手を振っている。

「お先にどうぞ！　お急ぎください。お顔が、もう赤くなっておりますよ！」

「まぁ、嫌だ！」

慌てて、マルギットは天幕に向かって歩き出した。

後ろに続くのは工兵だ。運ばれている木槌《きづち》は、銀の槍を刺すのに使ったのだろう。

キアラとレオンも、その後を追う。レオンは、こちらを気にしていたが「お先にどうぞ」と声をかけておいた。

束の間、アルヴィンとセシリアは、二人だけになった。

「セシリア。一つ、頼みがある。……待っている間に、花を摘んでもらえる？　鈴百合《すずゆり》は、この辺りにはないかな。できれば、似たような花を。……竜に手向《たむ》けてやりたい」

優しくアルヴィンが言うのを聞いた途端、セシリアは胸を押さえていた。

そうだ。竜送りは、葬送だ。

そんな当たり前のことを、今の今まで忘れていた自分に驚く。

なぜ、最強の騎士たる社領の主が、最上の聖職者でもあるのか。

竜送りは、天の神々に代わって聖職者が行う、厳《おごそ》かな祈りなのだ。

「うん。……わかった」

「竜は、苦しんでる。天に送ることでしか救えないんだ。……セシリアが倒した竜も、死にたくない、って言ったんじゃなくて、早く送ってほしいと頼んだんだと思うよ」

「そう……なのかな」

「俺たちには、送り、祈ることしかできない。だから、セシリアは間違っていないよ」

セシリアが竜を倒したことを、騎士の世は咎《とが》めなかった。

けれど、正しくはなかったのだ、と今はわかる。

（私が許されたのは、成人前の子供だったからだ）

成人していたら、許されなかった。あるいは、セシリアも聖騎士の真似事で、竜を倒そうとは思わなかったかもしれない。

「花は用意しておく。……気をつけて」

「ありがとう。――じゃあ、行ってくる」

結界を閉じれば、アルヴィンの背が視界から消える。

（花を摘もう。あとで、私が送った竜のところにも供えて……弔《とむら》いたい）

セシリアは、そっと目を閉じた。

合図の矢が放たれるまでの間、ひたすらに祈る。

それが竜送りに関わる者の正しい行いであることを、もうセシリアは知っていた。


その日、翡翠の園では祝宴が開かれた。

カミロ王から贈られた、美酒と山海の珍味が卓を埋める。

ラグダ王国を苦しめた悪竜が、わずか三カ月の間に二頭も消えたのだ。

従来の征竜騎士団の派遣を待っていれば、達成は十六年後であったはずである。

ますますマルギットの評価は高まった。

「あんなにあっという間に終わるなんて。信じられない！」

噴水の縁に腰かけたセシリアは、隣に座るアルヴィンを横目に見ながら、グラスをぐいと空けた。

「まぁ、俺は聖騎士だから。竜を送れなければ、存在する意味がない」

結界を閉じてから、開くまでの時間は、半刻に満たなかった。

シャリン、と矢の合図があった時、それがあまりに早かったので驚いた。恐る恐る結界を開けば、聖騎士の二人は、傷一つないどころか、涼しい顔をしていた。

聖騎士と自分の間にある、高い壁を仰ぎ見た気分だ。その壁は超えられない。獅子《しし》が飛べず、鳥が這《は》えないのと同じように。

「やっと諦《あきら》めがついた気がする。……私、聖騎士には並べない。適材適所ってことよね。私、結界を張るのがすごく上手いみたいだし」

「知ってるよ。セシリアがはじめて白鷺城に来る時、馬車の中から結界の綻《ほころ》びを直したって、ハセン導師が驚いてた。この子は天才だって」

ハセン導師は、ガラシェ社領にいる魔道士の最古参だ。セシリアの調薬の師でもある。

ただ、その逸話を聞いて思った。

練系の結界とて、訓練なしには使えない。誰かが、セシリアに指導をしたのだ。

「そんなの、覚えてないわ」

「俺は覚えてるよ。昨日のことみたいに」

「……私は、覚えてないのよ。その前のことも、なにも」

セシリアは、これまでアルヴィンと失った記憶の話をしてこなかった。

理由は様々ある。けれど今日は、衒《てら》いなく話せそうな気がした。

この国にいる魔道士たちも、自分と同じで子供の頃の記憶がない――と。

だが――

「すごく、可愛《かわい》らしい子だったよ。本当に、すごく愛らしくて……信じられないくらい。天から降りてきたのかと思った」

アルヴィンの様子がおかしいので、伝える機会を逸してしまった。

「アルヴィン……酔ってる？」

「そうかもしれない」

紅《あか》い瞳が、少し潤んでいる。

それ以外に変化は見えないが、言動が普段と違う。

（これ……義母《はは》上と同じ酔い方だわ！）

養母は、酔うと機嫌のよくなる人だ。息子を見ては、いかに可愛らしい幼子《おさなご》であったかを延々と述べる。夫が素敵で、息子や娘、養女が賢く可愛らしい、とも。

「もう休みましょう、アルヴィン」

同じ調子で繰り返されてはたまらない。恥ずかしさで、どうにかなってしまいそうだ。

「本当に可愛かったよ。今も――すごく綺麗《きれい》だ」

「わかったから。その話は終わり」

「綺麗だよ」

「――ジョン！　アルヴィンを連れていって！」

セシリアが助けを求めると、ジョンは笑いながら近づいてきた。

「あぁ、はじまったか。いつもこれなんだ」

「いつも？　いつもはもっと寡黙《かもく》だわ」

「いつもだよ。酒が入ると、セシリアが可愛くて、綺麗で、強くて賢いって話しかしなくなる。熱烈なんだ。愛だね、愛」

ははは、と笑うジョンが、アルヴィンの肩を抱く。

「歩けるよ、ジョン。もっとセシリアと話したい。ずっと離れていたんだから」

「いいから、先輩の言うことを聞いておけよ。これ以上続けたら、あとで死ぬほど恥ずかしい思いをするぞ？　酔った時のこと、お前、忘れないだろ」

そういうジョンも、多少酔っている様子で、頬が赤かった。

淡々と竜を送った彼らでも、その日くらいは高揚を覚えるのかもしれない。いかに祈りといっても、実際に行っているのは戦闘行為だ。

ジョンは、アルヴィンを連れて部屋に戻っていった。

(可愛い可愛いって……もう、恥ずかしい！)

少し遅れて、酔ったわけでもないのに頬が熱くなった。

風に当たりたくなって、噴水から離れる。

中庭に面した客間で、マルギットがガスパルと話をしているのが見えた。

亡き母の話をしているのは、表情でわかる。母親のようになりたくない、と言いながら、マルギットはやはり母親を敬愛している。

庭から、少し離れたところで、

「魔道士殿」

と急に声をかけられた。セシリアはびくりと身体をすくめる。

建物の陰にいたのは、ダビド王子であった。

「……ダビド様？」

「ちょっと、こっちで話せる？　中には入りにくいんだ」

セシリアは、とっさに感じた不快さを押し殺し、建物の陰に近づいた。

「私が、お力になれることがあるとも思えません。侍女を呼ばれてはいかがですか？」

「そう言わないでおくれ。マルギット様のお好きなものを、教えてほしいんだ」

その質問をされるのは、二度目だ。

孤児院の前で、マルギットとはじめて顔をあわせたダビドが、そう問うたのだ。

あの頃は、なにも知らなかった。だが、今は違う。

だから答えは簡単だった。簡単であるからこそ、悔しい。

マルギットが自分からする話の種類は、そう多くない。

父親の話は、避ける傾向がある。継母や、異母弟の話題も、普段はほとんどしない。

するのは、母親の話だけだ。

会話を自然にする仲になれば、すぐに好みなどわかる。

母親が、好きだった花。――百合の花。

愛した香。――春の大陸産の香水。

好んだ果実。――林檎《りんご》。

とりわけ力を入れた事業。――孤児の就労支援のための果樹園造設。

数日いれば、話題は一通り出尽くす。

(たったそれだけの会話もなさらなかったのね。……妻になった人と)

腹は立つ。けれどマルギットの立場を思えば、態度には出せない。

勝手なことを言うな、と抗議する代わりに、

「林檎酒がお好きです。亡くなられた母君が、特に大事にされていた孤児院に、林檎園を開かれたそうで、そこで作られたお酒を好まれていたとうかがいました」

セシリアは、正直に答えた。

その程度のことで、なにが変わるとも思えなかったが。

「それはいいことを聞いた。ありがとう、魔道士殿。じゃあ、これで。朝までに砦《とりで》に帰らないと、二の兄上に殴られる。いや、お陰《かげ》で助かったよ」

じゃあね、と手を振って、ダビドは闇《やみ》の中に消えてしまった。

関係を修復したいのであれば、伝言の一つくらいはあってもよかったのではないだろう

か。どこまでも人の気持ちのわからない人だ。

「セシリア様、今のは……ダビド様でしたの？」

背から声をかけられ、振り返ると翡翠の園づきの女官が不安げな顔をしていた。

「えぇ。マルギット様がお好きなものをお尋ねだったから、お答えしました。……もう帰ってしまわれましたけど」

「まぁ！　では、仲直りの証でもご準備されるのではありませんか？　よい傾向です。少しつまずきましたけど、まだお若いんですもの。すぐに仲直りなさいますわ」

それから、女官は自身の友人たちの、結婚にまつわる逸話をいくつか早口で話した。最初から上手くいく夫婦など稀である、と言いたいらしい。

「そうだといいけれど……」

セシリアがそう言うと、女官は「お二人のお子様は、さぞお美しいでしょうねぇ」と明るい声で言い、軽やかに去っていった。


数日の休養を経て、三度目の征竜魔道士団の会議が行われることになった。

六月十一日。

多くのことが起きたので、その日付をセシリアは強く記憶している。

マルギットは、朝から機嫌がよかった。いつも会議の開始直前まで姿を見せないが、ずいぶん早くから客間の円座に座っていた。

化粧もしっかりとして、髪には飾りをつけて。なにやら、華やいで見える。

「あら、マルギット様。なにか、いいことでもありました?」

「まだ内緒。あとで教えてあげるわ」

ふふ、と愛らしく笑むので、セシリアもつられて笑んでいた。

中庭から見る空は、すっきりと晴れている。

くっきりとした竜雲《りゅううん》が浮かび、噴水の飛沫《しぶき》はキラキラと輝やいていた。

祝祭の日に黒鳶城を出てから、もう半年が経とうとしている。季節の移ろいに感傷的になりがちなセシリアでも、その日の陽気には心が浮き立った。

(今年の誕生日には、白鷺城に戻れるかしら……)

十八歳を迎える誕生日は、特別な日だ。

八月十日は、セシリアがはじめて白鷺城に入った日付で、セシリアの誕生日ということになっている。

養父のガラシェ司祭にとって、子の成人も、婚約も、見届ける最後の機会だ。

是非にと願った新年は、一緒に迎えることができなかった。せめて、成人の日はガラシェ社領で迎えたい。もっと欲を言えば、反逆者としてではなく、魔道士団の団長として。

養父が用意したという黒鱗鋼の剣を、その手から受け取りたい。

セシリアの可能性を信じて、送り出してくれた養父の恩に報いたかった。

横にいるアルヴィンをちらりと見れば、少し戸惑ったような顔になって、目をそらしてしまった。宴の日の、酔った勢いで飛び出した言葉が、よほど恥ずかしかったらしい。最近はいつもこうだ。耳まで赤くしている。

　セシリアも、なにやら気恥ずかしくなって、目をそらした。

目をそらした先で、マルギットと目があう。

「それにしても、今日は遅いですね、ガスパル様。珍しいこともあるものです」

　セシリアが、客間を見渡して言うと、

「……テンターク家の聖騎士も来ていないわ」

　マルギットはグラスを持った手で、空いた円座を示した。

　たしかに、ガスパルだけでなく、ジョンの姿もない。

　彼らは大抵の場合、先に着いて会議の参加者と雑談をして過ごしている。

　横でアルヴィンが「遅いな」と呟いてから、立ち上がった。

「様子を見てきます。――なにかあったのでしょう」

　なにか――という一言に、どきりと胸が波打つ。

　セシリアとマルギットは、互いの目を見あわせていた。

「……今朝、ダビド様から贈り物が届いたの。林檎のお酒。……きっと、今日はいい日になるわ。そんな気がする」

　マルギットは、そう言って、空色の瞳で中庭の空を見上げていた。

　待つ時間は、ごく短かった。

出て行ったアルヴィンはすぐに戻り、間を置かずにガスパルとジョンも入ってくる。

ガスパルが、頬を紅潮させて報告した。

「マルギット様。ルトゥエル王国に置いた斥候《せっこう》から、報《しら》せが入りました。去る六月六日、ウイルズ王は七社家に対し宣戦を布告。昨日未明、王領軍はテンターク領内に陣を張ったそうです。退位の要求を反逆とみなし、これを一蹴。まだ戦端は開かれておりませんが、いつ戦闘がはじまってもおかしくない状態です」

そこにジョンが、続く。

「七社家からの報告です。去る六月五日、王領内において竜御の儀が行われ――ルキロス様は竜を御せず、失敗に終わりました。ルキロス様は、負傷されたものの、ご無事ではあるようです」

セシリアは、息を呑む。

ルキロスの竜御の儀の失敗が、戦を呼んだのだ。

竜を御した王女。竜を御せなかった王子。どちらがルトゥエル王国の王に相応しいかは火を見るより明らかである。その明白な答えを打ち消すために、ウイルズ王は暴力を行使しようとしている。七社家の退位の要求を退《しりぞ》け、さらに出兵に及んだ。

なんの正義も、そこにありはしない。

マルギットが、スッと円座から立ち上がる。

「それで……カミロ陛下は、なんとおっしゃっているのです?」

ガスパルは、問われるのを待っていたとばかりに、晴れやかな表情をしていた。

吹く風の向きが、セシリアにも読める。

（時が……来た）

カミロ王は、ついに決意したのだ。

女王・マルギット一世を擁立する、と。

「ルトゥエル王国の次代の王は、竜を御するマルギット殿下以外におられぬ、とのこと。カミロ陛下は、一万の兵をテンターク領に派遣するそうです。また、周辺諸国にも檄《げき》を飛ばし、援軍を募ります」

ガスパルは「お任せを」と胸を叩いた。

ジョンは、胸に手を当て、

「七社家は、ウイルズ王に退位とマルギット様の即位を望みます」

と伝えた。

追い風が吹いている。

これは、マルギットが望んだままの光景だ。

トラヴィア公領の深い森で過ごした夜、嵐の向こうに見えた未来そのままの。

「今すぐ、ウイルズ王に書状を送り、テンターク領からの撤兵を要請します。――カミロ王に伝えてください。兵一万の返礼として、即位から一年以内にラグダ王国の悪竜をすべて滅すると。また、兵を送ったすべての国には、兵をより早く、かつ多く提供した順に征竜騎士団を派遣します」

その宣言に、会議に集まっていた面々から拍手が起こった。

いいわね？　と確認するように、マルギットはジョンを見た。ジョンはうなずいて、同意を示す。

それぞれが高揚を抱え、動き出した。

ジョンは、アルヴィンに「社領に連絡してくる」と伝え、翡翠の園を出て行く。

ガスパルも「殿下の言を陛下に伝えて参ります」と後に続いた。

マルギットは、円座の上に立ったまま、浅い呼吸を繰り返していた。興奮が、こちらにも伝わってきた。

「私……女王になるんだわ」

「ええ、そうですとも。王都に戻りましょう。もう、誰にも反逆者などとは呼ばせません」

「そうよ、反逆者なんかじゃない。私は女王になって、貴女は宮廷魔道士団を創るの。そうでしょう？」

「──はい」

力強く、セシリアはうなずいた。

輝く未来が、海の向こうで待っている。

「……ダビド様は、連れていけない。これ以上嫌われては敵わないもの。荒事は貴女に頼むわよ？」

マルギットが円座から降り、セシリアの腕をしっかりとつかむ。

「お任せを。マルギット様は、私の陰にいらしてください」

「……すべて済んでから、お呼びしたい。そうしたら、私、穏やかな女でいられるわ。ただ微笑んで、他愛ないお喋りだけをして……」

マルギットは、言葉の途中で勢いよくグラスを干す。その持つ手は震えていた。

「今は、ダビド様のことは忘れましょう。黒鳶城が、女王の即位を待っています」

「そうね。今は……今だけは――」

――悲鳴が、遠くで聞こえた。

きゃあ、と絹を裂くような女の悲鳴が。

セシリアとアルヴィンは、とっさにマルギットを背にかばった。

取り乱した様子の侍女が、客間に駆けこんでくる。

「も、申し上げます。――あの……し、死んで……」

侍女は、ぱくぱくと口を動かして、そのままパタリと倒れてしまった。倒れた侍女をアルヴィンが支え、円座に寝かせる。

すぐに、衛兵が報告に来た。

「どなた様も、この場を動かれませぬよう。――殿下づきの侍女が、二名死亡いたしました。毒物を口にした可能性がございます。どうぞ、調べが済むまで、一切宮殿内のものを口に入れぬようお願いいたします」

からり、とマルギットが手に持っていたグラスを落とす。

「なにを……侍女は、なにを口にしていたの？」

震える声のまま、マルギットは問う。

「わかりかねますが、殿下のご寝室にあったものと思われます」

「私、彼女たちに言ったわ。……『毒味くらいならしていていいわよ』って」

心臓が、大きく波打っている。

――マルギット様のお好きなものを、教えてほしいんだ。

――林檎酒がお好きです。

――今朝、ダビド様から贈り物が届いたの。林檎のお酒。

マルギットは小さい悲鳴を上げて、その場に崩れ落ちた。

※この作品はフィクションです。実在の人物・団体・事件などにはいっさい関係ありません。

集英社オレンジ文庫をお買い上げいただき、ありがとうございます。
ご意見・ご感想をお待ちしております。

● あて先
〒101-8050　東京都千代田区一ツ橋2-5-10
集英社オレンジ文庫編集部 気付
喜咲冬子先生

竜愛づる騎士の誓約(上)

集英社
オレンジ文庫

2022年11月23日　第1刷発行

著　者　喜咲冬子
発行者　今井孝昭
発行所　株式会社集英社
〒101-8050東京都千代田区一ツ橋2-5-10
電話【編集部】03-3230-6352
【読者係】03-3230-6080
【販売部】03-3230-6393（書店専用）
印刷所　大日本印刷株式会社

ISBN 978-4-08-680477-6 C0193